KB166611

푸른 꽃

Heinrich von Ofterdingen

세계문학전집 76

푸른 꽃

Heinrich von Ofterdingen

노발리스

김재혁 옮김

민음사

일러두기

1 이 책은 카를 한저(Carl Hanser) 출판사의 1984년판 『노발리스 작품집(Novalis-Werke in einem Band)』에 수록된 「하인리히 폰 오프터딩겐(Heinrich von Ofterdingen)」을 저본으로 삼아 번역했다.

2 본문의 각주는 모두 옮긴이주이다.

차례

헌시[*]

그대는 내 가슴속에 고귀한 충동을 일으켜,
내게 드넓은 세계의 깊은 속을 보여 주었네.
그대는 믿음 깊은 손길로 나를 잡아 주어,
나 세찬 폭풍우 속에서도 흔들리지 않았네.

그대의 예지는 소년을 돌보았으며
소년을 데리고 환상적인 초원을 누볐네.
그대, 이 세상에서 가장 마음씨 고운 여인이여,
그대는 소년의 젊은 가슴을 날뛰게 만들었네.

왜 나는 자꾸만 이 지상의 고통에 매달리는가?
이 마음과 생은 영원히 당신 것이 아니던가?
이 세상에서 당신의 사랑만이 내 은신처가 아니던가?

그대를 위해 이 한 몸 고귀한 예술에 바치고 싶네.
그대, 내 사랑이여, 그대 날 위해 뮤즈가 되어,
내 시문학의 조용한 수호신이 되어 주오.

* 영감을 주는 뮤즈를 향해 바친 시. 그러나 이 시의 대상은 '사랑하는 여인'을 총칭한다. 특히 노발리스의 첫사랑인 조피를 염두에 두고 있다. 헌시는 총 두 편으로 구성되어 있다.

이곳 지상에서 우리는 영원히 변화하는
노래의 은밀한 힘을 느끼네, 노래의 힘은
영원한 평화가 되어 저쪽 나라를 축복하고,
이곳에선 청춘의 힘이 되어 우리를 감싸네.

노래의 힘은 우리 눈을 빛으로 가득 채우고,
우리에게 예술을 느낄 수 있는 감각을 주네,
그리고 기쁠 때나 지치고 힘들 때나
우리 마음을 경건함으로 가득 채워 주네.

노래의 풍만한 가슴은 내게 힘을 주었고,
나는 노래가 있어 지금의 내가 되었네.
노래 덕에 나 환하게 얼굴을 들 수 있었네.

나의 드높은 감각이 단잠에 취해 있었을 때,
노래가 천사처럼 훨훨 내게 날아오는 게 보였네,
잠에서 깨니 나는 그 품에 안겨 날아가고 있었네.

1부
기대

1장

그의 부모는 벌써 잠들어 있었다. 벽시계만 단조롭게 똑딱거렸다. 창문은 덜거덕대고 창밖에는 바람이 윙윙거렸다. 이따금 은은한 달빛이 방 안을 환하게 비추었다. 젊은이는 들뜬 마음으로 침대에 누워 그 낯선 사나이와 그 사나이가 들려준 이야기[1]를 떠올렸다. 그는 혼잣말로 이렇게 중얼거렸다.

"보물 때문에 내 마음속에 이렇게 말할 수 없는 그리움이 들끓는 것은 아냐. 나는 탐욕하고는 거리가 먼 사람이야. 그렇지만 그 푸른 꽃은 꼭 한번 보고 싶어. 그 꽃은 잠시도 내 마음속에서 떠나질 않아. 나는 푸른 꽃에 대해서만 생각하고 그

---

1) '푸른 꽃' 이야기를 담은, 튀링겐 지방 광부들의 전설을 가리킨다. 이 꽃은 성 요한절 밤에 피는데, 이 꽃을 발견하는 사람에게는 상금이 주어진다고 한다.

것만 시로 쓰고 싶어. 이런 느낌은 생전 처음이야. 막 꿈을 꾼 것 같기도 하고, 아니면 잠결에 다른 세상으로 넘어온 것 같기도 하거든. 내가 원래 살던 세상에서라면 누가 꽃 같은 것에 신경을 쓰겠어? 게다가 그곳에선 어떤 사람이 꽃 때문에 미칠 지경이 되었다는 말은 한번도 들어 본 적이 없어. 그 낯선 사나이는 도대체 어디서 온 걸까? 우리들 중 누구도 지금까지 그런 사람을 본 적이 없어. 하지만 왜 나만이 그 사람의 말에 그렇게 감동을 받았는지 도무지 이해할 수가 없어. 다른 사람들도 똑같은 것을 들었어. 그렇지만 그 누구에게도 나와 같은 일은 일어나지 않았어. 나의 이 야릇한 기분을 남에게 들려주고 싶지 않아! 난 평소에는 황홀할 정도로 행복감을 느껴. 그러다가 내 마음의 눈에 그 푸른 꽃이 뚜렷하게 보이지 않으면 나는 걷잡을 수 없는 깊은 혼란에 빠지곤 해. 이것은 아무도 이해하지 못할 거야. 나는 모든 것을 그처럼 뚜렷하게 보거나 생각할 수 없을 때면 미칠 것만 같아. 사실 그 뒤로 내겐 모든 것이 더 명확해졌거든. 나는 언젠가 먼 옛날의 이야기를 들은 적이 있어. 그땐 짐승과 나무와 바위가 사람들하고 이야기를 나누었다는 거야. 지금 당장이라도 그들이 뭔가 시작할 것만 같아. 그러면 나는 그들의 표정만 보고서도 내게 무슨 말을 하려는 건지 알 수 있을 것 같아. 내가 알지 못하는 많은 말들이 있음에 틀림없어. 내가 더 많은 말들을 안다면 모든 것을 훨씬 더 잘 이해할 수 있을 텐데. 원래 나는 춤추는 걸 좋아했어. 하지만 지금은 음악에 대해 생각하는 게 더 좋아.”

젊은이는 점점 달콤한 환상에 빠져들다가 이윽고 잠이 들었다. 먼저 그는 거리를 잴 수 없을 정도로 머나먼, 낯설고 험한 고장에 대한 꿈을 꾸었다. 그는 깃털처럼 가벼워져 여러 대양을 쉽게 건너다녔다. 그는 이상하게 생긴 짐승들을 보았다. 그는 다양한 종류의 사람들과 함께 살았다. 때론 전쟁을 겪으면서, 때론 거친 소용돌이 속에서, 그리고 때론 아늑한 오두막에서. 그는 포로로 잡혀 치욕적인 고통을 당하기도 했다. 모든 느낌이 그의 마음속에서 지금까지 겪어 보지 못한 높이까지 치솟았다. 그는 엄청나게 다양한 경험을 했다. 죽었다가 다시 살아났고, 격정적인 사랑을 했으며, 그런 뒤엔 사랑하는 여인과 영원한 이별을 했다.

마침내 아침이 어슴푸레 밝아 올 무렵이 되었을 때, 그의 영혼은 좀 더 차분해졌으며, 여러 모습들은 더욱 뚜렷해져서 좀처럼 지워지지 않았다. 그는 마치 혼자서 어두운 숲속을 걷고 있는 듯한 느낌이 들었다. 아주 가끔씩 초록의 그물 틈으로 햇살이 새어 들어왔다. 그는 곧 산꼭대기까지 치솟은 바위 절벽 앞에 이르렀다. 그는 언젠가 있었던 홍수 때 아래로 굴러 떨어진 이끼 낀 바위를 기어 올라가야 했다. 높이 올라갈수록 숲은 점점 성글어졌다. 마침내 그는 산 언덕바지에 위치한 조그만 풀밭에 도착했다. 풀밭 뒤쪽에는 높은 돌산이 하나 솟아 있었다. 그 발치에서 그는 입구를 하나 발견했다. 그것은 바위를 깨서 만든 통로의 첫머리 부분인 것 같았다. 그 통로는 한동안 그를 편안하게 이끌어 주었다. 이윽고 널따란 장소가 나타났다. 그곳에서 그를 향해 멀리서부터 밝은 빛이 반짝였다. 그곳으로 들어서는 순간 힘찬 빛의 기둥이 나타났다. 그 빛줄기는 마치 분수처럼 동굴의 천장까지 치솟아, 수많은 불꽃처럼 흩어졌다가 아래쪽에 있는 커다란 못에 가서 다시 모였다. 빛줄기는 마치 불타는 황금처럼 반짝였다. 바늘 떨어지는 소리조차 들리지 않았다. 성스러운 정적이 그 놀라운 광경을 감싸고 있었다. 그는 못을 향해 다가갔다. 못에는 물이 무한한 색깔로 넘실대며 바르르 떨고 있었다. 동굴 벽 전체가 이러한 액체로 덮여 있었다. 그것은 뜨겁지 않고 서늘했다. 그 액체는 사방의 벽에서 푸르스름한 빛을 던졌다. 그는 못에 손을 담가 입술을 축였다. 정령(精靈)의 입김이 그의 가슴에 밀려오는 것 같았다. 그는 온몸 구석구석에서 생기와 힘이 솟는 것을 느꼈다. 목욕을 하고 싶은 열망이 그를 걷잡을 수 없이 사로잡았다. 그는 옷을 벗고 못 안으로 들어갔다. 저녁놀에 물든 구름이 그를 감싸고 있는 듯했다. 그의 가슴은 천국에 온 듯한 느낌으로 넘쳐흘렀다. 헤아릴 수 없이 많은 생각들이 환호작약하며 그의 가슴속에서 서로 뒤섞이려 했다. 여태껏 한번도 본 적 없는 새로운 모습들이 생겨났다. 그것들 역시 뒤섞이더니 그의 주위에 살아 있는 존재가 되어 자리 잡았다. 그리고 사랑스러운 물결들이 그에게 다가와 마치 다정한 여자의 젖가슴처럼 바싹 달라붙었다. 물결들은 매혹적인 소녀들이 물에 녹은 듯한 형상이었다. 그들은 매 순간 젊은이를 건드리면서 자신들의 존재를 마음껏 즐겼다.

황홀함에 취한 상태에서도 그는 모든 인상을 마음에 간직한 채 반짝이는 냇물을 따라 유유히 헤엄쳤다. 물은 못에서 바위 속으로 흘러들고 있었다. 달콤한 잠 같은 것이 그를 덮쳐

왔다. 그는 말로 표현할 수 없는 사건들을 꿈꾸었다. 그때 또 다른 빛이 그를 잠에서 깨웠다. 그는 어느 우물가의 부드러운 잔디밭에 누워 있었다. 샘물은 하늘로 치솟아 거기서 자신을 다 살라 버리려는 것 같았다. 좀 떨어진 곳에는 색색의 광맥을 품은 암청색의 바위들이 우뚝 솟아 있었다. 그를 감싸고 있는 햇살은 평소에 보던 햇살보다 밝고 부드러웠다. 새파란 하늘 에는 구름 한 점 없었다. 그러나 걷잡을 수 없이 그의 마음을 앗아 간 것은 우물가에 서서 반짝이는 넓은 잎사귀로 그를 툭툭 건드리고 있는 푸른빛의 키 큰 꽃이었다. 푸른 꽃 주위 에는 온갖 색깔의 꽃들이 헤아릴 수 없이 많이 피어 있었다. 달콤한 향기가 주위에 진동했다. 그의 눈엔 푸른 꽃밖에 들어 오지 않았다. 그는 한참 동안 이루 말할 수 없이 사랑스러운 눈길로 푸른 꽃을 응시했다. 마침내 그가 그 꽃을 향해 다가 가려고 하자, 푸른 꽃은 갑자기 움직이더니 모습이 변하기 시 작했다. 잎사귀들은 더욱 반짝이는 빛을 띠면서 점점 솟아오 르는 줄기에 바싹 매달렸다. 푸른 꽃이 그를 향해 고개를 숙 였다. 꽃잎들이 푸른색의 넓은 옷깃 모양을 만들어 보였다. 그 순간 거기서 어여쁜 얼굴이 하늘거렸다. 야릇하게 변해 가는 꽃의 모습을 보면서 그의 달콤한 놀라움은 점점 더 커져 갔 다. 바로 그때 갑자기 들려온 어머니의 목소리가 그를 잠에서 깨웠다. 그는 부모님의 방에 누워 있었다. 아침 햇살이 방 안 을 황금빛으로 물들이고 있었다. 그는 황홀경에 푹 빠져 있었 기 때문에 어머니의 방해에도 그리 아랑곳하지 않았다. 오히 려 그는 어머니에게 상냥하게 아침 인사를 하고 어머니의 다정한 포옹을 받아 주었다.

"이 잠꾸러기야." 아버지가 말했다. "내가 얼마나 오랫동안 여기 앉아서 줄질을 하고 있었는지 아니? 너 때문에 망치질을 할 수 없었다니까. 네 엄마가 널 그냥 자도록 내버려두라고 했거든. 게다가 나는 여태껏 아침밥도 못 먹었다. 너는 정말 영리하게도 가르치는 일을 직업으로 택했구나. 널 위해 우리는 깨어서 일을 해야 해. 그러나 사람들 얘기로는 유능한 학자가 되려면 밤에도 자지 않고 우리의 현명한 조상들이 이룩해 놓은 업적을 공부해야 한다더라."

"아버지." 하인리히가 대답했다. "늦잠 잤다고 너무 나무라지 마세요. 평소에는 저도 늦잠을 자지 않잖아요. 어제는 밤늦도록 잠을 이루지 못했어요. 뒤숭숭한 꿈을 많이 꾸었거든요. 그러다가 마침내 멋진 꿈을 하나 꾸었어요. 오랫동안 잊히지 않을 그런 꿈이에요. 정말이지 그 꿈은 보통 꾸는 꿈 이상의 것이었어요."

"사랑하는 하인리히야." 어머니가 말했다. "넌 몸이 너무 쇠약해졌거나 아니면 저녁 기도 때 딴 생각을 한 거야. 아직도 안색이 좀 안 좋구나. 정신이 들도록 뭐 좀 먹고 마시도록 해라."

어머니는 밖으로 나갔다. 아버지는 하던 일에 다시 열중하면서 이렇게 말했다.

"많이 배운 사람들이 꿈을 가지고 뭐라고 하든, 꿈이란 물거품과 같은 것이야. 그처럼 쓸데없고 해로운 생각일랑 집어치우는 게 네 몸에 좋을 거다. 꿈속에 하느님의 모습이 나타나던 시절은 이미 지나갔어. 우리는 성경에서 말하는 선택된 사람들의 마음 상태가 어땠는지 알 도리가 없단다. 그 시절엔 세상살이뿐만 아니라 꿈의 성격도 지금과 달랐을 거야.

우리가 살고 있는 지금 세상에서는 더 이상 하늘과 직접적으로 접촉하는 일은 없단다. 이제는 옛날부터 전해 내려오는 이야기나 기록이 우리가 필요할 때 초자연적인 일에 대해 알아볼 수 있는 유일한 원천이란다. 성령은 이제 예전처럼 계시를 통해 말씀하시지 않고 현명하고 훌륭한 사람들의 마음이나 경건한 사람들의 생활 방식, 혹은 운명을 통해 우리에게 간접적으로 말을 건넨다. 나는 오늘날 우리가 보는 이적(異蹟)에 마음이 끌린 적이 한번도 없다. 나는 성직자들이 들려주는 그런 위대한 행위를 믿은 적이 한번도 없어. 그렇지만 그런 것에서 감동을 받고 싶은 사람이 있다면, 나는 굳이 그 사람의 신념을 깨뜨릴 생각이 없다."

"그렇지만 아버지, 아버지는 왜 그렇게 꿈을 좋지 않게 생각하시는 거죠? 꿈이 지닌 기이한 변용 능력과 가볍고 다정한 특성은 우리의 명상에 틀림없이 도움을 줄 거예요. 모든 꿈은, 그러니까 뒤숭숭하기 짝이 없는 꿈까지도 특이한 현상이 아닌가요? 신의 섭리 같은 것을 생각하기에 앞서 꿈이라는 것은 우리의 가슴속에 수천의 주름을 드리우고 있는 비밀스러운 커튼에 살짝 나 있는 틈새가 아니던가요? 이 세상에서 가장 현명한 내용을 담고 있는 책들 속에서도 우리는 성자들이 들려주는 꿈에 대한 이야기를 수없이 찾아볼 수 있어요. 아버지도 얼마 전에 궁정 목사님이 우리에게 들려준 꿈 이야기를 한번 기억해 보세요. 아버지도 그 꿈 이야기를 좀 특이하게 여기

셨잖아요.

하지만 그런 꿈 이야기가 없다고 하더라도, 만약에 생전 처음으로 꿈을 꾸었다면 아버지는 정말로 깜짝 놀라실 거예요. 그러면 아버지는 이제 우리에게 평범한 일상이 되어 버린 이 사건의 경이로움에 대해 다른 말씀을 하시지 않겠지요. 제 생각에 꿈이란 밤낮 똑같은 일상을 막아 줄 수 있는 방호벽이자, 묶여 있던 상상력이 활기를 되찾아 인생의 모든 그림들을 뒤섞어 놓고 어른들의 한결같은 진지함을 어린아이들의 즐거운 놀이로 바꾸어 놓는 놀이마당이에요. 만약에 꿈이 없다면 우리는 훨씬 더 빨리 늙어 버릴 거예요. 그렇기 때문에 우리는 꿈을, 비록 그것이 하늘에서 직접 보낸 것은 아니더라도, 적어도 신성한 선물로, 다시 말해 성스러운 무덤[2]을 향해 가는 우리의 순례의 다정한 동반자로 생각할 수 있는 거예요. 간밤에 제가 꾼 꿈은 분명히 제 인생에서 무의미한 우연은 절대 아니었어요. 왜냐하면 그 꿈이 마치 거대한 바퀴처럼 제 영혼 속으로 밀고 들어와 제 영혼을 힘차게 들어 올리는 것이 느껴지거든요."

아버지는 다정하게 미소를 짓고 나서, 막 방 안으로 들어오고 있던 어머니를 쳐다보며 말했다.

"여보, 하인리히는 제가 이 세상에 나온 시간을 부정할 수 없나 보오. 이 아이의 말투에서는 당시에 내가 로마에서 가져온 독한 포도주 냄새가 풍기거든. 그날 우리는 그 포도주로 우

---

2) 예루살렘에 있는 그리스도의 무덤.

리의 신혼 첫날밤을 축하했지. 그땐 나도 지금과는 완전히 다른 놈이었어. 남국의 바람이 나를 완전히 녹여 놓아서 객기로 넘쳐흘렀지. 당신 역시 정열이 넘치는 귀여운 처녀였어. 그때 우리는 당신 아버지 집에서 정말 멋진 시간을 보냈지. 곳곳에서 악사와 가수들이 몰려왔으니. 그렇게 흥겨운 결혼식은 아우크스부르크에서 참으로 오래간만에 열린 거야."

"방금 전까지 당신은 하인리히하고 꿈에 대한 이야기를 하고 있었잖아요." 어머니가 말했다. "그때 당신이 로마에서 꾸었다는 꿈 이야기를 제게 들려주었던 일 기억나세요? 그 꿈을 꾸고서 당신은 제게 청혼을 하러 아우크스부르크로 왔다고 했잖아요."

"제때에 기억을 되살려 주는구려." 아버지가 말했다. "당시에 내 마음을 한동안 사로잡았던 그 희한한 꿈을 깜빡 잊고 있었군. 그 꿈이야말로 내가 꿈에 대해서 갖고 있는 모든 생각의 증거야. 그보다 더 생생하고 질서 정연한 꿈을 꿀 수는 없을 거야. 지금도 모든 장면을 하나하나 다 기억할 수 있어. 그런데 그 꿈의 뜻이 무엇이었느냐고? 당신 꿈을 꾸고 나서 나는 당신을 갖고 싶은 열망에 사로잡혔어. 사실 그건 너무나 당연한 일이었어. 왜냐하면 나는 그때 이미 당신을 알고 있었으니까 말이야. 다정하고 사랑스러운 당신의 성격은 당신을 처음 본 순간부터 나의 마음을 앗아가 버렸어. 다만 당시엔 낯선 고장을 찾아 떠돌고 싶은 생각이 당신을 갖고 싶은 열망을 붙들어 매 놓고 있었지. 그 꿈을 꿀 무렵엔 그런 호기심은 이미 상당히 수그러든 상태였어. 그렇기 때문에 나의 애정은 훨씬 더 쉽사리 불타오를 수 있었던 거야."

"어서 그 희한한 꿈 이야기 좀 들려주세요." 아들이 말했다.

"어느 날 저녁……." 아버지가 이야기를 시작했다. "나는 이리저리 거닐고 있었어. 하늘엔 구름 한 점 없었고, 달은 으스스하고 파리한 빛으로 낡은 기둥과 성벽에 흰옷을 해 입히고 있었지. 친구들은 처녀들 뒤꽁무니를 쫓아 밖으로 나갔고, 나는 향수와 사랑에 들떠 들판으로 뛰쳐나갔어. 그러던 중 목이 말라서 제일 먼저 눈에 들어온 농가를 찾아갔단다. 우유나 포도주를 한 모금 얻어 마실 생각이었지. 노인 하나가 나왔어. 그는 나를 미심쩍은 눈길로 쳐다보았어. 나는 이러저러한 부탁이 있다고 말했지. 그는 내가 외국인, 그것도 독일인이라는 사실을 알고 나서는 친절하게 나를 방 안으로 안내하더니 포도주를 한 병 내오더구나. 그는 내게 자리에 앉으라고 권하고는 직업이 뭐냐고 물었어. 방 안에는 책과 골동품이 즐비했어. 우리는 긴 대화 속으로 빠져들어 갔지. 그는 내게 고대 이야기를 들려주었어. 화가들과 조각가들과 시인들에 대해서도 많은 이야기를 했지. 그때까지 나는 그런 이야기를 한번도 들어 본 적이 없었어. 나는 마치 신세계에 온 듯한 느낌이 들었지. 그는 내게 인장 반지와 그 밖의 오래된 예술품들을 보여 주었어. 그러고 나서 그는 정열적인 목소리로 날 위해 멋진 시를 몇 편 낭송해 주었다. 그렇게 하다 보니 시간은 순식간에 흘러가 버렸지. 그날 밤 내 가슴속을 가득 채웠던 그 놀라운 느낌과 생각의 다채로운 무리가 떠오를 때면 내 가슴은 지금도 벅차오르곤 하지. 그는 그 이교도 시대에 대해 아주 잘 알고 있었어.

그리고 그 까마득한 옛 시절로 간절히 돌아가고 싶어했지. 마침내 그는 내게 이젠 돌아가기에 너무 늦었다고 말하면서 내가 그날 밤의 나머지 시간을 지낼 방으로 나를 안내했단다.

나는 금방 잠에 곯아떨어졌어. 내 고향 도시로 돌아와 마을의 성문 밖에서 산책을 하고 있는 듯한 느낌이 들었지. 나는 어디로 가서 무슨 일을 해야 할 것만 같았어. 그렇지만 나는 어디로 가야 할지, 그리고 무엇을 해야 할지 알 수가 없었다. 나는 성큼성큼 빠른 걸음으로 하르츠 산맥을 향해 갔어. 결혼식장을 향해 걸어가는 신랑처럼 기분이 좋았지. 나는 길만 고집하지 않고 계곡과 숲을 누비며 들판을 가로질러 갔어. 얼마 가지 않아 높은 산[3]이 하나 나타났어. 산꼭대기에 올라 보니 눈앞엔 황금빛 초원이 펼쳐졌어. 주변에 시야를 가로막는 산이 하나도 없었기 때문에 멀리 튀링겐의 모습이 똑똑하게 보였지. 맞은편에는 시커먼 산들로 이루어진 하르츠 산맥이 자리 잡고 있었어. 셀 수 없이 많은 성과 수도원과 마을이 보였어. 마음이 편안해지자, 나를 재워 준 그 노인 생각이 나더구나. 그리고 그 노인의 집에 머물렀던 것이 꼭 까마득한 옛날 일처럼 여겨졌다.

그때 나는 산속으로 나 있는 층계를 하나 발견했어. 그래서 층계를 따라 내려갔지. 한참을 가자 널찍한 동굴이 나타났어.

---

3) 독일의 여러 전설에 등장하는 키프호이저(Kyffhäuser) 산을 가리킨다. 튀링겐 지방의 전설에 따르면 그 산속에 황제 프리드리히 2세가 앉아서 모든 기독교 세계를 하나로 통일할 시기를 기다리고 있다고 한다. 나중에는 이 전설이 프리드리히 1세, 즉 바르바로사에게 전이되었다.

그곳엔 긴 옷을 입은 백발의 노인이 쇠로 만든 탁자 앞에 앉아 꼼짝도 않고서 대리석으로 깎아 만든, 너무나 아름다운 한 소녀를 바라보고 있었어. 그의 턱수염은 쇠로 된 탁자를 뚫고[4] 치렁치렁 자라 그의 발을 덮고 있었지. 그는 진지하고 친절해 보였어. 그의 모습을 보자 지난밤 노인의 집에서 보았던 한 늙은 흉상이 떠올랐어. 밝은 불빛이 동굴 안에 넘쳐흘렀어. 그렇게 서서 백발노인을 바라보고 있는데, 갑자기 나의 주인이 다가와 내 어깨를 쳤어. 그는 내 손을 잡고서 나를 긴 통로를 통해 데리고 갔어. 얼마쯤 가자 꼭 동이 터 오르려는 것처럼 멀리서 여명이 보였어. 나는 여명을 향해 달려갔지. 달려가 보니 그곳은 푸른 초원이었어. 그렇지만 모든 것이 튀링겐과는 사뭇 달랐다. 반짝이는 넓은 이파리를 단, 어마어마하게 큰 나무들이 주위에 넓은 그림자를 드리우고 있었어. 날씨가 따스하기는 했지만 무덥지는 않았어. 곳곳에 샘물과 꽃이 지천으로 널려 있었어. 그 많은 꽃들 중에서 특히 내 맘에 쏙 드는 꽃이 하나 있었지. 다른 꽃들은 이 꽃을 향해 고개를 숙이고 있는 것 같았단다."

"아, 아버지, 그 꽃이 무슨 색이었는지 어서 말씀해 주세요." 아들이 격한 손짓을 해 대며 소리쳤다.

"다른 세세한 것들은 모두 내 마음속에 아직도 뚜렷이 남아 있는데, 그 꽃의 색깔만은 기억이 나지 않는구나."

---

4) 전설에 따르면 바르바로사의 수염은 쇠로 만든 탁자를 뚫고서 자랐다고 한다.

"혹시 푸른색이 아니었던가요?"

"그럴 수도 있지." 아버지는 하인리히가 보인 이상할 정도의 격한 반응에 아랑곳하지 않고 계속해서 말을 이었다. "내가 기억하는 것은 다만 그때 내가 말로 표현할 수 없는 야릇한 기분이 된 나머지 나를 안내해 준 사람을 한참 동안 잊고 있었다는 것뿐이다. 나는 마침내 그를 향해 몸을 돌렸어. 그때 나는 그 사람이 내 얼굴을 조심스레 뜯어보면서 마음에서 우러나는 기쁨으로 나를 향해 미소를 짓고 있는 것을 보았어. 내가 그 자리에서 어떻게 떠났는지는 기억이 나지 않아. 나는 다시 산꼭대기에 와 있었어. 나를 안내해 준 사람도 내 옆에 서 있었지. 그는 내게 이렇게 말했다. '너는 이 세상에서 가장 놀라운 것을 보았다. 네가 이 세상에서 가장 행복한 사람이 되는 것은 네 손에 달려 있다. 유명한 사람이 되는 것도 말이다. 내가 지금부터 하는 말을 명심하도록 해라. 성 요한절 저녁에 이곳에 다시 와서 하느님께 진심으로 이 꿈의 해몽을 빌면, 이 지상에서 최고의 운명이 네게 주어질 것이다. 여기 이 산꼭대기에 와서 조그만 꽃 한 송이를 발견하거들랑 그 꽃을 꺾어라. 그다음엔 하늘이 이끄는 대로 겸손하게 모든 것을 맡기도록 해라.'

그 꿈이 끝나자 내가 아주 훌륭한 인물들 틈에 있는 것이었어. 끝없는 시대가 다양한 모습으로 바뀌며 내 눈앞을 어른거리며 지나갔지. 혀가 풀린 것 같더니 내가 하는 말이 음악처럼 울렸어. 그러더니 모든 것이 다시 어두워지고 비좁아지며 평범해져 버렸다. 나는 네 엄마가 상냥하고 수줍어하는 표정으로 내 앞에 서 있는 것을 보았지. 네 엄마는 환하게 빛나는 아이를 품에 안고 있다가 내게 넘겨주었어. 그 순간 아이는 눈에 띄게 자라기 시작했지. 점점 더 환하게 빛을 발하면서 말이야. 그러더니 마침내 아이는 눈부시게 하얀 날개를 흔들며 우리 머리 위로 솟아오르더니, 우리 두 사람을 제 품에 끌어안고서 하늘 높이 날아 올라갔어. 지구가 마치 아주 매끈하게 만든 황금빛 주발처럼 보일 때까지 말이야. 그다음으로 내가 기억하는 것은 단지 그 꽃과 산과 노인이 다시 나타났다는 거야. 그러나 나는 곧 잠에서 깨어났어. 그때 나는 격렬한 사랑에 사로잡혔지. 나는 나를 환대해 준 노인과 작별 인사를 했어. 그는 내게 자주 찾아와 달라고 부탁했어. 나는 그렇게 하겠다고 약속했어. 그때 내가 곧 로마를 떠나 허겁지겁 아우크스부르크로 달려가지 않았더라면 나는 아마도 그 약속을 지켰을 거다."

2장

 성 요한절은 지나갔다. 하인리히의 어머니는 오래전부터 아들을 데리고 아우크스부르크에 사는 친정아버지를 한번 찾아갈 생각을 갖고 있었다. 한번도 인사시키지 못한 손자를 할아버지에게 보여 주고 싶었던 까닭이다. 그러던 차에 하인리히의 아버지의 마음씨 좋은 친구들인 몇몇 상인들이 사업상의 일로 아우크스부르크에 가게 되었다. 그때 하인리히의 어머니는 그 기회를 이용하여 평소에 품고 있던 자신의 생각을 실천에 옮기기로 마음먹었다. 그녀는 꼭 그렇게 하고 싶었다. 왜냐하면 하인리히가 갈수록 말수가 적어지고 골똘히 생각에 잠겨 있는 모습을 종종 보아 왔기 때문이다. 그녀는 하인리히가 우울증에 빠져 있거나 아니면 어디가 아픈 거라고 생각했다. 그렇기 때문에 장거리 여행을 하면서 새로운 사람들을 만나고 낯선 고장들을 구경하고, 또 그녀가 속으로 은근히 바라는 대로 아우크스부르크의 아리따운 처녀를 사귀게 되면 하인리히의 울적한 기분은 씻은 듯이 사라져 버리고, 다시 전처럼 상냥하고 낙천적인 아들의 모습으로 돌아올 것만 같았다. 하인리히의 아버지는 어머니의 계획에 동의해 주었다. 하인리히는 어머니나 그 밖의 많은 여행객들로부터 이야기를 들어서 이미 마음속으로는 오래전부터 지상의 낙원으로 그려 왔지만 한번도 가 보지는 못했던 그 고장으로 여행을 한다는 말에 날아갈 듯이 기뻤다.

하인리히는 이제 갓 스무 살이 되었다. 그렇지만 그는 여태껏 고향 마을 바깥세상을 한번도 구경해 본 적이 없었다. 그는 세상일에 대해서는 이야기를 통해서만 알고 있었다. 그가 읽은 책의 가짓수도 얼마 되지 않았다. 백작 집안의 삶의 방식은 그 시절의 습속에 따라 소박하고 조용했다. 왜냐하면 그 당시 제후가 누리던 호화롭고 편리한 생활이라는 것이 뒷날 돈 많은 평민이 사치를 하지 않고서 자신과 식구들에게 제공할 수 있던 안락한 생활과도 견줄 바가 못 되었기 때문이다. 대신 그 시절엔 생활에 다양하게 사용하기 위해 모아들인 생활용품이나 집기들에 대한 사람들의 감각이 훨씬 더 심오하고 섬세했다. 이런 물건들은 그만큼 더 값지고 소중했다. 자연의 신비와 자연 속에 깃든 사물들의 근원이 예감에 찬 사람의 마음을 매료했다면, 이것들을 재료로 삼아 새로운 물건들을 만들어 낸 진귀한 솜씨와 이 물건들이 생겨난 근원에 대한 낭만적인 거리감과 이 물건들의 연륜이 지닌 성스러움은 이 말없는 생의 반려자들에 대한 사람들의 애착심을 높여 주었다. 아주 조심스럽게 보존하면 수 세대에 걸친 유산이 되는 경우가 많았기 때문이다. 또한 많은 경우 그것들은 특별한 축복과 운명을 담은 성스러운 표적의 지위로까지 격상되었다. 모든 왕국들과 세상 곳곳에 널리 흩어진 가문의 안녕은 바로 이것들을 잘 보존하고 있느냐에 달려 있었다.

정겨운 가난은 이 시절을 나름의 진지하고 티 없이 맑은 소박함으로 장식해 주었다. 그렇기 때문에 이곳저곳에 나뉘어 있던 이 보물들은 그러한 어스름 속에서 더욱더 의미심장하게 반짝였으며, 생각이 깊은 사람들의 마음을 놀라운 기대감으로 가득 채워 주었다. 빛과 색채와 그림자의 절묘한 안배가 우리 눈에 보이는 세계의 숨겨진 아름다운 모습을 드러내 보여 주고 또 이때 새롭고 드높은 안목이 열리는 것이 사실이라면, 바로 그 시절엔 어디서나 모든 것이 잘 안배되어 있는 모습을 볼 수 있었다. 이에 비해서 오늘날은 삶의 형편은 훨씬 좋아진 반면 일상적인 생활에서는 훨씬 단조롭고 지루한 모습을 보인다. 정치적 공백기에 그렇듯이 모든 전환기에는 드높은 정신의 힘이 틈을 비집고 나타나려는 것 같다. 그리고 우리가 살고 있는 이 땅에서는 지상 및 지하 자원이 풍부한 지역이 사람의 접근을 거부하는 험준한 산악 지대와 끝없는 평원 사이에 위치하고 있듯이, 조야한 야만의 시대와 부와 예술과 지식이 넘치는 시대 사이에는 소박한 옷 속에 고상한 모습을 감추고 있는 심오하고 낭만적인 시기가 터를 잡았다. 낮의 빛과 밤의 어둠이 서로 부딪쳐 뒤섞이며 더욱 숭고한 빛깔과 그림자를 만들어 내는 어스름 녘에 그 누군들 집 밖으로 거닐고 싶지 않을까. 그러므로 우리는 하인리히가 살던 시절 속으로, 이제 그가 부푼 마음으로 새로운 경험을 맛보기 위해 길을 나선 그 시절 속으로 기꺼이 침잠해 보고 싶은 것이다. 그는 친구들 그리고 그의 스승인 궁정의 늙은 목사님에게 작별을 고했다. 하인리히의 뛰어난 재능을 일찍부터 알아본 그분은 이제 설레는 마음으로 조용히 기도를 올리면서 그를 떠나보냈다. 지방 태수의 부인은 하인리히의 대모였다. 그는 바르트부르크에 사는 그녀의 집에 자주 들르곤 했다. 그는 이번에도 자신의 후견인인 그녀를 찾아가 작별 인사를 했다. 그녀는 그에게 유익한 충고를 몇 마디 들려주고 금목걸이를 주면서 그와 작별했다.

하인리히는 섭섭한 마음으로 고향과 아버지 곁을 떠났다. 그는 이제 생전 처음으로 이별이 무엇인지 뚜렷이 알게 되었다. 사실 그는 처음에 고향을 떠난다고 생각할 때만 해도 이렇게 야릇한 느낌이 들 줄은 몰랐다. 지금까지의 세계가 그에게서 떨어져 나가고 마치 낯선 강가에 떠밀려 온 듯한 느낌이었다. 세상을 아직 잘 모르는 젊은이가 언제나 꼭 있어야 하며 없어서는 안 된다고, 자연에 깊이 뿌리를 박고 있어서 언제나 변하지 않을 것이라고 생각했던 지상의 것들이 덧없이 사라진다는 사실을 처음으로 알았을 때 겪는 슬픔은 정말로 끝이 없다. 처음으로 듣는 죽음의 통고처럼 첫 이별은 기억 속에서 잊히지 않는다. 그리고 첫 이별은 한밤중의 유령처럼 한동안 사람의 마음을 불안하게 만들다가는, 낮에 느끼는 기쁨이 점차 줄어들고 변치 않는 안전한 세계에 대한 그리움이 점점 커질 때가 되어서는 마침내 우리의 친절한 안내자요 다정한 친구가 된다. 어머니가 늘 곁에 있어서 하인리히는 크게 안심이 되었다. 예전의 그의 세계가 아직은 완전히 사라진 것 같지 않았다. 그는 그 세계를 더욱 강렬해진 애정을 가지고 얼싸안았다.

이른 새벽, 여행자들은 아이제나흐 성문 앞에서 말을 타고 출발했다. 새벽의 어스름이 오히려 하인리히의 서글픈 마음에 도움이 되었다. 날이 밝아 올수록 처음 보는 고장의 모습이 더욱 뚜렷하게 눈에 들어왔다. 그리고 언덕에 올라 떠나온 고향의 풍경이 솟아오르는 태양의 빛살로 갑자기 환하게 빛나는 것을 보았을 때, 놀란 하인리히의 마음속에서는 어릴 때 배운 노래들이 떠올라 주마등처럼 스쳐 가는 우울한 생각들 속으로 섞여 들어갔다. 그는 미지의 땅으로 가는 문턱에 서 있는 자신의 모습을 보았다. 그 땅은 전에 가끔 가까운 산에 올라 그냥 멍하니 바라보며 마음속에서 온갖 다채로운 색깔로 그려 보곤 하던 곳이었다. 그는 이제 막 미지의 땅의 푸른 물결에 몸을 담그려 하고 있었다. 푸른 꽃이 그의 눈앞에 어른거렸다. 그는 등 뒤로 멀어져 가고 있는 튀링겐 쪽을 바라보았다. 그때 그는 자신이 한참 동안 방랑하다가, 지금 그들이 향하고 있는 먼 고장으로부터 나중에야 고향으로 돌아올 것 같은 이상한 느낌이 들었다. 그렇기 때문에 지금 그가 향해 가고 있는 곳이 진짜 고향인 것처럼 느껴졌다.

처음엔 하인리히와 비슷한 이유에서 입을 다물고 있던 일행들이 마침내 깨어나기 시작했다. 그들은 온갖 이야기와 대화로 지루함을 달래려는 것 같았다. 하인리히가 몽상에 잠겨 있는 것을 본 어머니는 그를 몽상에서 깨워야 한다고 생각하고는 그에게 아우크스부르크와 외할아버지 집안과 슈바벤에서 보낸 즐거웠던 시절에 대해 이야기를 들려주었다. 상인들도 이야기에 끼어들어 어머니가 하는 말에 맞장구를 치면서 슈바닝 노인은 언제나 손님들에게 따스한 접대를 한다고 추어올리는가 하면, 어머니의 고향인 아우크스부르크의 어여쁜 처녀들을 입에 침이 마르도록 칭찬하기도 했다.

"아드님을 그곳에 데려가는 것은 정말 잘하시는 일입니다." 그들은 말했다. "마님 고향의 습속이 이곳보다 훨씬 온화하고 호감이 가거든요. 그곳 사람들은 즐거움을 해치지 않고서 유익한 것을 도모하는 법을 알고 있어요. 그곳에선 누구나 자신의 욕망을 아주 사교적이고도 매력적인 방식으로 채우려고 하지요. 상인도 편한 생활을 하고 사람들로부터 존경을 받아요. 예술과 기술이 번창하고 점점 더 세련되어지고 있어요. 부지런한 사람들은 일하는 것을 어렵게 생각하지 않아요. 일을 통해서 생활의 온갖 편리함을 얻을 수 있으니까요. 그리고 단조롭기는 하지만 다양하고 보수가 좋은 일을 통해 때깔 좋은 열매를 맛볼 수 있거든요. 돈과 일과 상품이 서로 상승 작용을 하는 겁니다. 그리고 순환이 빨리 됩니다. 그래서 도시나 시골 할 것 없이 번창하는 거지요. 벌이를 위해 낮에 열심히 일한 만큼, 저녁에는 마음 놓고 순수 예술이나 사교 활동을 하면서 시간을 재미있게 보낼 수 있지요.

우리의 마음은 휴식과 변화를 원합니다. 그런데 어디서 이보다 더 품위 있고 멋진 방식으로 이런 것을 구할 수 있을까요. 자유로운 연극이나 정신의 가장 고상한 힘, 즉 창조력의 산물들을 즐길 때보다 말입니다. 이 세상 다른 어느 곳에서도 그처럼 멋진 가수들의 노랫소리는 듣지 못해요. 그렇게 훌륭한 화가들 역시 보지 못할 겁니다. 그리고 이 세상 다른 어디의 무도장에서도 그처럼 경쾌한 동작과 사랑스러운 몸매는 보지 못할 겁니다. 라틴 민족들과 이웃하고 있어서 그런지 그들의 행동은 얽매임이 없고 대화는 호소력이 있습니다. 마님의 가문은 사교 모임의 꽃이 될 것이며, 구설수에 오를까 염려하지 않고 우아한 행동으로 강력한 라이벌의 눈길을 끌 것입니다. 남자들에게서 볼 수 있는 무뚝뚝함과 지나친 방종은 부드러운 활력과 온화하고 절제된 기쁨에게 자리를 양보합니다. 그리고 행복한 사교 모임에서는 수천 가지 모습의 사랑이 지도적인 정신이 될 것입니다. 방종이나 무례한 행동이 그런 자리에 끼어들 리 만무합니다. 또한 사악한 정신들은 우아함의 근처에서 도망치는 것 같습니다. 그리고 독일 그 어디에서도 슈바벤의 여인들보다 더 단정한 처녀들과 지조 있는 부인들을 만나기는 힘들 것입니다.

그래, 젊은 친구, 남부 독일의 맑고 따스한 공기 속에서 지내다 보면 자네는 지나치게 수줍어하는 버릇을 버리게 될 거야. 그곳의 명랑한 소녀들이 자네를 나긋나긋하고 말 잘하는 성격으로 만들어 줄 거야. 이방인임을 드러내는 자네의 이름과, 모든 유쾌한 사교 모임에 즐거움을 선사하는 슈바닝 노인과 친척이라는 사실이 소녀들의 매혹적인 눈길을 끌 거야. 그리고 외할아버지의 뒤를 따라다니다 보면, 자네는 우리의 고향 도시를 멋진 아가씨로 장식해 주게 될 거야. 자네 아버지가 그랬듯이 말이야."

하인리히의 어머니는 얼굴을 붉히면서 자신의 고향뿐만 아니라 그곳에 사는 여자들까지 멋지게 칭찬해 주어서 고맙다고 말했다. 그리고 하인리히는 깊이 생각에 잠긴 채 조금만 있으면 직접 보게 될 그 도시에 대해 그들이 뭐라고 하는지 집중하면서 흐뭇한 마음으로 귀를 기울이지 않을 수 없었다. "우리가 들은 대로, 자네가 아버지가 하던 일을 물려받지 않고 학문을 하겠다고 하더라도……." 상인들은 하인리히에게 계속해서 말했다. "자네는 성직자가 되어 우리 인생에서 가장 멋진 즐거움을 포기할 필요는 없네. 학문이 세속적인 삶에서 동떨어져 있는 사람들의 손아귀에 들어가 있고, 우리의 군주들이 그렇게 비사교적이고 세상에 대해 아는 것이 없는 남자들에게서 조언을 구한다는 사실만으로도 이미 상황은 최악일세. 그들은 고독에 빠져서 세상 돌아가는 일에는 아무런 관심도 없고, 그들의 생각은 쓸데없이 허공만 맴돌 뿐 실제 생활에는 아무런 소용도 되지 않는다네. 그렇지만 슈바벤에 가면 평신도 중에서 정말로 지혜롭고 경험 많은 사람들을 만나게 될 걸세. 자네가 어떤 분야의 학문을 하길 원하든, 자네에겐 가장 훌륭한 스승과 조언자들이 부족하지는 않을 걸세."

그들의 말을 듣던 중 하인리히는 고향에 있는 궁정 목사 생각이 났다. 그래서 그는 잠시 후 그들에게 이렇게 말했다.

"내가 비록 세상 돌아가는 일에 대해서 잘 알지 못하고, 또 성직자들이 속세의 일을 이끌고 판단하기에는 적절치 못하다는 당신들의 주장에 대해 반박할 수는 없지만, 그럼에도 나는 우리의 유능한 궁정 목사님을 여러분에게 상기시키고 싶어요. 그분은 분명 지혜로운 사람의 본보기이며, 그분이 내게 주신 가르침과 충고는 절대 잊히지 않을 거예요."

"우리도 그 훌륭하신 목사님을 진심으로 존경한다네." 상인들이 대답했다. "그렇지만 우리는 하느님을 기쁘게 하는 삶과 관련된 지혜에 있어서만 그분이 슬기롭다고 동조해 줄 수 있네. 그분이 종교적 구원과 관련하여 아는 것이 아주 많기 때문에 세상일에 대해서도 잘 알 거라고 생각한다면, 우리는 자네와 의견이 다를 수 있음을 이해해 주게. 그렇다고 해서 그 지체 높으신 분의 명성에 흠이 가지는 않을 거라고 생각하네. 그분은 이 세상의 것을 초월한 학문에 심취해 있기 때문에 속세의 일에 대해 무엇을 파악하려고 하거나 거기서 명성을 얻으려고 하시지는 않을 거야."

"그렇지만……." 하인리히가 말했다. "바로 그런 세속을 초월한 드높은 학문이 인간사를 공평무사하게 인도하는 일에 쓰여야 하지 않나요? 어린애처럼 구김이 없는 바로 그런 소박함이 우리의 세속적인 일들의 미로를 뚫고 나갈 수 있는, 훨씬 더 확실하고 올바른 길을 알려 주지 않을까요? 자신에게 이익이 되는가를 따지느라 길을 잘못 접어들기도 하고 비틀대기도 하며, 수없이 나타나는 우연과 얽히고설킴 때문에 눈이 부실 지경인 영리함보다 말입니다. 잘은 모르겠지만, 내가 보기에 인간의 역사라는 학문에 도달하는 길은 두 가지가 있는 것 같습니다. 그중 하나는 목적지가 눈에 보이지 않는 힘겹고 수없이 꼬불꼬불한 길입니다. 즉, 경험의 길입니다. 다른 하나는 한 번만 펄쩍 뛰면 되는 길입니다. 즉, 직관의 길입니다. 첫 번째 길을 택해서 가는 사람은 힘겹게 계산을 해서 하나에서 다른 것을 이끌어 내야 합니다. 반면에 두 번째 길을 택한 사람은 모든 사건과 대상의 본질을 즉각적으로 투시하고, 그 본질을 다각도로 생동감 있게 고찰하고, 그러한 본질들을 석판화에 그려진 인물들을 비교하듯 어렵지 않게 다른 것들과 비교할 줄 알지요. 어린애 같은 생각으로 내가 여러분 앞에서 이렇게 말하고 있는 것이라면 용서해 주시기 바랍니다. 오로지 여러분의 호의에 대한 믿음과, 멀리서 내게 두 번째 길이 정답임을 알려 주신 나의 스승에 대한 기억이 나로 하여금 이렇게 당돌한 말을 하게 만든 것 같습니다."

"자네한테 고백하지만……." 마음씨 좋은 상인들이 말했다. "우리는 자네의 생각을 따라잡을 수가 없네. 그렇지만 자네가 그 훌륭하신 스승을 따뜻한 마음으로 기억하고 있고, 또 그분의 가르침을 잘 이해한 것 같아 기분이 좋군.

우리가 보기에 자네는 시인이 될 소질이 있는 것 같네. 마음속에서 일어나는 일을 그렇게 막힘없이 말하는 걸로 보아서 말이야. 자네는 표현을 잘 골라서 할 줄도 알고, 또 적절한 비유를 쓰는 법도 알고 있어. 자네는 또한 놀라운 것 쪽에 끌리는 성향을 가지고 있네. 그게 바로 시인의 본질이지."

"어떻게 해서 그렇게 되었는지는 나도 모르겠어요." 하인리히가 말했다. "나는 오래전부터 사람들이 시인이나 방랑가에 대해 얘기하는 것은 자주 들었지만, 한번도 직접 보지는 못했어요. 사실, 나는 그들이 하는 그 진귀한 예술이라는 것이 무엇인지 상상조차 할 수 없어요. 그것에 대해 꼭 한번 들어 보고 싶어요. 그러면 내가 지금 마음속에서 어렴풋이 느끼고 있는 것들을 훨씬 더 잘 이해할 수 있을 것 같아요. 사람들이 시에 대해 하는 말은 많이 들어 봤지만, 시를 직접 본 적은 한번도 없거든요. 그리고 나의 스승님도 그 예술을 직접 접할 수 있는 기회를 한번도 가져 보지 못했어요. 그래서 스승님이 그 예술에 대해 들려준 내용을 나는 분명하게 이해하지는 못했어요. 하지만 스승님은 언제나 그것은 고상한 예술이며, 내가 한번만이라도 접하게 되면 그 예술에 흠뻑 빠져들 것이라고 말씀하셨어요. 옛날에는 그 예술이 지금보다 훨씬 더 널리 알려져 있었으며, 누구나 그 예술을 어느 정도 구사할 줄 알았다고 하셨어요. 물론 사람에 따라 능력의 차이가 나기는 했지만 말이에요. 그 예술은 또한 이미 사라진 다른 훌륭한 예술들과 밀접한 관계에 있다는 거예요. 음유 시인들은 하느님의 드높은 은총을 받았기 때문에, 하느님과의 보이지 않는 교류에서 영감을 받아 달콤한 목소리로 이 지상에 하늘나라의 지혜를 알릴 수 있었다고 하셨어요."

이 말을 듣고서 상인들이 말했다. "우리는 시인들의 노래를 즐겨 듣기는 하지만, 사실 시인들의 비밀이 무엇인지 알려고 해 본 적이 없다네. 시인 한 사람이 세상에 태어날 때마다 별자리에 특이한 움직임이 있다는 말은 사실인 것 같아. 왜냐하면 이 예술에는 분명 뭔가 놀라운 것이 있기 때문이라네. 또한 다른 예술들은 이 예술과 상당히 다르며, 어렵지 않게 이해할 수 있다네. 화가나 음악가가 하는 일은 금방 파악할 수 있고, 우리는 노력과 끈기를 통해 그들의 솜씨를 배울 수 있네. 소리들은 이미 현 속에 들어 있는 거라네. 이 소리들을 깨워서 즐거운 멜로디를 만들어 낼 줄 아는 솜씨만 있으면 되는 것이지. 화가에게는 자연이 가장 훌륭한 스승일세. 자연은 수없이 많은 아름답고 놀라운 형상들을 만들어 내고, 색채와 빛과 그림자를 제공해 준다네. 그렇기 때문에 숙련된 손과 제대로 된 눈은 색깔을 마련하고 섞는 기술을 바탕으로 자연을 가장 완벽하게 모방할 수 있는 걸세. 따라서 이 예술들이 지닌 영향력과 이 예술들이 주는 기쁨을 짐작하는 것도 그리 어려운 일은 아니라네. 나이팅게일의 노랫소리, 귓가를 스치는 바람 소리, 그리고 찬란한 햇빛과 색깔과 형상들은 우리에게 호감을 준다네. 그 까닭은 그것들이 우리의 감각에 호소하기 때문이라네. 게다가 우리의 감각은 자연의 산물들에서 기쁨을 즐길 수 있도록 만들어져 있기 때문에, 자연을 예술적으로 모방한 것 역시 우리에게 기쁨을 주는 거라네. 자연 역시 자신이 지닌 위대한 예술성에서 기쁨을 얻고 싶어한다네. 그래서 자연은 스스로 인간의 모습으로 변신하는 걸세. 그런 다음 자연은 자신의 찬란한 모습을 보고 기뻐하고, 사물들로부터 매력과 즐거움을 추출해 낸다네. 그리고 이 매력과 즐거움을 언제 어디서든 자신이 마음껏 즐길 수 있도록 훨씬 다양한 형태로 내놓는 걸세.

이에 반해서 시문학은 어느 모로 보나 외적인 것과는 상관이 없다네. 또한 이 예술은 손이나 도구를 사용하지도 않는다네. 눈이나 귀로는 이 예술을 감지할 수 없지. 왜냐하면 단순히 말을 듣는 것으로 이 신비한 예술이 지닌 실질적인 효과가 생기는 것은 아니기 때문이지. 모든 것은 영혼의 문제일세. 앞에서 말한 다른 종류의 예술가들이 우리의 외적인 감각을 즐거운 느낌으로 가득 채워 주듯이, 시인은 우리 마음속의 성전을 새롭고 놀라우며 즐거운 생각으로 가득 채워 준다네. 시인은 자기가 원하는 대로 우리 마음속에 그처럼 신비스러운 힘을 불러일으키는 방법을 알고 있지. 그리고 시인은 말을 통해서 우리에게 미지의 찬란한 세계를 느낄 수 있게 해 준다네. 마치 깊은 동굴에서 들려오는 소리처럼 우리 마음속에는 과거와 미래의 시대와 헤아릴 수 없이 많은 사람들과 경이로운 고장들, 그리고 아주 진귀한 사건들이 떠올라, 우리를 우리가 살고 있는 현재의 시점에서 다른 곳으로 낚아채 가는 걸세. 우리 귀에는 낯선 이방인의 말이 들려오지만, 우리는 그 말뜻을 이해할 수 있다네. 시인이 쓰는 말은 마법적인 힘을 발휘한다네. 시인은 심지어 일상에서 쓰는 평범한 말조차도 매혹적으로 들리게 만들어서 듣는 사람의 마음을 마법처럼 사로잡아 버린다네."

"여러분은 더 이상 참을 수 없으리만큼 내 호기심을 자극하는군요." 하인리히가 말했다. "제발 부탁입니다. 여러분이 직접 들은 시인들 이야기를 내게 모두 들려주세요. 나는 그 특별한 사람들에 대한 이야기가 너무나 듣고 싶어요. 지금 갑자기 그들에 대한 이야기를 아주 어릴 적에 들은 적이 있는 것 같은 생각이 드는군요. 그렇지만 지금은 기억나는 게 전혀 없어요. 그러나 여러분이 방금 들려준 이야기는 내게 너무나 분명하고 익숙하게 느껴져요. 그리고 여러분의 멋진 묘사 솜씨는 내 마음을 더없이 기쁘게 해 주는군요."

"우리들 역시 그 시절의 기억을 떠올리면 기분이 좋다네." 상인들이 말을 이었다. "그때 우리는 이탈리아, 프랑스 그리고 슈바벤 지방에서 음유 시인들과 함께 멋진 시간을 보낸 적이 많았지. 자네가 우리 이야기에 그렇게 깊은 관심을 보여 줘서 기쁘군. 이곳과 같은 산악 지역을 여행하면서 이야기를 나누다 보면 기쁨이 두 배가 되고, 이야기를 듣다 보면 시간이 쏜살같이 지나간다네. 우리가 여행 중에 들은 시인들에 대한 멋진 이야기를 몇 가지 들려주면 자네도 좋아할 걸세. 그렇지만 우리가 들은 시에 대해서는 자네한테 별로 들려줄 것이 없다네. 왜냐하면 순간의 기쁨과 도취가 오래 기억하는 일을 방해하기 때문일세. 게다가 쉴 새 없이 장사 일을 하다 보니 많은 기억들이 지워지고 말았다네.

옛날에는 자연이라는 것이 모두 오늘날보다 훨씬 더 생동감 있고 의미심장했던 것 같아. 오늘날엔 짐승들은 거의 느끼지 못하고 인간들만이 느끼고 즐길 수 있는 효과들이 그 시절엔 생명이 없는 사물들까지도 감동시켰기 때문이지. 그래서 재능이 뛰어난 사람들은 예술을 통해서 오늘날 우리로서는 도저히 믿을 수 없는 동화 같은 일을 보여 주곤 했다네. 아주 먼 옛날 지금의 그리스 땅에 있던 나라들에서는──그 지역을 여행하면서 그런 전설이 일반 민중 사이에 아직 살아 있음을 발견한 사람들의 전언에 따르면——그 시절에 시인들이 놀라운 악기로 신기한 소리를 내서 숲속의 신비로운 생명뿐만 아니라 나뭇등걸 틈에 숨어 있던 정령들을 일깨우고, 황야나 사막에서는 식물의 죽은 씨앗을 살려 내고, 꽃 피는 정원을 만들어 냈다는 걸세. 그들은 또한 사나운 짐승들을 길들이고, 거친 사람들에게는 질서와 도덕을 가르치고, 그들의 마음속에 점잖은 품성과 평화의 예술을 심어 주었으며, 사납게 날뛰는 홍수를 부드럽게 잠재우고, 심지어 죽음에 빠져 있는 바위까지도 깨워서 춤을 추게 만들었다는 걸세. 그들은 또한 다른 한편으로는 예언자이자 성직자요 입법자이자 의사였다고 하네. 마법적인 예술을 통해 그들은 하늘에 있는 초월적인 존재들을 땅으로 불러들였고, 그러면 이 존재들은 그들에게 미래의 비밀들을 가르쳐 주고, 만물의 조화와 타고난 성질에 대해, 그리고 숫자와 식물과 모든 피조물이 지닌 내적인 힘과 치유력에 대해 알려 주었다네. 전설에 따르면 그때부터 비로소 다양한 소리와 독특한 동정심과 체계들이 자연 속에 깃들게 되었다는 걸세. 그 이전에는 모든 것이 거칠고 뒤죽박죽이고 적대적이었다네. 그런데 여기서 이상한 것은 지난날에 그 훌륭한 사람들이 있었음을 기억할 수 있도록 이런 멋진 흔적이 남아 있음에도 불구하고, 그들의 예술이나 예전의 자연이 지녔던 섬세한 감수성은 사라지고 없다는 점일세.

그렇게 먼 옛날, 한번은 이런 일이 있었다네. 그 특별한 시인들 중의 하나가——아니, 음악가라고 하는 편이 나을지도 모르겠군. 물론 시와 음악은 아주 유사한 점이 많고, 또 입과 귀처럼 서로 밀접하다고 할 수 있지만 말일세. 왜냐하면 입은 움직일 수 있는, 그리고 대답할 수 있는 귀라고 할 수 있으니까.——바다를 건너 낯선 나라로 가고 싶어했다네. 그는 자신을 존경하는 사람들로부터 받은 멋진 보석과 귀한 선물을 많이 갖고 있었어. 그는 바닷가에서 배를 한 척 발견했다네. 배에 탄 사람들은 돈만 낸다면 그가 원하는 곳까지 태워다 줄 것 같았지. 그러나 그가 몸에 지닌 화려한 보석들을 본 그들은 곧 탐욕에 눈이 멀어 그를 사로잡아 바닷물 속에 던져 넣은 뒤 나중에 그의 재산을 나누어 갖기로 음모를 꾸몄다네. 그렇게 해서 바다 한가운데에 이르렀을 때, 그들은 그를 덮쳤다네. 그러고는 그를 바닷물 속에 던져 버리기로 결정했기 때문에 그는 죽을 수밖에 없다고 말했다네. 그는 목숨만 살려 달라고 간절하게 빌었다네. 살려 주기만 하면 자신의 모든 재산을 그들에게 주겠노라고 말했지. 그리고 만약 그들이 이 계획을 실천에 옮긴다면 엄청난 불행을 겪게 될 것이라고 예언했다네. 그렇지만 어떤 말로도 그들의 마음을 돌려놓을 수 없었다네. 왜냐하면 그들은 언젠가 그가 자신들의 음흉한 계획을 세상에 폭로할지도 모른다고 생각했기 때문이라네. 그때 그들의 결심이 확고하다는 것을 알아챈 그는 이제 죽기 전에 마지막으로 최후의 노래를 연주할 수 있게 해 달라고 부탁했다네. 연주를 끝내고 나면 그들이 보는 앞에서 평범하게 생긴 그의 나무 악기를 들고 자발적으로 바다에 뛰어들겠노라고 말했지. 그들은, 만약에 그의 노래를 듣게 되면 마음이 약해져 자신들이 회오(悔悟)의 감정에 휩쓸리게 되리라는 것을 너무나 잘 알고 있었다네. 그래서 그들은 그의 마지막 부탁을 들어주기는 하되, 그가 연주를 하는 동안 노랫소리가 들리지 않도록 귀를 꼭 막아 그들의 계획에 차질이 없게 하기로 마음먹었다네. 일은 실제로 그렇게 진행되었다네. 음유 시인은 우아하고 한없이 감동적인 노래를 연주하기 시작했지. 배 전체가 음악 소리에 맞추어 덩실댔고, 파도가 소리를 질렀으며, 하늘에는 해와 별들이 동시에 나타났다네. 그리고 푸른 물결 너머로는 수천 마리의 춤추는 물고기들과 바다 괴물들이 모습을 드러냈다네.

뱃사람들만은 귀를 꼭 막고 적대적인 자세로 서서, 어서 노래가 끝나기만을 초조한 마음으로 기다렸지. 노래는 곧 끝났다네. 그러자 음유 시인은 침착한 표정으로 그의 놀라운 악기를 가슴에 끌어안고 검은 심연을 향해 뛰어내렸다네. 그런데 그의 몸이 반짝이는 물결에 닿기가 무섭게 그의 몸 아래에서 고마운 괴물의 등이 불쑥 솟아올랐다네. 그 괴물은 놀라서 어쩔 줄 모르는 그 음유 시인을 태우고 금세 어디론가 사라졌다네. 얼마 뒤 괴물은 그 시인이 전부터 가고 싶어했던 해안에 다다르자 그를 갈대밭에다 살포시 내려놓았다네. 시인은 자신을 구해 준 괴물을 위해 즐거운 노래를 한 곡 들려주고서 고맙다는 말과 함께 그곳을 떠났다네. 그로부터 얼마 뒤 그는 자신의 보물들을 잃어버린 일에 대해 달콤한 선율로 한탄하며 바닷가를 혼자 거닐고 있었다네. 그 보물들은 행복했던 시절을 상기시켜 주는 물건이자 사랑과 감사의 표시로서 그에게 너무나 소중했던 걸세. 그가 그렇게 노래를 부르고 있을 때, 갑자기 바닷물을 가르며 그의 옛 바닷속 친구가 즐거운 표정으로 나타나, 목구멍에서 그가 빼앗긴 보물들을 모두 백사장에 쏟아 냈다네.

　뱃사람들은 그 음유 시인이 바닷물 속으로 뛰어들자마자 곧장 그의 재산을 나누기 시작했던 걸세. 보물을 나누는 과정에서 그들 사이에 싸움이 일어났다네. 그리고 그들의 싸움은 유혈이 낭자한 살육전으로 끝나고 말았지. 그때 대부분의 뱃사람들은 목숨을 잃었다네. 얼마 남지 않은 사람들로는 배를 제대로 운행할 수 없었어. 그래서 그 배는 곧 바닷가에 좌초되어 가라앉고 말았다네. 그들은 간신히 목숨만을 건지고 갈가리 찢어진 옷에 수중에는 가진 것 하나 없이 바닷가로 올라왔다네. 그렇게 해서 바닷속에서 보물들을 찾아낸 고마운 바다짐승의 도움으로 보물들은 원래의 임자한테 되돌아오게 된 걸세."

3장

"또 다른 이야기는……." 상인들은 잠시 말을 멈추었다가 계속해서 이야기했다. "그렇게 놀랍지는 않지만, 역시 시간상으로 좀 뒷날의 것인데, 아마도 자네 마음에 들 거야. 그리고 이 이야기는 자네가 그 놀라운 예술이 지닌 효과에 대해 보다 더 잘 알 수 있게 해 줄 걸세.

한 늙은 왕이 화려한 궁전을 하나 갖고 있었다네. 각처에서 그 왕의 화려한 삶을 직접 보려는 사람들이 궁전으로 구름처럼 몰려들었지. 날마다 열리는 연회에서는 맛있는 음식이 부족함 없이 늘 넘쳐났고, 음악이나 화려한 의상과 장식품 역시 부족함이 없었다네. 그리고 다양한 연극과 오락과 재치 있는 게임이 수천 가지 마련되어 있었지. 그곳엔 또한 영리하고 명랑하고 교양 있는 남자들이 있어서 대화를 재미있게 끌어가는 일을 도와주었다네. 그리고 아름답고 매력적인 젊은 남녀들이 있었는데, 이들은 연회를 재미있게 만드는 핵심 인물들이었다네. 늙은 왕은 다른 면에서는 엄격하고 신중했지만 두가지 점에서는 상당히 열정적이었다네. 바로 이 때문에 왕은 궁정을 화려하게 꾸미고 모든 것을 아낌없이 써 댔던 걸세. 그의 두 가지 열정 중의 하나는 딸에 대한 사랑이었다네. 그녀는 왕에게 한없이 소중한 존재였지. 이미 오래전에 세상을 뜬아내에 대한 추억일 뿐만 아니라 말로 표현할 수 없으리만큼 사랑스러운 소녀이기도 했으니 말일세. 딸을 위해서 그는 지상의 낙원을 만들어 주고 싶었다네. 그래서 그는 자연의 모든 재물들뿐만 아니라 인간 정신의 모든 힘까지도 모으고 싶었던 걸세. 또 다른 하나는 시문학과 시문학의 거장들에 대한 남다른 열정이었다네.

왕은 어릴 때부터 시인들의 작품을 마음속 깊이 즐기면서 읽었고, 세상의 온갖 언어로 된 시인들의 작품을 모으는 데 엄청난 열정과 돈을 쏟아부었다네. 그리고 시인들과의 교제를 언제나 그 무엇보다 으뜸으로 생각했지. 그는 세상 곳곳에서 시인들을 자신의 궁전으로 끌어들여 그들에게 온갖 명예를 수여했다네. 왕은 지치지 않고 그들의 노래에 귀를 기울였으며, 새롭고 매혹적인 노래에 정신을 뺏겨 어떨 때에는 아주 중요한 용무를 잊기도 했다네. 심지어 살아가는 데 꼭 필요한 것까지도 말일세. 공주는 이런 노래들을 들으면서 성장했다네. 그래서 그녀의 영혼은 온통 섬세한 노래로 가득 찼지. 우수와 동경을 노래하는 소박한 표현들로 말일세. 왕의 비호를 받고 영예를 얻은 시인들의 자애로운 영향은 나라 전체에 나타났다네. 특히 궁정에서 두드러졌지. 사람들은 귀한 음료를 마시듯 그들의 생을 천천히 한 모금씩 음미했다네. 갈수록 더욱 순수한 쾌감을 느끼면서 말일세. 왜냐하면 모든 역겹고 혐오스러운 열정은 모든 사람의 마음을 다스리고 있는 부드럽고 조화로운 정신에 의해 마치 불협화음처럼 쫓겨났기 때문이지. 마음의 평화와 스스로 창조한 행복한 세상을 향한, 축복받은 내적인 명상은 이 놀라운 시대의 소유물이 되었다네. 그리고 불화는 인간들의 적으로서, 시인들이 들려주는 옛 전설 속에나 등장했을 뿐일세. 노래를 부르는 시인들은 자신들을 후원해 주는 분을 위해 아무리 애쓴다 해도 그 딸보다 더 달콤한 감사의 징표를 줄 수는 없을 것같이 보였다네. 그녀는 이 세상에서 가장 달콤한 상상력이 소녀의 형상 속에 그려 놓을 수 있는 모든 것을 갖추고 있었다네. 멋진 축제의 날에 눈이 부시도록 하얀 드레스를 입고서 어여쁜 친구들 틈에 앉아 있는 그녀의 모습을 보거나, 혼신의 힘을 다해 노래를 부르는 시인들의 목소리에 열심히 귀를 기울이고 있는 그녀의 모습을 보거나, 또는 노래를 불러 상을 탄 행복한 사나이의 머리에 향기로운 화환을 씌워 주며 얼굴을 붉히는 그녀의 모습을 본 사람은, 그녀야말로 시인들이 주문으로 읊어 댄 그 멋진 예술이 우리의 눈에 보이도록 겉으로 나타난 혼이라고 생각했을 거라네. 그러면 그 사람은 시인들이 불러일으키는 황홀경과 곡조에 더 이상 경탄을 보내지 않았을 걸세.

그러나 이 지상의 낙원 위에는 불가사의한 운명이 떠도는 것 같았다네. 그 나라에 사는 사람들의 유일한 근심거리는 꽃처럼 피어나는 공주의 결혼에 대한 것이었지. 왜냐하면 그 행복한 시절의 지속과 온 나라의 운명은 그녀의 손에 달려 있었기 때문이라네. 왕은 점점 더 늙어 갔지. 그렇기 때문에 왕도 이 문제를 깊이 생각해 보아야 할 것 같았다네. 그렇지만 그녀가 결혼을 할 가망성은 아직 보이지 않았어. 모든 사람의 기대를 채울 수 있을 정도로 말일세. 국왕의 가문에 대한 경외심이 지나친 나머지 어떤 신하도 공주를 자신의 것으로 만들겠다는 생각조차 해 보지 못했다네. 그들은 그녀가 이 세상의 존재가 아닌 것처럼 생각했다네. 그리고 그녀에게 구혼하기 위하여 궁전까지 찾아온 다른 나라의 왕자들은 스스로들 그녀의 발치에도 못 미친다고 여겨, 공주나 왕이 자신에게 호감 어린 눈길을 주리라고 생각하는 이가 아무도 없었지. 그녀의 우월감은 점차 구혼자들을 모두 쫓아 버렸다네. 게다가 그 왕의 가문이 너무나 도도하다는 소문은 다른 왕족들에게도 퍼져 그 가문과 혼인을 맺고 싶은 생각을 싹 가시게 만들었을 뿐만 아니라 굴욕감까지 느끼게 했다네.

이런 소문이 전혀 근거가 없는 것은 아니었지. 왕은 원래 성품이 부드러운 사람이었지만 자신도 모르게 우월감에 사로잡히게 되었다네. 그 때문에 왕의 입장에서 신분이 낮거나 모호한 집안의 청년과 자신의 딸을 혼인시킨다는 것은 생각할 수도 없고 참을 수도 없는 일이었다. 이 세상에 하나밖에 없는 그녀의 드높은 가치는 왕의 이러한 태도를 더욱더 부추겼다네. 왕은 아주 먼 옛날에 살았던, 동방의 한 왕가 출신이었어. 그의 아내는 유명한 영웅 루스탄의 마지막 후손이었지. 왕의 시인들은 지난날 이 세상을 주름잡던 초인적인 지배자들과 그가 친척 간임을 끊임없이 찬양했다네. 그리고 그가 보기에 시인들이 보여 주는 마법적인 예술의 거울에는 다른 사람들의 뿌리와 비교하여 자신의 가문의 우월함과 자신의 왕조의 영광이 더욱 뚜렷이 비쳐 보였다네. 그렇기 때문에 그는 오로지 시인이라는 고귀한 계층을 통해서만 다른 사람들과 관계를 맺을 수 있다고 생각했다네. 그는 애틋한 마음으로 두 번째 루스탄을 기다렸지. 그러나 헛된 일이었다네. 그렇지만 그는 속으로 느끼고 있었다네. 한창 피어나고 있는 딸의 마음이나, 자신의 왕국의 상태, 그리고 점점 많아지는 자신의 나이를 생각해 볼 때 모든 면에서 그녀의 결혼은 꼭 이루어져야 한다고 말일세.

그 나라의 도읍지에서 멀지 않은 곳에 있는 한 외딴 장원에 노인 한 명이 살고 있었다네. 그 노인은 하나뿐인 아들을 교육시키는 일에만 전념하고 있었지. 그러면서 가끔 그곳 사람들이 심각한 병에 걸렸을 때 조언을 해 주는 노릇을 했다네. 젊은이는 성격이 진지했으며 오로지 아버지가 어릴 때부터 가르쳐 준 자연과학에만 몰두했지. 그 노인은 몇 년 전 먼 고장에서 이 평화롭고 꽃 피어나는 땅으로 옮겨 와, 왕이 퍼뜨려 놓은 은혜로운 평화를 조용히 만끽하며 살고 있었다네. 그는 이러한 가운데 자연의 힘들을 연구했으며, 이 매력적인 지식을 아들에게 전수해 주었지. 아들은 그에 대한 감각을 타고났고, 자연은 그의 깊은 영혼 앞에 자신의 비밀을 기꺼이 털어놓왔다네. 그의 고상한 얼굴의 신비로운 생김새와 남다른 투명한 눈빛을 감지할 만한 능력이 없는 사람에게 이 젊은이의 외모는 평범하고 그리 눈에 띄지 않는 정도였을 걸세. 하지만 그의 얼굴을 오랫동안 쳐다보고 있노라면, 그 젊은이의 모습은 점점 더 매력적으로 보였다네. 그리고 그의 부드럽고 매력적인 목소리와 우아한 말솜씨를 듣고 나면, 다시 그와 헤어지는 일이 힘들 지경이었지.

그러던 어느 날, 노인의 장원을 조그만 계곡 속에 숨겨 주고 있던 숲 한쪽에 자신의 정원을 갖고 있던 공주가 혼자서 말을 타고 숲으로 찾아왔다네. 남으로부터 방해를 받지 않고 공상을 즐기고 아름다운 노래 몇 곡을 연습해 보기 위해서였다네. 울창한 숲이 풍기는 신선한 공기는 그녀를 점점 더 깊숙이 숲의 그늘 속으로 끌어들였다네. 그러다가 그녀는 마침내 노인이 아들과 함께 살고 있는 장원에 이르게 되었지. 그때 그녀는 문득 우유가 마시고 싶어진 거야. 그래서 공주는 말에서 내려 말을 나무에 묶어 놓고서, 우유나 한 모금 얻어 마실 생각으로 집 안으로 들어갔지. 집에 있던 아들은 우아한 여성이 신비스러운 모습으로 나타나자 거의 소스라치게 놀랐다네. 그녀에게선 젊음과 아름다움의 매력이 넘쳐흘렀고, 티 한 점 없이 맑고 고귀한 영혼에서 번져 나오는 이루 말할 수 없이 매혹적인 투명함 때문에 그녀는 거의 여신 같아 보였다네. 아들이 마치 천사의 노래처럼 들려온 그녀의 부탁을 들어주기 위해 서두르는 동안, 아버지는 아주 겸손한 태도로 그녀에게 다가가, 그녀를 집 한가운데에 있는, 조그만 파란 불꽃이 소리 없이 타오르고 있는 소박한 화덕 옆의 자리로 안내했다네.

수천 가지의 진귀한 물건들로 장식된 집 안으로 들어서는 순간, 그녀는 그 모든 것들이 질서 정연하게 정돈되어 있는 모습과 청결함, 그리고 집 안에서 풍기는 이상하게 성스러운 느낌에서 깊은 인상을 받았다네. 이러한 인상은 소박한 옷차림을 한 기품 있는 노인과 아들의 겸손한 태도에 의해 더욱 고조되었지. 노인은 그녀가 궁중에 사는 사람임을 금방 알아차렸다네. 그녀의 값비싼 의상과 고상한 행동거지는 그것을 말해 주기에 충분했지. 아들이 잠시 자리를 비운 사이에 그녀는 노인에게 눈에 확 들어온 진귀한 물건들 몇 가지에 대해서 물어보았다네. 그중에는 특히 그녀가 앉아 있는 곳 옆자리에 놓인 화덕 위의 오래된 그림 몇 폭이 있었지. 노인은 그 그림들에 대해 아주 깍듯한 태도로 흔쾌히 알려 주었다네. 아들은 신선한 우유를 가득 담은 단지를 들고 곧 돌아왔지. 그는 꾸밈없고 아주 공손한 태도로 그것을 그녀에게 내밀었다네. 두 사람과 흥미로운 대화를 나누고 난 뒤에, 그녀는 너무 친절히 대해 주어서 고맙다는 감사의 말을 아주 매혹적인 어투로 건넨 다음, 얼굴을 붉히면서 다음에도 또 들를 수 있게 해 달라고 부탁했다네. 그곳에 있는 놀라운 물건들에 대해 노인의 재미있는 이야기를 듣고 싶다는 것이었지. 그러고 나서 그녀는 말을 타고 돌아갔다네. 자신의 신분은 밝히지 않은 채 말일세. 왜냐하면 그녀가 보기에 그 아버지와 아들은 그녀를 알아보지 못한 것 같았거든.

두 사람은 그 나라의 도읍지에 바로 인접한 지역에 살고 있었지만, 연구에만 몰두할 뿐 혼란스러운 인간사 따위는 피하려고 노력했다네. 그리고 젊은이 역시 궁전에서 열리는 연회에 참석할 생각을 단 한번도 품지 않았다네. 특히 그는 때때로 숲에 가서 나비나 풍뎅이를 잡거나, 약초를 찾아다니거나, 다체로운 것들의 외적 매력에 끌려 차분한 자연의 정신의 영감을 흡입할 때나 기껏해야 한 시간 정도 아버지와 떨어져 있었기 때문에 더욱 그랬다네. 이 날 있었던 그 단순한 사건은 노인과 공주 그리고 젊은이에게 똑같이 중요했다네. 노인은 그 미지의 여인이 자기 아들에게 준 깊고 새로운 인상을 금방 알아차렸던 거야. 그는 아들을 너무나 잘 알았다네. 그랬기 때문에 모든 심오한 인상이 아들의 머리에서 평생 동안 떠나지 않을 것임을 알고 있었지. 그의 젊음과 심성은 이러한 종류의 첫 느낌을 극복할 수 없는 사랑으로 바꾸어 놓을 것이었다네. 노인은 이미 오래전부터 이와 같은 사건이 다가오고 있음을 알고 있었다네. 그녀의 사랑스러운 외모는 아들의 가슴에 막을 길 없는 불길을 지펴 놓았지. 그리고 노인의 확신에 찬 마음은 이 우연스럽고 특이한 사건이 어느 방향으로 전개될지 전혀 걱정하지 않았다네.

공주 역시 천천히 말을 타고 집으로 돌아갈 때 생전 처음으로 그처럼 야릇한 느낌을 받았다네. 새로운 세계가 밝고 어두운 빛으로 놀랍도록 뒤섞이는 단 한 가지 느낌 때문에 그녀는 다른 생각을 전혀 할 수가 없었지. 마법의 베일이 커다란 주름을 이루며 그녀의 맑은 의식을 에워싸고 있는 것 같았지. 만약에 베일이 벗겨지고 나면, 지상을 벗어난 세계에 와 있을 것만 같았다네. 지금까지 그녀의 온 마음을 사로잡았던 시문학에 대한 기억은 그녀의 신기하고 아름다운 꿈과 그녀의 지나간 시절을 연결시켜 주는 머나먼 노래가 되어 버렸지. 궁전으로 돌아온 그녀는 화려한 궁전과 휘황찬란한 그곳의 삶의 모습에 거의 소스라치도록 놀랐다네. 그리고 그녀를 맞아 주는 아버지를 보고는 더욱 놀라고 말았지. 아버지의 얼굴은 태어나서 처음으로 그녀의 가슴속에 부끄러운 경외감을 불러일으켰다네. 그녀는 자신이 겪은 모험에 대해 한마디라도 언급할 형편이 전혀 아님을 알아차렸지. 황홀경에 빠진 듯한 그녀의 진지함과 공상과 깊은 명상에 빠진 듯한 그녀의 눈길은 모두에게 너무나 친숙했기 때문에 어느 누구도 거기서 특이한 것을 읽어 내지 못했다네. 그녀는 이제 더 이상 예전처럼 기분이 좋지는 않았어. 그녀는 전혀 얼굴을 알지 못하는 낯선 사람들 한가운데에 있는 것 같았다네. 그녀는 저녁이 될 때까지 까닭을 알 수 없는 불안에 시달렸다네. 저녁이 되자 한 시인이 희망을 찬양하고 우리의 소망들이 이루어지리라는 믿음의 기적을 애틋하고도 열정적으로 노래했다네. 그의 즐거운 노랫소리는 그녀의 가슴을 달콤한 위로로 가득 채워 주었고, 그녀를 달래 편안한 꿈속으로 데리고 갔다네.

젊은이는 그녀가 떠나고 난 뒤 곧장 숲속으로 들어갔다네. 길가의 덤불에 몸을 숨기면서 그녀의 정원 입구까지 뒤를 따라갔지. 그러고는 집으로 돌아왔다네. 그렇게 걸어가는데, 그의 발밑에서 뭔가가 밝게 빛나는 거였어. 그는 허리를 굽혀 진홍빛의 돌멩이를 집어 들었지. 한쪽은 이상하게 빛났고, 다른 쪽에는 알 수 없는 글자가 새겨져 있었다네. 그는 그것이 값비싼 루비임을 알아차렸지. 그리고 미지의 여인이 걸고 있던 목걸이 한가운데에서 그것을 본 사실을 깨달았다네. 그는 그녀가 아직 집에 있기라도 한 것처럼 집을 향해 발걸음을 재촉했다네. 그러고는 그 보석을 아버지에게 가져갔지. 두 사람은 다음과 같이 의견의 일치를 보았다네. 그러니까 다음 날 아침 아들이 그 길을 다시 찾아가서 기다렸다가 혹시 그 보석을 찾는 사람이 있으면 돌려주자고 말일세. 그게 안 되면 그 미지의 여인이 다시 찾아올 때까지 보석을 보관하고 있다가 직접 주기로 했지. 젊은이는 거의 밤을 지새우며 루비를 지켜봤다네. 아침 녘이 되자 그는 종이에다 몇 마디라도 적고 싶어서 참을 수가 없었어. 그는 글을 적은 종이로 보석을 쌌다네. 글을 쓰면서 무슨 생각을 했는지, 자신도 정확히 알지 못했다네.

이 보석의 활활 타오르는 핏속에는
수수께끼 같은 부호가 아로새겨져 있네,
그 모양새가 꼭 사람의 심장 같네,
미지의 여인의 모습을 담고 있는.
이 보석 주위로 수천의 불꽃이 스치네,
이 심장 주위로 밝은 빛이 물결치네.
이 심장 속에는 지금 찬란한 빛이 잠들어 있네,
이 심장 역시 심장 중의 심장을 간직하고 있을까?

아침 해가 뜨자마자, 젊은이는 벌써 그 길을 따라 그녀의 정원의 입구를 향해 발걸음을 재촉하고 있었어.

한편, 공주는 저녁에 옷을 벗다가 목걸이에 달려 있던 소중한 보석이 없어진 것을 알았지. 그 보석은 어머니로부터 물려받은 유품일 뿐만 아니라 부적이기도 했거든. 그것을 소유한 사람은 자유를 보장받는다는 것이었어. 그렇기 때문에 그녀는 자신의 의지에 의하지 않고는 다른 사람의 손아귀에 들어갈 염려가 없었던 걸세.

보석을 잃어버린 것에 대해 공주는 놀라기보다는 의아하다는 생각을 했다네. 어제 말을 탈 때만 해도 그것을 지니고 있었음을 기억해 냈지. 그 때문에 그녀는 노인의 집이나 아니면 집으로 돌아오던 길에 숲에서 잃어버렸다고 확신했다네. 어제 갔던 길은 아직도 기억 속에 생생했지. 그래서 그녀는 아침 일찍 보석을 찾아 나서기로 결심했다네. 이러한 생각에 미치자 그녀는 기분이 좋아졌다네. 보석을 잃어버린 것이 그렇게 나쁘기만 한 일 같지는 않았지. 보석을 잃어버리는 바람에 어제 그 길을 다시 한번 갈 수 있게 됐으니 말일세. 날이 밝자 그녀는 자신의 정원을 지나 숲을 향해 갔다네. 평소보다 훨씬 서둘러 갔기 때문에 심장이 팔딱팔딱 뛰고 가슴이 두근거리는 것을 당연한 증상으로 여겼지. 막 떠오르는 해가 고목들의 우듬지를 금빛으로 물들이기 시작했다네. 우듬지들은 부드럽게 살랑거렸지. 그 모습이 마치 서로의 잠든 얼굴을 깨우려는 것 같았다네. 해가 떠오르는 것을 함께 보기 위해서 말일세. 그때 공주는 멀리서 들려오는 발걸음 소리에 길 아래쪽을 쳐다보았다네. 그랬더니 그 젊은이가 자신을 향해 달려오는 모습이 보이는 게 아닌가. 그 순간 젊은이도 그녀를 쳐다보았다네.

그는 쇠사슬에 묶인 듯 한동안 그 자리에 꼼짝 않고 서서 그녀를 뚫어져라 쳐다보았다네. 그녀가 환상이 아니라 진짜 인간이라는 사실을 스스로 확신하려는 듯이 말일세. 그들은 기쁜 표정을 억누른 채 서로에게 인사를 했다네. 마치 오래전부터 서로 잘 알고 사랑하는 사이인 것처럼 말일세. 공주가 왜 그리 이른 아침에 자신이 산책을 나왔는지 사정을 설명하기도 전에, 젊은이는 얼굴을 붉히며 두근대는 가슴으로 그녀에게 뭔가를 적은 종이에 싼 보석을 내밀었다네. 종이에 적힌 내용을 공주는 이미 알고 있는 것 같았지. 그녀는 떨리는 손으로 말없이 보석을 받았다네. 그러고는 보석을 찾아 준 데 대한 감사의 표시로 자기도 모르게 목에 걸고 있던 목걸이를 그의 목에 걸어 주었다네. 그는 수줍어하면서 그녀 앞에 무릎을 꿇었어. 그녀가 그에게 아버지의 안부를 물었지만 그는 한동안 아무 말도 할 수가 없었다네. 그녀는 두 눈을 지그시 감고 그에게 이렇게 속삭였다네. 곧 다시 찾아오겠다고, 그리고 진귀한 물건들에 대한 이야기를 들려주겠다고 한 그의 아버지의 약속을 기꺼이 이용하겠노라고 말일세.

공주는 젊은이에게 다시 한번 각별한 감사의 인사를 하고서 뒤도 돌아보지 않고 왔던 길을 천천히 되돌아갔다네. 젊은이는 한마디 말도 할 수 없었지. 그는 존경하는 마음으로 허리를 구부리고 그녀가 숲 너머로 사라질 때까지 오랫동안 바라보았다네. 그 뒤 며칠 지나지 않아 그녀는 다시 찾아왔고, 그 후로 방문 횟수는 더욱 잦아졌지. 젊은이는 어느샌가 이

나들이의 동행자가 되었다네. 그는 정해진 시간에 정원까지 가서 그녀를 데려왔다가 다시 그곳까지 데려다주었던 거야. 그녀는 자신의 신분에 대해서는 감히 범할 수 없는 침묵을 지켰다네. 그녀의 가문의 위엄이 그녀의 마음에 남모를 두려움을 불러일으켰던 것 같았어. 물론 다른 면에서는 자신의 동행자를 깊이 신뢰했다네. 얼마 가지 않아 천사 같은 그녀의 마음씨는 그에게 남김없이 모두 드러났다네. 젊은이 역시 그녀에게 자신의 마음을 모두 보여 주었고 말일세.

아버지와 아들은 그녀를 궁정에서 온 고귀한 처녀로 생각했다네. 그녀는 딸처럼 애교를 떨며 노인에게 매달렸지. 아버지를 어루만지는 그녀의 손길은 아들을 향한 그녀의 애정을 나타내는 황홀한 전조였다네. 그녀는 곧 그 신비스러운 집안의 한 식구가 되었지. 그리고 그녀는 류트를 켜면서 자신의 발치에 앉아 있는 아버지와 아들에게 천상의 목소리로 매혹적인 노래를 불러 주고 아들에게 이 재미있는 예술을 가르쳐 주었다네. 그때 그녀는 영감에 찬 그의 입술에서 나오는 말로 이세상 곳곳에 퍼져 있는 자연의 수수께끼가 풀리는 것을 느꼈어. 그는 그녀에게 이 세상이 생겨날 때 만물이 한마음이 되었다는 것과 모든 별들이 하나가 되어 함께 손을 잡고 원을 그리며 돌면서 노래를 불렀다는 사실을 들려주었다네. 그의 성스러운 이야기를 통해서 그녀의 마음속에는 태초의 세계의 역사가 열리게 되었다네. 그리고 그녀는 자신의 제자가 영감을 듬뿍 받아 류트를 켜며 믿을 수 없는 솜씨로 놀라운 노래를 쏟아 낼 때면 황홀경에 빠지곤 했다네.

그러던 어느 날, 그녀를 데려다주던 길에, 그녀 앞에서 그는 걷잡을 수 없는 충동에 사로잡혔고, 그녀 역시 평소의 처녀다운 수줍음을 극복하고 세찬 사랑의 힘에 휩쓸렸다네. 그래서 두 사람은 어떻게 하는 건지도 모르면서 서로 부둥켜안았다네. 그리고 불타는 첫 키스가 그들을 영원히 하나로 합쳐 주었을 때, 땅거미가 깔리며 갑자기 나무들의 우듬지에서 세찬 폭풍이 미친 듯 날뛰기 시작했다네. 밤처럼 시커먼 소나기구름 떼가 그들의 머리 위를 위협하며 지나갔지. 그는 그녀를 무서운 폭풍우와 부러지는 나뭇가지들로부터 안전한 곳으로 안내하기 위해 정신없이 서둘렀다네. 그러나 칠흑 같은 어둠과 사랑하는 사람에 대한 걱정 때문에 그는 길을 잃고 점점 더 숲으로 깊이 들어가고 말았지. 자신의 실수를 깨달은 순간 그의 불안은 더욱 커졌어. 공주는 왕과 궁정 사람들이 겪고 있을 놀라움을 생각했다네. 때때로 뭐라고 말할 수 없는 불안감이 그녀의 마음속을 내리치는 벼락처럼 스치고 지나갔다네. 쉬지 않고 위로의 말을 들려주는 사랑하는 사람의 목소리만이 그녀에게 용기와 확신을 불어넣어 주었고 근심에 찬 그녀의 마음을 가볍게 해 주었다네. 폭풍우는 계속해서 거세게 휘몰아쳤다네. 길을 찾으려고 발버둥 쳐 봤지만 모두 허사였어. 그러다가 그들은 번쩍이는 번갯불에 수풀이 우거진 산등성이의 가파른 벼랑에 있는 가까운 동굴 하나를 발견하고는 운이 좋다고 말했다네. 그들은 그곳이 거센 폭풍우의 위험을 막아 줄 안전한 도피처와 완전히 탈진한 그들의 힘을 회복시켜 줄 쉼터가 되어 주길 바랐다네. 행운은 그들의 소망을 들어주었지. 동굴 안은 물기가 없이 말라 있었고, 깨끗한 이끼로 덮여 있었다네. 젊은이는 얼른 잔 나뭇가지와 이끼들을 모아서 불을 지폈다네. 그리고 두 사람은 불에 몸을 말렸지. 사랑하는 두 남녀는 위험한 상황에서 구원을 받아 이상하리만큼 세상에서 멀리 떨어져 있는 서로의 얼굴을 바라보았다네. 그들은 이제 편안하고 포근한 잠자리 위에 단둘이 나란히 누워 있었지.

열매가 주렁주렁 매달린 야생 편도 나무 가지 하나가 동굴 안으로 드리워져 있었다네. 그리고 근처에서 졸졸대는 소리는 그들에게 갈증을 식힐 수 있는 샘물의 위치를 알려 주었지. 젊은이는 손에 들고 온 류트를 켰다네. 류트는 탁탁 소리를 내는 모닥불 앞에서 아늑하고 쾌적한 즐거움을 선사해 주었어. 한껏 드높아진 힘이 매듭을 서둘러 풀려는 것 같았고, 그 진귀한 상황 속에서 두 사람을 낭만적인 분위기로 몰고 갔다네. 순진무구한 그들의 마음과 마법에 휩싸인 듯한 기분, 그리고 달콤한 열정과 젊음의 얽히고설킨 걷잡을 수 없는 힘은 그들에게 세상일과 그들이 처한 상황을 잊게 만들어 주었으며, 폭풍우가 불러 주는 결혼 축가와 번개가 밝혀 주는 결혼식 햇불 속에서 그들을 얼러 지금까지 지상의 어떤 쌍도 맛보지 못한 가장 달콤한 도취 속으로 데리고 갔다네.

햇살이 환하게 비치는 화창한 아침의 도래는 그들에게 새로운 축복의 세계에서 깨어나는 것을 의미했다네. 그러나 얼마 지나지 않아 공주의 눈에서 펑펑 쏟아져 나온 뜨거운 눈물의 강물은 그녀의 가슴속의 수천 가지 걱정이 잠에서 깨어나고 있음을 그녀의 애인에게 알려 주었다네. 그는 하룻밤 사이에 나이를 몇 살 더 먹어, 소년의 티를 벗고 어엿한 어른이 되어 있었다네. 그는 온갖 열성을 다해서 자기 애인을 위로하고, 그녀에게 진정한 사랑의 성스러움과 그런 사랑이 가져다 주는 드높은 믿음을 상기시켜 주었으며, 확신을 가지고 그녀의 마음의 수호신에게서 밝은 미래를 기대해 보라고 부탁했다네. 공주는 그가 하는 위로의 말에서 진실함을 느꼈지. 그래서 그녀는 그에게 자신은 그 나라 공주이며, 단지 아버지의 대단한 자부심과 아버지가 자신 때문에 겪으실 고통이 걱정된다고 털어놓았다네.

두 사람은 오랫동안 골똘히 생각한 끝에 실행에 옮길 수 있는 결정을 내렸다네. 그래서 젊은이는 곧장 길을 떠나 아버지를 찾아가 그들의 계획에 대해 말씀드리기로 했다네. 그는 그녀에게 곧 다시 돌아오겠다고 약속하고, 이번 사건을 계기로 앞으로 자신들의 앞날에 그려질 온갖 아름다운 것들을 그녀에게 상기시켜 그녀를 안심시켜 놓고서 길을 떠났다네. 노인은 아들이 다친 데 없이 돌아와서 너무 기뻤어. 노인은 사랑에 빠진 두 사람의 사정과 계획에 대해 이야기를 듣더니 잠시 생각한 뒤 그들의 계획을 기꺼이 도와주겠다고 말했다네. 노인의 집은 사람들 눈에 잘 띄지 않는 곳에 있었으며, 쉽게 찾아낼 수 없는 지하 방도 몇 개 있었다네. 이곳이 바로 공주가 거처할 곳이었지. 그리하여 공주는 저녁 무렵에 그곳으로 인도되었고, 노인의 진심 어린 환영을 받았다네. 그 뒤로 그녀는 슬픔에 잠겨 있을 아버지를 생각하면서 외로움에 눈물을 흘리곤 했지. 그렇지만 그녀는 사랑하는 사람 앞에서는 슬퍼하는 모습을 보이지 않았다네. 다만 노인에게만은 그 사실을 털어놓았지. 노인은 그런 그녀를 다정하게 위로해 주고, 아버지에게 곧 돌아갈 수 있을 거라고 말해 주었다네.

한편, 어느 날 저녁 공주가 갑자기 실종되자 궁정에서는 온통 난리가 났다네. 왕은 어찌할 바를 모르고, 곳곳에 사람들을 보내 공주를 찾아보라고 했다네. 아무도 공주가 어떻게 사라졌는지 설명할 도리가 없었다네. 은밀한 사랑의 사건이 있을 줄은 꿈에도 생각하지 못했지. 그리고 유괴라고 볼 수도 없었다네. 왜냐하면 궁정에서 없어진 사람은 그녀밖에 없었거든. 그 밖에 다른 추측을 해 볼 근거도 없었지. 공주를 찾기 위해 나섰던 사람들은 아무런 성과도 없이 그냥 돌아와야 했어. 왕은 깊은 상심에 빠졌다네. 다만 저녁 때 음유 시인들이 나와서 아름다운 노래를 들려줄 때면, 옛날의 기쁨이 되살아나는 것 같았다네. 그럴 때면 공주도 곁에 있는 것 같은 생각이 들었고, 그녀를 다시 볼 수 있으리라는 희망도 품을 수 있었다네. 그러나 다시 홀로 남겨지고 나면 왕은 또다시 가슴이 찢어지는 것 같았다네. 왕은 크게 소리 내서 울었지. 그때 그는 속으로 이렇게 생각했다네. '이런 영화와 고상한 혈통이 다 무슨 소용이란 말인가? 이제 나는 다른 어떤 사람보다도 훨씬 불쌍한 신세가 되었어. 이 세상의 그 무엇도 내 딸을 대신할 수는 없어. 그 아이가 없으면 그 어떤 노래도 빈말과 속임수에 지나지 않아. 그녀는 노래에 생명과 기쁨과 힘과 모양새를 주는 마법과 같은 존재였어. 내가 차라리 내 시종들 중에서 가장 신분이 낮은 자였으면 좋겠다. 그러면 내 곁엔 딸이 있을 테고, 어쩌면 사위도 있어 내 무릎에 손자들을 앉혀 놓고 있을 수 있을 텐데. 그러면 나는 지금과는 다른 왕의 모습이겠지. 왕을 왕답게 해 주는 것은 왕국과 왕관만이 아냐. 넘쳐흐르는 행복감, 지상의 온갖 재화에서 오는 포만감, 분에 넘치는 풍요로운 느낌, 바로 그런 것들이지. 나는 너무 복에 겨워 거만하게 굴다가 벌을 받은 거야. 아내를 잃은 충격에서도 아직 벗어나지 못했는데. 나는 지금 또다시 한없는 불행에 빠져 있어.'

딸이 너무나 보고 싶을 때면 왕은 이렇게 한탄의 말을 늘어놓았다네. 때로는 예전의 엄격함과 자부심이 다시 고개를 들기도 했지. 그는 자신의 한탄 소리에 스스로 분개했어. 그는 왕답게 고통을 참고 침묵하기를 원했다네. 그는 다른 사람들보다 더 많은 고통을 겪었는데, 원래 왕은 커다란 고통을 감내해야 하는 거라고 생각했다네. 그러나 날이 어두워지고, 딸의 방에 들어가 그곳에 걸려 있는 옷가지들과 그녀가 쓰던 자질구레한 물건들이 마치 그녀가 방금 방에서 나간 것처럼 놓여 있는 것을 보게 되면, 그는 속으로 다짐했던 결심을 잊고 의기소침한 사람처럼 행동하며 시종들 중에서도 가장 보잘것없는 사람들을 불러 동정을 구하곤 했다네. 온 도시와 온 나라가 울음바다가 되었고 진정으로 그와 함께 비탄에 잠겼다네. 그런데 이상하게도 공주가 아직 살아 있으며 머지않아 신랑과 함께 돌아올 것이라는 소문이 나돌았다네. 그 소문의 출처가 어디인지 아는 사람은 아무도 없었지. 그렇지만 모두들 그 소문을 기쁜 마음으로 굳게 믿고, 공주가 어서 돌아오기만을 학수고대했다네. 그렇게 몇 달이 흘러가고 다시 봄이 찾아왔다네. '분명히 말하지만……' 어떤 사람들은 야릇한 기분에 사로잡혀 이렇게 말했다네. '공주님은 돌아오실 거야.' 왕조차도 기분이 좋아지고 더 희망적이 되었다네. 그 소문이 왕에겐 자비로운 힘의 약속처럼 여겨졌지. 축제는 지난날과 다름없이 다시 시작되었다네. 예전의 화려함을 다시 한번 활활 피어나게 할 공주만이 없을 뿐이었어. 공주가 실종된 지 만 일 년이 되던 어느 날 저녁, 궁정 사람들은 모두 정원에 나와 모여 있었다네. 대기는 따스하고 부드러웠지. 마치 멀리서 즐거운 행렬이 다가오는 것을 알리기라도 하듯 고목들의 우듬지에만 산들바람이 살랑일 뿐이었다네. 수없이 일렁이는 수많은 횃불들 사이로 분수는, 흥얼대는 나무 우듬지의 어둠 속까지 힘차게 솟구쳐 올랐다네. 그리고 나무들 아래에서 울려 퍼지는 온갖 노래들을 위해 철썩이며 반주를 맞추어 주었다네. 왕은 호화로운 양탄자 위에 앉아 있었고, 그의 주변에는 축제 의상을 차려입은 신하들이 모여 있었지. 수많은 손님들이 정원을 가득 채워, 장관의 일부를 이루었다네. 그 순간 왕은 자리에 앉아 깊은 생각에 잠겨 있었어. 잃어버린 딸의 모습이 너무나도 뚜렷하게 마음속에 떠올랐다네. 왕은 지난해 이맘때쯤 갑자기 종말을 고한, 행복했던 시절을 생각했지. 뜨거운 그리움이 그를 사로잡았다네. 그의 고상한 뺨을 타고 자꾸만 눈물이 흘러내렸어. 그러면서도 그는 왠지 모르게 기분이 좋았다네. 슬픔에 잠겨 보낸 지난 일 년이 그저 고약한 꿈처럼 여겨졌던 거야. 그는 눈을 들었다네. 사람들과 나무들 틈에서 늘씬하고 성스럽고 매력적인 딸의 모습을 찾으려는 것 같았지. 그때 막 시인들이 노래를 끝마쳤어. 그리고 뒤이은 깊은 정적은 모두가 감동을 받았다는 표시인 것 같았다네. 왜냐하면 시인들은 재회의 기쁨과 봄과 미래를 노래했거든. 그 노래엔 희망이 실려 있었어.

그때 갑자기 누구의 것인지 알 수 없는 아름답고 부드러운 목소리에 의해 정적이 깨졌다네. 그 소리는 늙은 참나무들이 서 있는 곳에서 들려오는 것 같았어. 모두들 그쪽을 바라보았다네. 소박한 이방인 차림의 젊은이 하나가 서 있었지. 그는 류트를 손에 들고 조용히 노래를 계속했다네. 그러나 왕이 그를 향해 눈길을 던지자 그는 깊이 허리를 숙였지. 그의 목소리는 더없이 아름다웠다네. 그리고 그의 노래에는 낯설고 놀라운 빛이 서려 있었지. 그의 노래는 세상의 근원에 대해, 별과 식물, 짐승 그리고 인간의 생성에 대해, 자연의 전지전능한 교감에 대해, 아주 먼 옛날의 황금시대와 그 시대를 다스렸던 사랑과 시문학에 대해, 증오와 야만의 등장에 대해, 이것들과 자비로운 여신들[5]과의 싸움에 대해, 그리고 다가올 미래에 이 여신들이 궁극적으로 승리하는 것에 대해, 슬픔의 종말과 자연의 소생 그리고 영원한 황금시대의 회귀에 대해 읊조렸다네.

늙은 시인들조차 이 노래에 매료되어 노래를 부르고 있는

---

5) 앞서 나온 사랑과 시문학을 뜻한다.

낯선 젊은이 주위로 한 걸음씩 다가갔다네. 여태껏 한번도 겪어 보지 못한 황홀경이 구경꾼들을 사로잡았던 것이지. 그리고 왕 자신도 하늘의 강물을 타고 떠내려가는 듯한 느낌을 받았다네. 그런 노래는 지금까지 들어 본 적이 없었어. 모두들 천사가 지상에 내려온 것이라고 생각했다네. 왜냐하면 젊은이는 노래하면서 점점 더 아름다워지고 우아해졌으며, 그의 목소리는 점점 더 힘을 더해 가는 것 같았거든. 산들바람이 그의 금발을 가지고 놀았다네. 류트는 그의 손에 닿아 생명을 얻는 것 같았으며, 취한 듯한 그의 눈길은 지상을 넘어 신비스러운 세계를 바라보는 것 같았다네. 그의 얼굴에서 엿보이는 어린애 같은 순진함과 소박함은 모두에게 이승의 것이 아닌 것처럼 보였어.

이제 그의 장려한 노래는 끝났다네. 늙은 시인들은 기쁨의 눈물을 흘리면서 젊은이를 얼싸안았다네. 소리 없는 환호성이 그곳에 모인 사람들 사이에 잔잔하게 퍼져 나갔다네. 깊은 감동을 받은 왕은 젊은이를 향해 다가갔어. 젊은이는 왕의 발 아래 공손하게 무릎을 꿇었다네. 왕은 그를 일으켜 세워 다정하게 포옹을 해 준 다음, 원하는 게 있으면 말해 보라고 했다네. 그러자 젊은이는 화끈거리는 얼굴로 왕을 향해 친히 그의 노래를 한 곡 더 들어 보고 나서 그의 청을 들어줄 것인가를 결정해 달라고 부탁했다네. 왕은 몇 걸음 뒤로 물러섰고, 낯선 젊은이는 노래를 시작했다네.

시인이 거친 들길을 걸어가네,

옷은 가시에 찢겨 누더기가 되었네.
강과 늪을 건너가야 하지만,
도움의 손길 주는 이 하나 없네.
외롭고 길도 없고, 지친 마음은
이제 비탄으로 넘쳐흐르네.
류트는 성가신 골칫거리일 뿐,
그는 쓰라린 고통에 사로잡혔네.

내겐 슬픈 운명이 주어졌네,
나는 이곳에서 외롭게 방랑하네.
나는 모두에게 기쁨과 평화를 주었지만,
내게 기쁨과 평화를 주는 이 하나 없네.
모두들 나로 인해 나름의 인생과
가진 것을 마음껏 즐기며 살지만,
그들은 마음의 뜻을 저버리고,
나를 빈손으로 내쫓네.

그들은 떠나가는 봄을 바라보듯
내 떠나감에 관심도 없네.
봄이 슬픈 모습으로 떠난들
누구 하나 떠난 봄을 슬퍼하랴.
그들은 열매를 애타게 기다리지만,
씨를 뿌린 것이 봄이라는 걸 모른다네.
그들은 내 노래에서 천국을 발견하지만,

기도할 때 나를 기억하는 이 하나 없네.

나는 내 입술에 깃들어 있는
마법의 힘을 감사하게 느끼네.
오, 사랑의 마법의 꽃까지도
내 곁에 있다면 얼마나 좋을까.
멀리서 사랑을 찾아 떠나온 나를
눈여겨보는 처녀 하나 없네.
나의 이 깊은 슬픔을 어루만져 줄
동정 어린 마음은 어디에도 없는가?

그는 무성한 풀 위에 쓰러져,
눈물 젖은 뺨으로 잠이 드네.
그때, 노래의 드높은 정신이
근심에 찬 그의 가슴속으로 찾아드네.
'지금까지 겪은 고통일랑 잊어라,
머지않아 너의 짐은 사라지고,
네가 오두막에서 헛되이 찾던 것,
그것을 궁정에서 찾게 되리라.

너는 이 세상 최고의 상을 받으리라,
곧 뒤엉킨 너의 인생길도 끝나리라,
은매화 화환이 너의 왕관이 되리라,
고귀한 손이 그것을 네 머리에 씌워 주리라,

조화로운 마음 하나가 선택되어
왕좌에 어리는 영광을 함께하리라.
시인은 이제 거친 계단을 올라가
왕의 아들이 되리라.'

　그는 노래를 여기까지 마쳤다네. 그때 그곳에 모여 있던 사람들은 이미 놀라움에 사로잡혀 있었어. 왜냐하면 이 노래가 흐르는 동안 한 노인이, 팔에는 어여쁜 아기를 안고 얼굴에는 베일을 쓴 고상한 모습의 여인을 데리고 나타났기 때문이야. 아기는 그곳에 모여 있는 낯선 사람들을 상냥한 눈빛으로 둘러보더니, 미소를 지으면서 왕이 쓰고 있는 반짝이는 왕관을 향해 조그만 손을 내밀었다네. 두 사람은 이윽고 시인들 뒤에 가서 섰다네. 이어서 사람들의 놀라움은 더욱 커졌지. 왜냐하면 왕이 언제나 데리고 다니는 애완용 독수리가 왕의 방에서 가져온 것이 분명한 황금 머리띠를 입에 물고 고목 우듬지에서 갑자기 내려와 젊은이의 머리 위에 앉았기 때문일세. 그렇게 해서 젊은이의 머리에는 황금 머리띠가 씌워졌다네. 이방의 젊은이는 순간 깜짝 놀랐지. 독수리는 황금 머리띠를 그대로 두고 왕의 곁으로 날아갔다네. 젊은이는 손을 내미는 아기에게 황금 머리띠를 건네주고 왕을 향해 한쪽 무릎을 꿇었어. 그러고는 감동적인 목소리로 노래를 계속했다네.

　시인은 너무 기뻐 어쩔 줄 몰라
　멋진 꿈에서 깨어 벌떡 일어났네.

그는 키가 큰 나무들 밑을 지나
왕궁의 청동 대문을 향해 걸어가네.
담은 강철처럼 반질반질하게 닦여 있네.
그래도 그의 노래는 잘도 기어오르네,
왕의 딸이 사랑과 고통에 사로잡혀
그의 품을 향해 내려오네.

사랑은 그들의 마음을 합쳐 주고,
쩔렁대는 갑옷은 그들을 쫓아 버리네.
한밤중 조용한 은신처에서
그들의 마음은 활활 타오르네.
그들은 두려움 때문에 몸을 숨기네,
왕의 노여움이 너무나 두렵기 때문이네.
그리하여 그들은 아침마다 고통과 기쁨을
동시에 느끼며 눈을 뜨네.

시인은 부드럽게 노래 불러
아기의 엄마에게 희망을 심어 주네.
그때, 그 노랫소리에 홀려
왕이 동굴 안으로 들어오네.
딸은 가슴에 안고 있던 금발의 아이를
아버지에게 넘겨주네.
그들은 깜짝 놀라, 뉘우치며 무릎을 꿇네.
엄한 아버지의 마음도 부드럽게 녹네.

사랑과 노래 앞에서는 왕좌에 앉은
아버지의 마음도 누그러지는 법.
사랑이 물결치면 지난날의 깊은 고통도
영원한 기쁨으로 바뀐다네.
사랑은 자신이 가져갔던 것을
두둑한 이자와 함께 곧 돌려주네.
그리고 화해의 입맞춤 속에서
천상의 행복이 펼쳐지네.

노래의 정신이여, 어서 내려오라,
어서 진실한 사랑을 도와다오,
잃어버린 딸을 다시
그녀의 아버지, 우리의 왕에게 데려가다오,
왕이 그녀를 기뻐서 얼싸안도록,
그녀의 어린것을 불쌍히 여기게 해다오,
그리고 왕의 마음이 한껏 부풀어 오르면,
시인을 그의 아들로 포용하게 해다오.

　젊은이는 이렇게 노래하면서──그의 노랫소리는 가로수를
따라 난 어두운 길 쪽으로 잦아들었다네──떨리는 손으로 그
녀의 베일을 걷어 올렸지. 공주는 눈물을 쏟으며 왕의 발아래
털썩 무릎을 꿇고 왕에게 어여쁜 아기를 내밀었다네. 시인도
머리를 숙이고 그녀 옆에 무릎을 꿇었어. 초조한 침묵이 모든
사람의 호흡을 멈추게 한 것 같았다네. 왕은 잠시 아무 말도

하지 않았다네. 진지한 표정이었지. 이윽고 왕은 공주를 끌어
당겨 오랫동안 가슴에 꼭 끌어안고는 큰 소리로 울었다네. 왕
은 또 젊은이도 일으켜 세워 가까이 오게 한 다음 진심 어린
사랑으로 포옹해 주었지. 곳곳에 빽빽이 서 있던 군중이 환호
성을 올렸다네. 왕은 아기를 받아 안고는 엄숙한 자세로 하늘
을 향해 번쩍 들어 올렸어. 이어서 왕은 노인을 반갑게 맞이했
다네. 기쁨의 눈물이 한없이 흘러내렸지. 시인들은 노래를 부
르기 시작했고, 그날 저녁은 온 나라를 위해 성스러운 축제 전
야가 되었다네. 이후로 그 나라의 하루하루는 아름다운 축제
의 날이 되었다네. 그 나라가 어떻게 되었는지 지금은 아무도
모르지. 전설을 통해서만 대홍수가 그 아틀란티스라는 나라
를 사람들의 눈에서 앗아가 버렸다고 전해지고 있다네."

4장

그들은 때로는 며칠 동안 아무런 방해도 받지 않고 여행을 하기도 했다. 길은 단단하고 말라 있었으며, 날씨는 화창하고 상쾌했다. 그리고 그들이 지나온 지방은 비옥했으며 사람들이 많이 살고 풍경도 좋아 볼거리가 많았다. 그들의 등 뒤에는 무서운 튀링겐 숲이 자리 잡고 있었다. 상인들은 이 같은 여행을 자주 해서 도처에 아는 사람들이 많았기 때문에 가는 곳마다 극진한 대접을 받았다. 그들은 후미지거나 도적 떼가 날뛰는 곳은 피했으며, 굳이 그런 지역을 통과해야 할 경우에는 믿을 만한 안내자를 동반했다. 근처에 있는 산성(山城)의 몇몇 주인들은 상인들과 관계가 좋았다. 상인들은 그들을 찾아가 혹시 아우크스부르크로 주문할 물건이 있는지 알아보았다. 그들은 훌륭한 대접을 받았고, 부인들과 딸들은 그 이방인들 주위에 호기심 어린 눈길로 모여들었다.

하인리히의 어머니는 시원시원하고 다정한 성품 때문에 곧 그들의 호감을 샀다. 그들은 최신 유행뿐만 아니라 맛있는 요리 만드는 방법까지 기꺼이 들려주는 도회지 부인을 만나 기뻐했다. 젊은 오프터딩겐은 겸손하고 편안하고 부드러운 태도로 인해 기사들과 숙녀들로부터 많은 칭찬을 받았다. 그리고 숙녀들의 눈길은 그의 매력적인 모습에 가서 머물렀다. 그의 모습은, 처음 들었을 때는 무심코 지나쳤지만 시간이 한참 흐른 뒤 깊이 숨겨져 있던 소박한 꽃봉오리를 서서히 내밀기 시작해 마침내 촘촘하게 박힌 반짝이는 잎사귀들 속에서 화사한 한 송이 꽃을 피워 올리는, 이방인이 던지고 간 소박한 말과 같았다. 그 말은 절대 잊히지 않고, 아무리 반복해도 지겹지 않으며, 아무리 써도 바닥이 나지 않는 보물과 같았다. 이제 우리는 그 이방인을 더욱 뚜렷이 떠올리게 되며, 생각하고 또 생각하다가 마침내 그가 우리보다 높은 세계에 사는 사람이라는 사실을 깨닫게 되는 것이다.

상인들은 아주 많은 양의 주문을 받았다. 그리고 상인들은 그 고장 사람들과 곧 다시 만나자는 따뜻한 인사를 나누고 작별을 했다. 그들이 저녁나절에 도착한 성들 중 한 곳에서는 흥겨운 잔치가 벌어지고 있었다. 그 성의 주인은 늙은 전사였는데, 평상시에는 자신이 사는 성의 한적함과 외로움을 잦은 연회로 달래고 있었다. 소용돌이치는 전쟁과 사냥 이외에 그가 할 줄 아는 소일거리라고는 술잔을 가득 채우는 일뿐이었다.

그는 왁자지껄하게 떠들고 있는 친구들 틈에 있다가 새로

도착한 손님들을 형제처럼 따뜻하게 맞아들였다. 하인리히의 어머니는 여주인에게로 안내되었다. 상인들과 하인리히는 술잔이 거나하게 돌고 있는 술자리에 앉아야 했다. 하인리히는 어린 나이를 이유로 들어 여러 번 간곡히 부탁한 끝에 사람들이 건네주는 술잔을 다 받아 마시지 않아도 되었다. 반면에 상인들은 오래된 프랑켄 포도주를 거침없이 벌컥벌컥 마셔 댔다.

그들의 이야기는 옛날에 전쟁터에서 겪은 모험담으로 이어졌다. 하인리히는 신경을 곤두세워 가며 그들의 새로운 이야기에 귀를 기울였다. 기사들은 성지에 대해서, 성묘의 기적에 대해서, 성지 순례와 항해 중 겪은 모험에 대해서, 그들의 일행 중 몇몇에게 폭력을 가했던 사라센인들에 대해서, 들판과 천막에서 보낸 즐겁고 놀라웠던 생활에 대해서 이야기했다. 그들은 기독교 성지가 아직도 믿음이 없는 야만인들의 손아귀에 들어 있는 것에 대해서 열띤 분노를 토했다. 그들은 이 신앙심 없는 사람들을 상대로 지칠 줄 모르는 용감한 행동을 통해 영원한 왕관을 쟁취한 위대한 영웅들을 찬양했다.

성의 주인은 소중한 검을 꺼내서 보여 주었다. 그것은 그가 적장의 성을 습격하여 적장을 죽이고 그의 아내와 아이들을 포로로 잡은 뒤 손에 넣은 것이었다. 황제는 그것을 그의 가문의 문장(紋章)으로 삼도록 허락해 주었다. 모두들 그 훌륭한 검을 살펴보았다. 하인리히도 검을 손에 잡아 보았다. 순간 그는 전사가 된 듯한 감동에 사로잡혔다. 그는 열렬한 숭배의 감정으로 검에 입을 맞추었다. 기사들은 그가 깊은 관심을 보이자 모두들 기뻐했다. 늙은 성주는 그를 포옹해 주면서, 그의 손을 영원히 성묘를 해방하는 일에 바치고 기적을 행하는 십자가를 어깨에 짊어지라고 격려했다. 하인리히는 깜짝 놀랐다. 그는 그 검에서 손을 떼지 못할 것 같았다.

"이 일에 대해서 한번 생각해 보게, 젊은이." 늙은 기사가 말했다. "새로운 십자군 원정이 임박해 있어. 황제 폐하께서 손수 우리를 성지로 안내해 주실 거야. 전 유럽에 다시 십자군 원정의 외침이 메아리치고 있어. 그리고 영웅답게 자신을 희생하고자 하는 열의가 곳곳에서 용솟음치고 있지. 우리가 일 년 안에 즐거운 승리자가 되어 세계적인 도시 예루살렘에서 자리를 함께하고 앉아 포도주를 마시면서 고향을 떠올리게 될지 누가 알겠는가. 자네는 또한 우리 집에서 동방의 처녀를 볼수 있을 거야. 그들은 우리 유럽 사람들의 눈엔 아주 매력적으로 보이지. 검 다루는 법만 잘 익힌다면, 자네는 포로로 잡혀 온 어여쁜 처녀들을 얼마든지 가질 수 있어." 기사들은 목청을 높여 당시 유럽 전역에서 불리던 십자군 원정의 노래를 불렀다.

성묘는 거친 이교도들 틈에 놓여 있네.
그리스도가 누워 있는 성묘는
조롱과 모독을 겪으며
날마다 더럽혀지고 있네.
거기서 서글픈 목소리가 흘러나오네.
"이 모욕에서 날 구해 줄 이 누구인가!"

성묘를 지켜 줄 충실한 영웅들은 어디 있는가?
기독교의 정신은 사라졌구나!
믿음을 다시 불러올 자 누구인가?
이 시기에 십자가를 손에 쥘 자 누구인가?
누가 이 질곡의 사슬을 끊고
성묘를 구해 낼 것인가?

캄캄한 밤이면 땅과 바다에는
성스러운 폭풍우가 거세게 몰아치네.
잠에 곯아떨어진 사람들을 깨우려고
야영지와 도시와 탑 주위로 윙윙대네.
성가퀴마다 비탄의 외침 소리 들리네.
"게으른 기독교인들아, 일어나, 어서 떠나라."

사방 천지에는 진지한 용모의
천사들이 말없이 서 있네.
순례자들은 사립문 앞에 서서
근심 어린 얼굴을 들어 보이네.
그들은 두려움에 떨리는 목소리로
사라센인들의 잔인함을 한탄하네.

드넓은 기독교인들의 땅을 붉게
물들이며 아침이 어슴푸레 밝아 오네.
모든 이의 가슴마다

애수와 사랑의 고통이 이네.
모두들 활활 열정으로 불타올라
집을 뛰쳐나와 십자가와 칼을 움켜쥐네.

십자군 행렬마다 성묘를 해방시키려는
불꽃같은 열정이 일렁이네.
어서 성묘를 보고 싶은 마음에
그들은 서둘러 바다를 향해 달려가네.
아이들도 달려 나가
성스러운 무리와 함께하네.

십자가 그려진 깃발 높이 나부끼고,
역전의 용사들이 앞장을 서네.
믿음 깊은 전사들을 맞으려고
천국의 성스러운 문이 활짝 열리네.
늙은이 젊은이 할 것 없이 모두들
예수의 영광을 위해 피를 바치려 하네.

기독교인들아, 싸우러 가자! 천사의 무리가
우리와 함께 약속의 땅으로 가느니.
이제 곧 조야한 이교도들은
위대한 하느님의 무서운 손을 느끼리라.
우리는 곧 기쁜 마음으로
이교도의 피로 성묘를 씻게 되리라.

천사들은 성모 마리아를 날개에 태워
싸움터 위쪽 하늘로 모셔 와,
칼에 맞아 숨진 모든 전사들을
성모의 품으로 안내하리라.
성모는 찬란하게 빛나는 얼굴로
무기가 부딪치는 싸움터를 굽어보리라.

어서 성지로 떠나자!
성묘에서 서글픈 소리가 울리나니!
머지않아 기독교인들의 죄가
승리와 기도와 함께 사함을 받으리라!
이교도의 왕국은 종말을 고하고,
드디어 성묘는 우리 손에 들어오리라.

하인리히의 가슴은 몹시 쿵쾅거렸다. 그의 눈앞에는 성묘
가 거친 폭도들 한가운데 있는 큰 바위에 앉아 온갖 학대를
받고 있는 젊고 고귀한 젊은이의 창백한 모습이 되어 떠올랐
다. 그 젊은이는 슬픈 표정으로 저 멀리서 희미하게 반짝이
는 십자가를 바라보고 있는 것 같았다. 그리고 십자가는 부서
지는 파도의 물결 속에서 그 숫자가 한없이 늘어 가는 것 같
았다.

바로 그때 하인리히의 어머니는 아들을 성주의 부인에게
소개하기 위해 사람을 보내왔다. 기사들은 술을 마시며 임박
한 순례에 대해 생각하느라 정신이 팔려 하인리히가 자리를

뜨는 것을 눈치채지 못했다. 어머니는 마음씨 좋게 생긴 성주의 부인과 다정하게 이야기를 나누고 있었다. 성주의 부인은 그를 따뜻하게 맞아 주었다. 저녁 하늘은 맑았고, 태양은 서산으로 넘어가고 있었다. 혼자 있고 싶은 마음이 굴뚝같은 데다가 폭이 좁고 깊게 팬 아치형 창문을 통해 어둑한 방 안으로 스며드는 먼 곳의 붉은 노을에 이끌려 하인리히는 어머니로부터 성 밖을 둘러봐도 좋다는 허락을 받아 냈다.

그는 서둘러 바깥으로 나왔다. 그는 몹시 흥분해 있었다. 먼저 아주 오래된 바위 꼭대기에 올라가 숲으로 우거진 계곡을 내려다보았다. 계곡 사이로 물이 흘러 몇 개의 물방아를 돌리고 있었지만, 계곡이 너무나 깊어 물방아 돌아가는 소리는 들리지 않았다. 이어서 그는 저 멀리 끝없이 펼쳐진 산과 숲과 계곡을 바라보았다. 그러자 그의 마음속에 들끓던 불안이 차분히 가라앉았다. 전쟁의 소용돌이는 물러가고, 온갖 형상들로 가득 찬 맑은 그리움만이 남았다. 그는 실제로 모양이 어떻게 생겼는지, 그리고 어떤 효과를 자아내는지 아는 바 없었지만 류트가 없는 것이 못내 아쉬웠다. 아름다운 저녁의 장려한 광경은 그를 부드럽게 상상의 세계 속으로 이끌어 주었다. 그리하여 그가 마음속에 품은 꽃이 마치 번갯불에 드러나듯 이따금 그의 내면의 눈에 보이곤 했다. 그는 우거진 덤불 사이를 거닐다가 이끼 낀 바위 위로 기어 올라갔다. 그때 갑자기 가까운 골짜기에서 어떤 여인이 놀라운 악기 소리에 맞추어 가슴에 사무치도록 부드럽게 노래를 부르는 소리가 들려왔다. 그는 그 악기가 류트라고 확신했다. 그는 놀라움을 금치

못하고 그 자리에 서서 서툰 독일어로 부르는 그 노랫소리에
귀를 기울였다.

아, 이 낯선 하늘 아래서 이 여린 가슴이
아직도 부서지지 않았단 말인가?
나 언젠가 고향으로 돌아가리란
창백한 희망의 빛은
아직도 내 눈가에 떠돈단 말인가?
두 눈에는 눈물이 넘쳐흐르고,
슬픔으로 이 마음 찢어지는구나.

나 네게 은매화와 히말라야 삼나무의
검은 머리칼을 보여 줄 수 있다면 좋으련만!
소녀들이 무리를 이루어 즐겁게
춤을 추는 곳으로 너를 이끌 수 있다면!
수놓은 옷을 입고 값진 장신구를 걸치고서
지난날 내 자랑하던 그 모습을
네게 보여 줄 수 있다면 좋으련만!

그곳에선 고귀한 젊은이들이 불타는 눈으로
나를 쳐다보며 내 앞에서 허리를 구부린다네.
저녁 별들이 떠오르는 동안
사랑스러운 노랫소리가 내게 구혼을 한다네.
그곳에선 여자는 사랑하는 이를 믿어야 한다네.

그곳에선 남자들도 여자들을 위해
영원한 사랑과 신의를 바친다네.

그곳, 수정처럼 맑은 샘물가에
하늘이 사랑에 겨워 누워 있는 곳,
진한 발삼 향기를 풍기며
하늘이 숲에 매달리는 곳.
그 숲의 그늘진 휴식처에는
수많은 열매와 꽃 아래 각양각색의
수천의 시인들이 자리를 잡고 있다네.

젊은 시절의 꿈은 덧없이 흘러가고,
나의 고향은 너무나 멀리 있구나.
그 나무들은 오래전에 베어지고,
우리 집은 불타 버렸네.
마치 성난 파도처럼 무서운 기세로
거친 군사의 무리가 쳐들어와,
천국은 사라져 버렸네.

파란 하늘 위로
무섭게 화염이 솟구쳤네.
거친 무리가 덩치 큰 말을 타고
거칠게 성문 안으로 들이닥쳤네.
내리치는 칼에 우리의 형제들은 쓰러지고,

우리의 아버지는 다시는 돌아오지 않았네.
그들은 우리를 거칠게 갈라놓았네.

나의 두 눈은 눈물로 흐려졌네.
오, 나의 머나먼 어머니의 나라여,
당신을 향해 그리움의 눈길을 보내며,
당신을 향한 나의 사랑 변함없다네.
여기 내 아이만 없었더라면,
나 이미 오래전에 이 손으로 과감하게
생의 사슬을 끊어 버렸으련만.

하인리히는 어린아이가 훌쩍대는 소리와 그 아이를 달래는 목소리를 들었다. 그는 수풀을 헤치고 더 아래로 내려갔다. 늙은 느릅나무 아래 근심 걱정으로 얼굴이 창백하게 여윈 한 여자가 앉아 있었다. 예쁘게 생긴 어린아이가 그녀의 목에 매달려 울고 있었다. 그녀 옆의 잔디 위에는 류트가 놓여 있었다. 낯선 젊은이의 모습을 보자 그녀는 좀 놀라는 기색을 보였다. 그는 안쓰러운 표정을 지으며 그녀를 향해 다가갔다.

"제 노랫소리를 들었나 보군요." 그녀가 상냥하게 말했다. "당신 얼굴이 눈에 익어요. 잠깐 생각해 보고요. 기억력이 자꾸 나빠지고 있어요. 그렇지만 당신 모습을 보니 즐거웠던 지난날의 특별한 기억들이 되살아나요. 오! 당신은 우리가 불행을 당하기 전 한 유명한 시인을 찾아 페르시아로 간 우리 오빠 같아요. 어쩌면 오빠는 지금도 살아서 형제자매의 슬픈 운명을 노래하고 있을 거예요. 오빠가 우리에게 남기고 간 그 멋진 노래들을 몇 곡이라도 기억할 수 있다면 좋을 텐데! 오빠는 고상하고 섬세했어요. 오빠에겐 이 세상에서 류트보다 더 큰 행복은 없었어요."

열 살이나 열두 살 쯤 되어 보이는 여자아이는 낯선 젊은 이를 주의 깊게 살피면서 불행한 출리마의 가슴에 더욱 파고 들었다. 하인리히의 가슴엔 동정심이 가득 고였다. 그는 다정한 말로 출리마를 위로하면서 그녀가 살아온 인생에 대해서 좀 더 상세하게 이야기해 달라고 부탁했다. 그녀는 그 부탁을 별로 꺼리는 것 같지 않았다. 하인리히는 맞은편에 앉아 그녀의 이야기에 귀를 기울였다. 그녀의 이야기는 잦은 눈물로 자꾸만 끊기곤 했다. 그녀는 자신의 고향 사람들과 조국을 칭송하는 데 많은 시간을 할애했다. 그녀는 그들의 관대한 성품에 대해서, 그리고 삶의 문학과 자연의 놀랍고 신비스러운 매력에 대한 그들의 순수하고 위대한 감수성에 대해서 이야기했다. 그녀는 비옥한 아랍 지역의 낭만적인 아름다움에 대해 설명했다. 그 지역은 길도 없는 모래사막 한가운데에 있는 행복한 섬과 같으며, 지치고 압박받는 이들을 위한 은신처요 천국에서 운영하는 땅과 같다고 말했다. 그녀는 그 땅에는 무성한 풀밭과 반짝이는 돌들을 지나 오래되어 고색창연한 작은 숲 사이로 흐르는 신선한 샘물들이 널려 있다고 말했다. 그리고 그곳에는 목청껏 노래하는 각양각색의 새들이 살고 있으며, 길이 기릴 만한 지난날의 다양한 흔적들이 눈길을 끈다고 덧붙였다.

"당신은 그곳의 오래된 석판에 새겨진 밝고 다양한 색채의 진귀한 모양들과 장면들을 보고 놀랄 거예요." 그녀가 말했다. "그것들은 아주 친숙해 보여요. 그것들이 그렇게 잘 보존된 것도 사실은 다 이유가 있는 것 같아요. 자꾸만 곰곰이 생각하다 보면 그것들의 뜻을 어렴풋이 짐작할 수 있게 돼요. 그러면 그 오래된 비문들의 심오한 맥락을 캐 보고 싶은 열망에 사로잡히게 되지요. 그것들 속에 담겨 있는 알 수 없는 정신이 비범한 생각을 불러일으키는 것 같아요. 그리고 설사 원하던 발견을 하지 못하고 그곳을 떠나더라도 우리는 우리 가슴속에서 수천 가지의 소중한 발견을 한 거예요. 그 소중한 발견들은 우리의 삶에는 새로운 빛을, 그리고 우리의 정서를 위해서는 오랫동안 종사할 만한 일거리를 제공해 주니까요. 조상 대대로 살아온, 예전부터 근면과 활동과 애정이 듬뿍 깃들어 있는 땅에 사는 것은 정말 매력적인 일이에요. 그곳의 자연은 훨씬 더 인간적이고 이해할 수 있을 것 같거든요. 그리고 속이 훤히 들여다보이는 현재 속에서 느끼는 모호한 기억이 세계의 모습들을 오히려 뚜렷이 보여 주지요. 그렇게 해서 우리는 이중의 세계를 즐기게 되는 거예요. 이로써 세계는 조야하고 폭력적인 성격을 버리고 우리의 감각에 어울리는 마법적인 시와 동화가 되는 거예요. 지금은 볼 수 없는, 예전에 살던 사람들의 알 수 없는 영향력이 우리에게 작용하고 있지 않다고 누가 말할 수 있겠어요. 그리고 어떤 각성의 시기가 닥쳐오자마자 사람들에게 새로운 고향을 버리고 조상의 옛 고향으로 돌아가도록 맹목적으로 발버둥 치게 만드는 것도 다 이 어두운 충동인 것 같아요. 그들은 그 땅을 차지하려고 재산과 피까지도 기꺼이 바치려 하지요."

잠시 멈추었다가 그녀는 말을 이었다. "우리 고향 사람들이 잔인하다고 한 그들의 이야기는 절대 믿지 마세요. 포로를 그처럼 관대하게 대해 준 곳은 세상 어디에도 없어요. 그리고 당신들의 예루살렘 순례는 환영을 받았어요. 다만 그런 대접을 받을 만한 사람들의 수가 적었을 뿐이에요. 대부분 아무 짝에도 쓸모없는 사악한 인간들이었어요. 자신들의 순례를 파렴치한 행동으로 손상시켰으니까요. 그 결과 그들은 응분의 대가를 치른 거예요. 기독교인들은 소름 끼치는 불필요한 전쟁을 일으키지 않고도 성묘를 조용히 순례할 수 있었어요. 전쟁은 모든 것을 비참하게 만들고 끝없는 고통을 불러왔으며 유럽과 동방을 영원히 갈라놓았어요. 주인이 누구인가가 뭐가 그리 중요한가요? 우리의 통치자들은 당신들의 성자의 무덤을 공경하는 마음으로 돌보았어요. 우리들 역시 그분을 신성한 예언자로 여겼어요. 정말이지 그분의 성묘는 우리들 사이에서 행복한 이해의 요람이자 자비로운 영원한 동맹의 동기가 될 수도 있었어요."

그들이 이야기를 나누는 사이에 어둠이 밀려왔다. 밤이 시작되었고, 물기를 머금은 숲 위로는 차분한 빛을 뿌리며 달이 떠올랐다. 그들은 천천히 성을 향해 걸어 올라갔다. 하인리히는 머릿속이 생각으로 가득했다. 전쟁에 대한 그의 열광은 완전히 사그라들었다. 그는 세상에 존재하는 알 수 없는 혼란을 알게 되었다. 달은 그에게 위안을 주는 후견인의 모습을 보여 주었다. 그리고 그를 울퉁불퉁한 지구의 표면 위로 번쩍 들어 올려 주었다. 지구의 표면은 방랑자에게는 거칠고 극복할 수 없는 것처럼 보이지만 산꼭대기에서 보면 별것 아닌 듯했다. 출리마는 딸의 손을 잡고서 하인리히의 옆에서 조용히 걸었다. 하인리히는 류트를 들고 갔다. 그는 떠나온 조국을 다시 보고 싶어하는 자신의 동반자의 꺼져 가는 소망을 되살려 주고 싶었다. 그는 마음속으로 그녀를 구해야 한다는 강한 사명감을 느꼈다. 그렇지만 그 생각을 어떻게 실행에 옮겨야 할지 알 수가 없었다. 하인리히의 소박한 말 속에는 특별한 힘이 들어 있는 것 같았다. 왜냐하면 출리마가 눈에 띄게 마음의 안정을 찾고, 그가 해 준 위로의 말에 대해 아주 감동적인 태도로 감사의 표시를 했기 때문이다.

기사들은 여전히 술잔을 기울이고 있었고, 어머니는 집안 이야기에 열중하고 있었다. 하인리히는 시끌벅적한 술자리로 되돌아가고 싶지 않았다. 그는 피곤했다. 그래서 곧 어머니와 함께 그들에게 배정된 침실로 갔다. 그는 잠자리에 들기 전에 자신에게 일어난 일에 대해 어머니에게 이야기했다. 그러고는 곧 잠이 들어 즐거운 꿈을 꾸었다. 상인들 역시 너무 늦지 않게 술자리를 물렸으며 아침 일찍 말짱한 정신으로 일어났다. 그들이 길을 떠날 때 기사들은 아직도 자고 있었다. 그러나 성주의 부인만은 그들에게 다정히 작별 인사를 해 주었다.

출리마는 거의 잠을 자지 못했다. 마음속의 기쁨으로 잠을 이룰 수가 없었기 때문이다. 그녀는 그들이 출발할 때 앞에 나타나 열심히 그리고 겸손하게 여행자들의 시중을 들어 주었다. 그들이 작별 인사를 할 때, 그녀는 눈물을 흘리며 하인리히에게 그녀의 류트를 들고 와 떨리는 목소리로 출리마를 기억할 수 있도록 그것을 가져가 달라고 부탁했다. "이것은 저희 오빠의 류트예요." 그녀가 말했다. "오빠가 집을 떠날 때 제게 선물한 거예요. 이것은 제가 구해 낸 우리 집의 유일한 재산이에요. 어제저녁에 보니 당신이 이것을 몹시 좋아하는 것 같았어요. 당신은 제게 더없이 소중한 선물을 주었어요. 달콤한 희망 말이에요. 이 보잘것없는 저의 감사 표시를 받아 주세요. 그리고 이것을 당신이 이 불쌍한 출리마를 기억하고 있다는 증거로 삼아 주세요. 우리는 분명히 다시 만날 거예요. 그렇게 된다면 저는 정말 복이 많은 거고요."

하인리히는 울었다. 그는 그녀가 그토록 아끼는 류트를 받을 수가 없었다. "그렇다면 지금 머리에 하고 있는, 알 수 없는 글씨가 새겨져 있는 황금 리본을 제게 주세요." 그가 말했다. "그것이 당신의 부모님이나 형제자매한테서 받은 기념품이 아니라면 말입니다. 그러면 저는 저희 어머니의 베일을 선물할게요." 그녀는 마침내 그의 설득에 굴복하여 그에게 리본을 건네주었다. 그리고 그녀는 이렇게 말했다. "여기 이것은 우리 모국어로 쓴 제 이름이에요. 좋았던 시절에 제가 직접 수를 놓은 거예요. 이 리본을 즐겁게 바라보면서, 이 리본이 오랜 슬픔의 세월 동안 저의 머리를 묶어 주었으며, 주인과 함께 색깔이 바랬음을 기억해 주세요." 하인리히의 어머니는 그녀를 끌어당겨 얼싸안고 눈물을 흘리면서 자기 얼굴에 하고 있던 베일을 벗어서 그녀에게 건네주었다.

5장

　며칠을 여행한 끝에 그들은 깊은 계곡들에 의해 갈라진 몇
개의 뾰족한 산봉우리들의 발치에 자리 잡은 한 마을에 도착
했다. 산마루의 모양새는 생기 없고 끔찍했지만 그 지역은 기
름지고 쾌적했다. 여관은 깔끔했고, 종업원들은 친절했다. 여
관의 바에는 여행객들과 술손님인 듯한 많은 사람들이 앉아
서 세상 돌아가는 일에 대해 떠들어대고 있었다.

　우리 일행도 그들 틈에 끼어서 그들이 나누는 대화 내용을
거들었다. 술집 안에 있는 사람들의 시선은 낯선 복장을 하고
테이블에 앉아 있는 한 노인에게 집중되어 있었다. 그는 호기
심에 가득 차서 던지는 그들의 질문에 일일이 친절하게 대답
해 주었다. 그는 낯선 고장에서 왔으며 오늘 아침 일찍 그 마
을 주변을 샅샅이 둘러보고 온 터였다. 이제 그는 자신의 직업

과 오늘 발견한 것들에 대해서 이야기를 하는 중이었다. 사람들은 그를 노다지꾼이라고 불렀다. 그는 자신이 아는 것들과 자신의 능력에 대해서 아주 겸손하게 말했다. 그렇지만 그의 이야기에서는 신비롭고 색다른 기운이 엿보였다. 그는 자신이 보헤미아 태생이라고 밝혔다. 젊었을 때부터 산속에는 무엇이 묻혀 있을까, 우물 속의 물은 어디서 생겨나는 걸까, 사람들의 뜨거운 관심을 불러일으키는 금과 은 그리고 값진 보석들은 어디서 나는 걸까 하는 문제에 엄청난 호기심을 갖고 있었다고 말했다. 그는 집 근처 수도원의 성화와 성유물에서 이처럼 반짝이는 단단한 물체들을 자주 보았는데, 그것들이 그에게 말을 걸어 자신들의 신비스러운 유래를 알려 주었으면 좋겠다고 생각했다고 말했다. 그는 그것들이 아주 먼 나라들에서 온 것이라는 말을 가끔 들었다고 했다. 그때마다 그러한 보석과 보물이 왜 자신의 고장에서는 나지 않는 건지 의아하게 생각했다고 했다. 웅장한 규모의 산들이 원래의 모습 그대로 보존되어 있는 것만 보아도 그럴 가능성은 얼마든지 있다는 것이었다. 게다가 그는 산에서 가끔 번쩍이는 돌을 본 것 같은 생각이 들었다고 했다. 그는 엉금엉금 기면서 바위틈과 동굴을 열심히 살펴보았으며, 엄청난 희열을 느끼면서 이 태곳적 회랑과 반구형 천장들을 샅샅이 둘러보았다고 말했다.

그러던 중 우연히 한 여행객을 만났는데, 만약에 그가 광부가 되면 그 같은 호기심을 만족시킬 수 있을 거라고 그 여행객이 말해 주었다는 것이다. 그 여행객의 말에 따르면 보헤미아에는 광산이 여러 개 있다는 것이었다. 계속해서 계곡을 타고 강줄기를 따라가다 보면, 열흘에서 열이틀 정도 후 오일라라는 곳에 도착하게 될 터인데, 그곳에서 광부가 되고 싶다고 말만 하면 된다는 것이었다. 그 여행객의 말을 듣고 그는 다음 날 당장 길을 나섰다.

"여러 날 동안 힘든 여행을 한 끝에 나는 오일라에 도착했습니다." 그는 계속해서 말했다. "내가 산 언덕바지에 올라서 군데군데 푸른 관목들이 자라고 있고 판자로 지은 오두막들이 자리 잡은 바위 무더기를 보았을 때, 그리고 계곡 아래쪽 숲 위로 뭉게뭉게 피어오르는 연기를 보았을 때, 내 기분이 어땠는지 여러분은 모를 겁니다. 멀리서 들려오는 덜커덩 소리는 나의 기대를 더욱 부풀려 주었지요. 나는 엄청난 호기심이 발동하는 동시에 마음속 가득 경건한 느낌에 사로잡혀 서둘러 어느 바위 무더기 위로 올라갔지요. 사람들은 그 바위 무더기를 광재(鑛滓)라고 불렀습니다. 내 앞에는 시커먼 수직 굴이 있었어요. 수직굴은 오두막 안쪽에서 바로 수직으로 산 밑으로 뚫려 있었어요. 나는 서둘러 계곡으로 내려갔습니다. 나는 곧 검은 옷을 입고 손에는 등불을 든 사람들을 만났어요. 그들이 광부라는 것을 한눈에 알아보았습니다. 나는 그들을 향해 머뭇거리면서 나의 소원에 대해 이야기했어요. 그들은 나의 말을 귀담아들어 주었습니다. 그러고는 내게 용광로가 있는 오두막까지 내려가라고 했어요. 그리고 그들의 우두머리이자 주인인 갱부장을 찾으라고 했습니다. 그러면 그 갱부장이 나를 받아들일 것인지 아닌지 답을 줄 거라고 했어요. 그들은 내가 소원을 이룰 수 있을 거라고 말했습니다. 그러면서 갱부장을 만나거든 쓰라면서 그들이 평소에 사용하는 '행운을 빕니다.'[6]라는 인사말을 가르쳐 주었습니다. 나는 기대에 부풀어 계속해서 발길을 재촉했지요. 나는 걸어가면서 방금 배운 의미심장한 새로운 인사법을 거듭 되뇌어 보았습니다. 나는 기품 어린 자태의 한 노인을 만났습니다. 그분은 나를 아주 따뜻하게 맞아 주었습니다. 당신의 진귀하고 신비스러운 예술을 배우고 싶다고 속마음을 털어놓자, 그분은 기꺼이 내 소원을 들어주겠노라고 약속했어요. 그분은 내가 마음에 드는 것 같았습니다. 나를 자기 집에 묵도록 해 주었지요. 나는 광부의 복장을 하고 갱에 들어갈 순간을 손꼽아 기다렸어요. 그날 저녁이 채 지나기도 전에 그분은 내게 광부 옷을 갖다주고서, 어느 방으로 데리고 가더니 여러 가지 연장을 사용하는 법을 가르쳐 주었습니다.

그날 저녁에 광부 몇 명이 그를 찾아왔어요. 나는 그들이 나누는 대화를 한마디도 놓치지 않으려고 노력했지요. 그러나 그들이 사용하는 말과 그들이 나눈 대화의 대부분은 너무 생소해서 이해할 수 없었어요. 그렇지만 내가 스스로 알아들었다고 생각한 몇 마디 말은 호기심을 더욱 자극했어요. 그래서 그날 밤 나는 여러 가지 진귀한 꿈을 꾸었습니다. 다음 날 나는 제때에 눈을 떴어요. 그리고 나의 새로운 주인을 찾아갔지요. 그의 집으로 하나둘씩 광부들이 모여들었습니다. 그에게서 지시를 받기 위해서였지요. 방 하나를 조그만 예배실로 꾸

---

6) 광부들의 인사말로 독일어로는 '글뤽 아우프(Glück auf)'이다.

며 놓았더군요. 한 수도사가 나오더니 미사를 드렸어요. 이어서 그 수도사는 엄숙한 기도를 올리더군요. 하늘을 향해 하늘의 성스러운 품으로 광부들을 보호해 주고, 위험하기 그지없는 일을 하는 그들을 도와주고, 나쁜 혼령들의 공격과 책략으로부터 그들을 막아 주고, 그들에게 넉넉한 광맥을 내려 달라고 말입니다. 나는 평생 그때처럼 열정적으로 기도해 본 적도 없고, 그렇게 마음에 사무치는 미사를 드려 본 적도 없어요.

앞으로 나의 동료가 될 그 사람들이 내겐 지하의 영웅들처럼 보였습니다. 그들은 수천의 위험을 극복해야 하지만 동시에 남의 부러움을 살 만큼 아는 것이 많은 것 같았어요. 그리고 자연의 어둡고 놀라운 방들 속에서 태초의 바위들과 조용하고 진지하게 교류하며 그들은 하늘의 선물을 받아들이고 즐겁게 지상의 고통을 넘어설 자세가 되어 있는 것 같았습니다.

예배가 끝나자 갱부장은 내게 등불과 조그만 나무 십자가를 건네주고 나를 데리고 갱도로 갔어요. 갱도를 우리는 보통 지하 건물로 들어가는 가파른 입구라고 부르지요. 그는 내게 갱도로 내려가는 요령과 필요한 안전 수칙, 그리고 다양하게 생긴 물건들과 부품들의 이름을 알려 주었습니다. 그가 앞장섰어요. 한 손에는 등불을 들고 다른 한 손으로는 옆 기둥에 늘어져 있는 밧줄을 잡고서 그는 둥근 들보를 타고 미끄러지듯이 밑으로 내려갔어요. 나도 그가 하는 대로 따라 했어요. 그렇게 해서 우리는 순식간에 아주 깊은 곳까지 내려갔습니다. 나는 이상하리만큼 엄숙한 기분이 들었어요. 그리고 내 앞의 등불은 숨겨진 자연의 보고로 향해 가는 길을 알려 주는 행운의 별처럼 반짝였어요. 우리는 미궁처럼 얽히고설킨 갱도로 들어섰어요. 나의 친절한 스승은 호기심에서 마구 퍼부어 대는 나의 질문에 지치지도 않고 대답을 해 주었고 나한테 자신의 기술을 가르쳐 주었어요. 졸졸거리는 물소리, 사람들이 사는 지표에서 멀리 떨어져 있다는 느낌, 미로처럼 뒤엉킨 갱도 속의 어둠, 그리고 멀리서 들려오는 광부들의 일하는 소리 등은 내 마음을 더없이 기쁘게 해 주었어요. 나는 드디어 내가 오래전부터 간절히 바라던 것을 손아귀에 넣었다는 생각에 너무나 기뻤어요. 생래적인 소원이 성취되는 순간을, 그 여러 가지 것들에서 느끼는 엄청난 희열을 말로 표현한다는 것은 힘든 일이에요. 그것들은 우리의 신비스러운 존재와, 그리고 이미 요람에서부터 우리에게 운명적으로 주어진 직업과 밀접한 관계를 맺고 있는 것 같았어요. 다른 사람에겐 그러한 것들이 하찮고 아무런 의미도 없고 심지어 두렵게 느껴졌을지 몰라도, 내겐 폐에 공기가 필요하듯, 위에 음식이 필요하듯 그것들이 없어서는 안 될 것처럼 여겨졌어요. 나의 늙은 스승은 내가 진심으로 좋아하는 것을 보고 기뻐했으며, 그렇게 부지런히 열심히 노력하면 머지않아 일급 광부가 될 거라고 예언해 주었어요.

　나는 지금으로부터 사십오 년 전 3월 16일에 바위틈에 얇은 조각으로 박혀 있던 금속의 왕을 생전 처음 보았어요. 그것은 마치 견고한 감옥에 갇힌 것처럼 그곳에 갇혀서, 숱한 위험과 고통을 무릅쓰면서 단단한 장벽을 깨고 자기를 찾아오는 광부를 향해 다정하게 반짝이는 것 같았어요. 광부가 자신을 햇살이 있는 곳으로 데려가 주기를 바란 거지요. 그렇게 해서 그것은 왕들이 쓰는 왕관과 집기와 성스러운 유물에까지 다다르는 영광을 누리는 겁니다. 그리고 초상화가 그려진 동전이 되어 사람들의 존경을 받으며 세상을 지배하고 인도하게 되는 겁니다. 그때부터 나는 오일라에 머물게 되었어요. 그리고 차츰 갱부의 자리까지 올라갔지요. 갱부는 바윗덩어리 위에서 일을 하는 진짜 광부라고 할 수 있지요. 애당초 나는 캐낸 광석을 용기에 담아 나르는 일을 담당하도록 고용된 것이었습니다."

늙은 광부는 잠시 이야기를 멈추고 술을 한 모금 마셨다. 그러자 그의 이야기에 귀를 기울이고 있던 사람들은 일제히 "행운을 빕니다."라고 외치며 그를 위해 건배를 했다. 하인리히는 노인의 이야기가 너무나 흥미로웠다. 그래서 다음 이야기가 더욱 궁금해졌다.

이야기를 듣고 있던 사람들은 광산 일의 위험성과 진귀함에 대해 잡담을 나누면서 그것에 얽힌 놀라운 소문들에 대해 이야기했다. 그들의 이야기에 노인은 자주 미소를 지으며 상냥하게 그들의 엉뚱한 상상을 바로잡아 주려고 노력했다.

잠시 후 하인리히가 말했다. "어르신은 그 뒤로 많은 것을 보고 겪었을 것 같군요. 그런데 어르신이 선택한 인생에 대해 후회하시지는 않는지요? 그 뒤로 어떻게 지냈는지, 그리고 지금은 어디로 여행을 하는 중인지 말씀해 주실래요? 어르신은 세상 곳곳을 돌아다니신 것 같군요. 그리고 제가 추측컨대 지금은 보통의 평범한 광부가 아니신 것 같아요."

"나는 즐겨 그 시절을 회상하곤 합니다." 노인이 말했다. "그 시절을 생각하면 하느님의 자비로움과 호의를 느낄 수 있거든요. 운명은 나를 행복하고 즐거운 인생길로 인도해 주었어요. 나는 감사의 기도를 드리지 않고 잠자리에 누운 적이 단 하루도 없어요. 내가 하는 일에는 언제나 운이 따랐어요. 하늘에 계신 아버지께서는 나를 악으로부터 감싸 주고, 내가 명예롭게 늙어갈 수 있게 해 주었어요.

하느님 다음으로 나는 내 모든 것을 늙으신 스승께 빚졌어요. 그분은 이미 오래전에 조상들의 품으로 돌아가셨는데, 그분을 생각할 때마다 나는 눈물이 나요. 그분은 하느님의 마음씨를 가지고 저 먼 태고의 시대에서 온 사람 같았어요. 그분은 깊은 통찰력을 지니고 계셨어요. 그렇지만 행동은 늘 겸손하고 순진무구했지요. 그분을 통해 광산업은 크게 번창했으며, 보헤미아의 대공은 엄청난 황금을 손에 넣을 수 있게 되었어요. 그렇게 해서 사람들이 몰려들고 재산을 많이 모으면서, 그 지역은 번창하는 고장이 되었지요. 모든 광부들은 그분을 아버지로 모시고 존경했어요. 그리고 이 세상에 오일라가 존재하는 한, 그분의 이름은 감동과 감사의 마음으로 불릴 겁니다.

그분은 루사티아라는 곳에서 태어났고, 이름은 베르너였어요. 내가 그분을 찾아갔을 때 그분의 외동딸은 아직 어린애였어요. 부지런함과 성실성, 그리고 그분을 무조건적으로 존경하며 따르는 충직함은 날이 갈수록 내게 그분의 사랑을 더 많이 가져다주었어요. 그분은 나에게 자신의 이름을 주고 아들로 삼았지요. 그 어린 소녀는 곧 씩씩하고 쾌활한 처녀로 자라 났어요. 그녀의 얼굴은 그녀의 마음씨만큼이나 정겹게 희고 고왔어요. 그녀가 나를 따르는 모습과 내가 그녀와 농담을 주 고받으며 하늘처럼 파랗고 숨김이 없으며 수정처럼 반짝이는 그녀의 모습에서 눈을 떼지 못하는 것을 볼 때마다 그분은 훌 륭한 광부가 되면 그녀를 내게 주겠다고 말하곤 했어요. 그는 약속을 지켰지요. 내가 광부가 되던 날, 그분은 우리의 머리에 손을 얹고서 우리를 정식 연인으로 축복해 주었어요. 그로부 터 몇 주 뒤 나는 그녀를 나의 아내로서 나의 방으로 데리고 갔어요. 바로 그날 해가 막 뜨기 시작할 즈음에 아직 광부 일 을 배우는 입장에서 새벽 교대조로 작업에 투입되었던 나는 굉장한 금맥을 발견했습니다. 대공은 내게 커다란 주화에 자 신의 초상이 새겨진 금목걸이를 보내왔어요. 그리고 나의 장 인에게 공직을 내리겠노라고 약속했지요. 결혼식 날 그 목걸 이를 나의 신부의 목에 걸어 주고 모든 사람의 눈이 그녀에게 쏠렸을 때 나는 얼마나 행복했는지 모릅니다. 우리의 늙은 아 버지는 좀 더 살아 건강한 손자들까지도 볼 수 있었어요. 그 분의 가을의 수확은 그분이 생각했던 것보다 훨씬 많았어요. 그분은 자신의 작업을 기쁜 마음으로 마감하고 이 세상의 어 두운 갱도를 떠날 수 있었어요. 그분은 이제 편히 쉬면서 커 다란 보답이 돌아올 월급날을 기다리고 있는 중입니다.”

"이보게 신사 양반." 노인이 하인리히 쪽으로 몸을 돌려 눈 가에 맺힌 눈물을 훔치면서 말했다. "광산 일은 하느님의 축 복을 받아 마땅한 거요. 왜냐하면 광산 일만큼 거기에 종사하는 사람들을 행복하고 고상하게 만들어 주고, 그들의 마음속에 하늘의 지혜와 섭리에 대한 믿음을 일깨워 줄 뿐만 아니라, 순진무구한 마음을 그처럼 순수하게 지켜 주는 예술은 없기 때문이오.

광부는 가난하게 태어났다가 가난하게 세상을 뜨는 법이오. 그는 금속의 힘이 뻗치는 곳을 찾아내 그것을 햇살 속으로 날라 주기만 하면 그만이오. 그러나 금속의 반짝이는 빛도 그의 순수한 마음을 어떻게 할 수는 없어요. 그는 위험한 망상에 빠지는 법 없이 금속들의 특이한 구조나 신기한 근원, 그리고 출처에서 기쁨을 느낄 뿐이오. 다시 말해 광부는 많은 것을 약속해 주는 금속들을 소유하는 일에는 관심이 없어요. 금속들이 일단 상품으로 만들어지고 나면 그는 더 이상 매력을 느끼지 않아요. 차라리 수많은 위험과 수고를 무릅쓰면서 그것들을 땅속의 요새에서 찾지, 그것들의 외침을 좇아 세상을 헤매거나 속임수에 불과한 기술로 땅 위에서 그것들을 구해 보려고 하지 않아요.

그와 같은 수고는 그의 가슴을 신선하게 해 주고 그의 마음을 씩씩하게 만들어 주지요. 그는 자신의 보잘것없는 임금을 깊이 감사하는 마음으로 사용합니다. 그리고 날마다 자신의 직업의 어두운 갱도에서 새롭게 생의 기쁨을 얻어 올라옵니다. 그만이 빛과 휴식의 매력을, 확 트인 공기와 멋진 풍경의 고마움을 압니다. 오직 그만이 음료수와 음식을 먹으면서 신선함과 경건함을 느끼지요. 마치 성체(聖體)를 대하듯 말입니다. 그리고 그는 애정과 관심이 깃든 가슴으로 가족의 품으로 돌아가거나 아내와 아이들을 껴안아 줍니다. 그리고 그들과 다정한 이야기를 나누면서 그렇게 할 수 있는 것에 대해 정말 감사하게 생각하지요.

그의 외로운 작업은 그의 인생 대부분의 시간 동안 그를 햇살로부터 그리고 사람들과의 교류로부터 갈라놓지요. 그는 이 지상을 벗어난 심오한 것들에 대해 타성적인 무관심에 빠지는 법이 없어요. 오히려 어린애 같은 심성을 유지하여, 그에겐 모든 것이 아주 특색 있고 원래 지니고 있던 다채롭고 놀라운 모습으로 나타납니다.

자연은 어느 한 개인의 완전한 소유물이 되길 원치 않아요. 한 사람의 소유물이 되면 자연은 사악한 독약이 되어 버립니다. 그렇게 되면 화평은 깨지고 자연을 소유한 사람은 모든 것을 자기 것으로 만들려고 날뛰게 되지요. 끝없는 근심과 험악한 열정을 수반하면서 말이오. 그러면 자연은 남몰래 그 소유자의 땅 밑을 파서 깊은 땅속에다 그를 얼른 매장해 버리지요. 그렇게 해서 자연은 이 손에서 저 손을 거치면서 모두에게 속하려는 자신의 성향을 서서히 만족시키는 겁니다.

이에 반해서 가난하지만 자신의 삶에 만족할 줄 아는 광부는 자신의 깊은 고독 속에서 얼마나 조용히 일을 하는가요. 일상의 산만한 소요에서 멀리 떨어져, 오로지 지식욕을 불태우고 조화를 사랑하면서 말입니다. 그는 고독 속에서 진심 어린 마음으로 자신의 동료와 가족을 생각하며, 모든 인류는 서로에게 없어서는 안 되는, 피를 나눈 형제라는 사실을 언제나 새롭게 느끼고 있습니다. 그의 직업은 그에게 지칠 줄 모르는 인내를 가르쳐 주며, 그의 집중된 마음이 쓸데없는 생각으로 흐트러지는 것을 허용하지 않습니다. 그는 단단하고 쉽게 굴복하지 않는 놀라운 힘을 상대하고 있어요. 그것을 이겨 내는 길은 굽힐 줄 모르는 노력과 끊임없는 경계심밖에 없습니다. 그러나 이 끔찍한 심연 속에서도 그의 가슴에는 그 얼마나 소중한 꽃이 피어나는가요. 그것은 바로 하늘에 계신 아버지에 대한 진정한 믿음이죠. 하느님의 손과 섭리가 그의 눈에는 날마다 뚜렷한 모습으로 나타난답니다. 나는 막장에 앉아 등불로 비추면서 경건한 마음으로 그 소박한 십자가상을 헤아릴 수도 없이 자주 들여다보곤 했어요! 그때 나는 비로소 그 수수께끼 같은 형상에 깃들어 있는 신성한 의미를 깨닫게 되었습니다. 또한 내 가슴속의 가장 소중한 갱도를 탐사하게 되었어요. 그 갱도는 내게 영원한 산출물을 보장해 주었습니다."

　노인은 잠시 멈추었다가 말을 이었다. "정말이지, 인간들에게 광산일이라는 이 고상한 예술을 처음으로 가르쳐 주고 산맥의 품속에다 이처럼 인간 삶의 진지한 상징을 숨겨 놓은 사람은 하느님이 보낸 분임에 틀림없어요. 어떤 곳은 광맥이 크고 부드럽지만 질이 떨어지고, 어떤 곳은 바위가 겉으로 보기에는 하찮기만 한 틈바구니 속에다 광맥을 욱여넣고 있어요. 그런데 우리가 마주치는 가장 고상한 운명이 바로 여기에 있어요. 다른 광맥들은 이 광맥의 질을 떨어뜨리죠. 그러다가 비슷한 종류의 광맥이 이 광맥과 다정하게 짝을 이루면서, 이 광맥의 가치는 한없이 올라가는 겁니다. 광맥은 광부의 눈앞에 산산조각으로 부서진 형태로 나타나는 경우가 많아요. 그러나 끈기 있는 사람은 조금도 놀라지 않고 조용히 파 들어갑니다. 그리고 흐트러져 있던 광맥이 곧 다시 하나의 웅장한 모습으로 공손하게 합쳐져 나타나는 순간 그는 자신의 열정에 대한 보답을 받게 되는 것입니다. 가끔 가짜 광맥이 그를 올바른 방향에서 그릇된 쪽으로 유혹하기도 합니다. 그러나 그는 자신의 방향이 잘못되었음을 금방 알아차리고 단호하게 방향을 틀어 버리지요. 그렇게 해서 드디어 광석을 품고 있는 진짜 광맥을 만나게 됩니다. 이때 광부는 정말이지 모든 우연의 변덕과 아주 친숙해집니다. 그렇지만 동시에 열정과 항심만이 그러한 변덕을 극복하여, 그러한 변덕에 의해 끈덕지게 지켜지고 있는 보물들을 캐낼 수 있는 확실한 도구라는 것을 잘 알고 있습니다.”

“어르신께서는 용기를 북돋워 주는 노래들도 틀림없이 많이 아시겠지요.” 하인리히가 말했다. “제 생각으로는 어르신의 직업이 어르신 입에서 저절로 노래가 나오게 만들 것 같아요. 음악은 광부들의 절친한 동반자가 아닌가요.”

“당신 말이 맞아요.” 노인이 대답했다. “노래를 부르고 류트를 켜는 것은 광부들의 삶의 일부지요. 우리처럼 노래와 류트의 매력을 훌륭히 즐길 줄 아는 사람들도 없을 거요. 노래를 하면서 춤을 추는 것은 광부들의 진정한 기쁨이지요. 노래와 춤은 즐거운 기도와 같아요. 이것들을 회상하고 또 원하다 보면 힘든 작업도 수월하게 할 수 있고 지루한 고독의 시간도 짧아진다오.

젊은이가 원한다면 내가 젊었을 적에 자주 불렀던 노래를 지금 이 자리에서 불러 주겠소."

이런 사람이 땅의 주인일세,
땅의 깊이를 재며
땅의 품속에서
어떤 어려움도 잊는 사람.

땅속 바위들 팔다리의
기묘한 생김새를 알며,
아무런 두려움 없이
땅속의 일터로 내려가는 사람.

그는 땅과 동맹을 한 사이,
땅은 그의 가장 친한 친구,
땅을 보면 가슴이 뜨거워지네,
땅은 그의 신부와 같네.

그는 날마다 새롭게 샘솟는
사랑으로 땅을 바라보네.
땅을 위해 그는 언제나 수고하네,
땅은 그에게 쉴 틈을 주지 않네.

땅은 언제나 다정하게
오래전에 흘러간 시절

자기가 겪은 이야기를
그에게 들려줄 자세가 되어 있네.

태곳적 성스러운 바람이
그의 얼굴을 스친다네.
바위틈의 어둠 속으로는
그를 위해 영원한 빛이 빛나네.

그는 가는 길마다
잘 아는 땅을 만나네.
땅은 그의 손이 하는 일을
반갑게 받아들인다네.

그에게 도움을 주려고
바위틈에선 샘물이 솟는다네.
그리고 모든 바위의 성채들은
그들의 보물을 보여 준다네.

그는 황금의 강줄기를
왕의 궁정으로 이끄니,
모든 왕관마다
보석이 빛난다네.

그는 왕을 향해 충성스레

행운이 깃든 팔을 내밀지만,
왕에게 아무것도 요구하지 않고
차라리 가난을 원한다네.

산 밑에서는 황금과 물건을 놓고
살인이 벌어지지만,
그는 산 위에 남아 있다네.
이 세상의 쾌활한 주인은.

이 노래는 하인리히의 마음을 아주 기쁘게 했다. 그는 노인에게 한 곡만 더 들려 달라고 부탁했다. 노인은 흔쾌히 수락하면서 이렇게 말했다. "내가 아는 아주 놀라운 노래가 있는데, 우리도 그 노래가 어디서 왔는지 모른다오. 멀리서 찾아온 한 떠돌이 광부가 그 노래를 갖고 왔어요. 그는 지팡이를 들고 수맥을 찾아다니는 좀 특이한 사람이었지요. 그 노래는 사람들 사이에 널리 퍼졌어요. 곡조가 아주 야릇하고 내용이 모호해서 무슨 소리인지 알 수가 없었어요. 아마도 바로 그 때문에 왠지 모르게 매력적으로 느껴졌는지도 몰라요. 그 노래를 들을 때면 꿈결처럼 즐거웠다오."

나는 튼튼한 성이 서 있는 곳을 안다네,
그곳엔 어느 왕이 말없이
훌륭한 시종들을 거느리고 살고 있다네.
그러나 왕은 한번도 성가퀴에 올라간 적이 없다네.

왕의 사랑방은 숨겨져 있고,
보이지 않는 파수꾼들이 잠복해 있네.
눈에 익은 샘물들만이 졸졸대며
반짝이는 지붕에서 그를 향해 떨어지네.

샘물들은 자신들의 맑은 눈으로
드넓은 성좌의 홀에서 본 것을
왕의 귀에 대고 충직하게 소곤대네.
아무리 말해도 다 할 수가 없네.
왕은 샘물에 몸을 담그고
고운 팔다리를 깨끗이 씻네.
그러면 그의 어머니의 하얀 핏속에서
그의 몸은 다시 하얗게 빛나네.

왕의 성은 오래되고 놀랍다네,
바닷속 깊은 곳에 자리 잡고
굳건하게 서 있었고 지금도 서 있네.
그는 하늘로 도망치는 것을 막네.
왕국의 모든 신하들은 안으로부터
은밀한 띠로 비밀리에 하나가 되어 있네.
그리고 구름은 승리의 깃발처럼
암벽에서 아래로 나부끼네.

어느 무수한 종족이

굳게 닫힌 성문들을 에워싸네.
모두들 충직한 하인을 자처하며
달콤한 목소리로 주인을 외쳐 부르네.
그들은 왕이 있어 행복하다고 생각하네.
자신들이 갇혀 있음을 알지 못하면서.
알 수 없는 열망에 이끌려
그들은 자신들의 고통을 알지 못하네.

그들 중 몇몇은 꾀바른 계획을 꾸밀 줄 알아,
왕이 주는 것을 그냥 앉아서 받으려 하지 않네.
그들의 끊임없는 관심사는 오로지
왕의 성 밑을 파는 것.
왕이 걸려 있는 은밀하고 힘찬 마법을
풀 수 있는 것은 통찰력을 지닌 손뿐이라네.
안에 있는 왕을 밖으로 끌어낼 때
자유의 날은 시작되리.

열정 앞에서는 어떤 단단한 벽도 버티지 못하고,
용기만 있다면 어떤 심연도 못 들어갈 리 없네.
자신의 마음과 손에 의지하여
주저함 없이 왕을 찾아 나서는 사람은
왕을 밝은 햇살로 인도할 수 있으리.
정령일랑 정령을 통해 쫓아내고,
왕은 거친 물결을 다스리면서

물결을 향해 제 갈 길이나 가라고 하네.

왕이 이제 이 세상에 모습을 드러내고
마음껏 이 세상을 떠돌수록,
그만큼 더 그의 힘은 줄어들고,
그만큼 더 많은 사람들이 자유를 얻으리.
마침내 바다는 질곡에서 풀려나
텅 빈 성을 뚫고 들어가리라,
바다는 우리를 부드러운 푸른 날개에 태워
다시 고향의 품으로 데려가리라.

노인이 노래를 마쳤을 때, 하인리히는 그 노래를 전에 어디선가 들은 적이 있는 것 같은 생각이 들었다. 그는 노인에게 노래를 다시 한번 불러 달라고 하여 가사를 받아 적었다. 노래를 불러 준 뒤 노인은 밖으로 나갔다. 그사이에 상인들은 다른 손님들과 광산 일의 좋은 점과 힘든 점에 대해서 이야기했다. 그중 한 사람이 말했다. "그 노인이 이곳을 찾아온 데에는 다 그럴 만한 이유가 있을 겁니다. 오늘 낮에 노인은 이곳의 여러 산들을 살피며 돌아다녔는데, 어쩌면 좋은 징조를 발견했을지도 몰라요. 노인이 돌아오면 한번 물어보도록 합시다." 그러자 다른 사람이 말했다. "우리 그 노인한테 우리 마을을 위해 좋은 샘물 자리를 하나 봐 달라고 하면 어떨까요? 지금 우리는 물을 길려면 멀리까지 가야 하잖아요. 이곳에 좋은 샘물이 있으면 아주 편할 겁니다." 또 다른 사람이 말했다. "방금 생각난 건데, 그 노인한테 우리 아들 하나를 달려 보내면 어떨까요. 그 아이는 우리 집을 벌써 돌로 가득 채워 놓았어요. 훌륭한 광부가 될 수 있을 겁니다. 그리고 노인도 훌륭한 분인 것 같으니, 우리 아이를 훌륭한 사람으로 만들어 줄 것 같군요."

상인들은 어쩌면 그 노인을 통해 보헤미아 지방과 좋은 거래를 터서 금속을 저렴한 값에 얻을 수 있을지도 모른다고 말했다. 노인이 다시 방으로 들어왔다. 모두들 그와 알게 된 인연을 이용하고 싶어했다. 그가 다시 말을 시작했다. "이 비좁은 방에 있으니까 후덥지근하고 답답하지 않나요? 밖에는 달빛이 휘영청 밝아요. 다시 한번 산책을 하고 싶군요. 나는 오늘 낮에 마을 근방에 있는, 눈길이 가는 동굴을 몇 개 둘러보았어요. 함께 가고 싶은 사람 없나요? 등불만 가져가면, 동굴 안을 어렵지 않게 살펴볼 수 있어요."

마을 사람들은 그 동굴들을 이미 오래전부터 알고 있었다. 그러나 지금까지 동굴 안으로 들어갈 엄두를 내 본 사람은 아무도 없었다. 그들은 동굴 안에 살고 있다는 용이나 그 밖의 다른 괴물들에 얽힌 무시무시한 전설을 믿고 있었다. 몇몇은 그런 괴물을 직접 보았다고 하면서 동굴 입구에는 먹이로 잡혀가 잔인하게 잡아먹힌 사람들과 짐승들의 뼈가 널려 있다고 주장했다. 다른 몇몇 사람들은 그 동굴들 속에 유령이 살고 있는 것 같다고 말했다. 몇 번이나 멀리서 낯선 사람의 형상을 보았으며 밤에는 그곳에서 들려오는 노랫소리를 들었다는 것이다.

노인은 그들의 말을 조금도 믿으려 하지 않는 눈치였다. 그는 광부인 자기와 함께 가면 무서울 것이 하나도 없을 거라고 하며 웃으면서 그들을 안심시켰다. 괴물들은 그를 보면 겁을 낼 것이고, 노래하는 유령은 심성이 착한 존재라는 것이었다. 그들 중 다수는 호기심이 발동하여 그의 제안을 받아들였다. 하인리히 역시 노인을 따라가겠다고 나섰다. 그의 어머니는 하인리히의 안전을 위해 각별히 조심하겠다는 노인의 약속과 설득의 말을 듣고서야 마침내 하인리히의 부탁을 들어주었다. 상인들 역시 함께 가기로 마음을 굳힌 상태였다. 사람들은 횃불로 쓸 긴 소나무 막대기들을 모았다. 일행 중에는 사다리와 막대기, 밧줄, 그리고 온갖 방패막이를 남아돌 만큼 많이 준비한 이들도 있었다. 그렇게 해서 근처의 야산을 향한 순례는 시작되었다. 늙은 광부는 하인리히와 상인들과 함께 앞장섰다. 앞에서 말한 농부 역시 알고 싶어하는 것이 많은 자기 아들을 데리고 나왔다. 아들은 아주 즐거워하면서 횃불을 하나 거머쥐고 동굴을 향해 가는 길을 밝혀 주었다.

밤하늘은 맑고 대기는 포근했다. 달은 부드러운 빛을 뿌리며 산 위에 떠서 모든 생물체의 마음에 야릇한 꿈이 피어나게 했다. 마치 태양이 꿈을 꾸듯 달은 안으로 침잠한 꿈의 세계 위에 둥실 떠서 수없는 경계로 갈라진 자연을 태곳적의 동화 같던 시절로 되돌려 놓았다. 그 시절엔 모든 싹들이 아직 홀로 잠들어 있었다. 고독하게 그리고 어느 손길에도 닿지 않은 채. 아직은 알 수 없는 자신의 수많은 본질을 펼칠 날을 헛되이 기다리면서. 하인리히의 마음속에는 지난밤의 동화가 다시 떠올랐다. 그는 자신의 마음속 세계가 활짝 열려서 마치 친한 친구에게 그러듯이 그에게 안에 있는 모든 보물들과 숨겨진 아름다움을 다 보여 주는 듯한 느낌이 들었다. 그는 자신의 주변에 소박하면서도 웅장한 자태로 펼쳐진 자연을 쉽게 이해할 수 있을 것 같았다. 자연을 잘 이해할 수 없는 까닭은, 오로지 자연이 우리와 아주 가깝고 친숙한 것들을 너무나 다양한 형태로 복잡하게 표현하고 또 그런 표현들을 우리 주위에 다 탑처럼 쌓아 올리기 때문인 것 같았다.

늙은 광부의 말은 그의 가슴속에 숨겨져 있던 비밀의 문을 열어 주었다. 그는 자신의 조그만 방이 어느 웅장한 사원 바로 옆에 있는 것을 보았다. 사원의 석조 바닥에서는 엄숙한 과거의 세계가 치솟았고, 반면 반구 모양의 천장에서는 맑고 즐거운 미래가 어린 황금빛 천사의 모습으로 과거를 향해 노래하며 둥실둥실 떠다녔다. 은빛 노랫소리에 맞추어 힘찬 음악 소리가 들려왔다. 그리고 피조물들은 모두 널따란 대문으로 들어와, 소박하게 무엇인가 청원하는 가운데 각각 자신의 내적인 본질을 나름의 독특한 언어로 뚜렷이 표현했다. 자신의 존재를 위해 없어서는 안 되는 이처럼 뚜렷한 견해를 그토록 오랫동안 모르고 지냈다는 사실에 그는 어안이 벙벙할 따름이었다. 그때 그는 자신을 둘러싸고 있는 드넓은 세계와 자신과의 모든 관계를 한눈에 조망해 보면서, 세계를 통해 지금의 그가 있게 되었다는 것을, 그리고 앞으로 세계가 그에게 어떤 역할을 할 것인가를 느꼈다. 그러면서 그는 예전에 세계에 대해 생각하면서 어렴풋이 느꼈던 모든 낯선 표상들과 자극들을 이해하게 되었다. 자연을 꾸준히 관찰하다가 나중에 왕의 사위가 되었다는 젊은이에 대한 상인들의 이야기가 다시 떠올랐으며, 그의 삶에서 수천 개에 이르는 다른 회상들이 한 줄기 마법의 실타래를 따라 저절로 이어졌다.

하인리히가 이런 생각에 빠져 있는 동안, 일행은 벌써 동굴 앞에 도착해 있었다. 입구는 낮았다. 노인은 횃불을 손에 들고 앞장서서 몇 개의 바위를 기어올라 동굴 안으로 들어갔다. 약간 세찬 바람이 얼굴을 스쳤다. 노인은 다른 일행에게 걱정하지 말고 따라오라고 안심시켰다. 가장 겁이 많은 사람들은 맨 뒤로 처졌다. 각자 무기를 움켜잡고서 하인리히와 상인들은 노인 바로 뒤에 섰고, 농부의 아들은 노인 옆에서 활기차게 걸어갔다.

통로는 처음에는 비좁더니, 조금 더 들어가자 횃불로 다 밝힐 수 없을 정도로 아주 넓고 높은 동굴이 나타났다. 그러나 안쪽 바위벽 틈으로 입구가 몇 개 나 있는 것이 보였다. 바닥은 부드러웠으며 꽤 평평했다. 벽과 천장도 거칠거나 울퉁불퉁하지 않았다. 그러나 일행의 눈길을 끈 것은 무엇보다도 바닥을 뒤덮고 있는 무수한 뼈와 이빨 들이었다. 대부분은 완벽하게 보존되어 있었고, 나머지는 풍화의 기색을 보이고 있었다. 그리고 사방의 벽 군데군데에서 삐져나온 뼈들은 돌처럼 굳어 버린 것 같았다. 뼈와 이빨 대부분은 크기가 엄청났고 아주 단단했다. 노인은 까마득한 옛날의 흔적을 보고 기뻐했다. 농부들만은 조금 두려움을 느꼈다. 그들에겐 이 뼈와 이빨이 근처에 맹수가 있다는 명백한 증거로 여겨졌기 때문이다.

물론 노인은 그들에게 이 뼈와 이빨은 우리가 상상할 수 없을 정도로 먼 옛날의 흔적이라고 설득력 있게 설명해 주었다. 그는 그들에게 가축이 몰살당하는 장면을 본 적이 있는지, 아니면 이웃에 사는 사람이 맹수에게 잡혀갔다는 소문을 들은 적이 있는지, 아니면 그 뼈들이 그들이 잘 아는 가축이나 사람의 것이라고 볼 수 있는 무슨 근거라도 있는지 물었다. 노인은 더 깊은 산속으로 들어가 보자고 했다. 그러나 농부들은 동굴 입구로 다시 돌아가서 그곳에서 노인이 돌아올 때까지 기다리는 편이 낫겠다고 말했다. 하인리히와 상인들, 그리고 농부의 아들은 노인 곁에 남았다. 밧줄과 횃불을 손에 든 그들은 곧 두 번째 동굴에 도착했다. 노인은 그들이 거쳐 온 통로의 입구에다 특정한 형태로 뼈를 쌓아 표시해 두는 일을 잊지 않았다. 동굴은 첫 번째 것과 똑같았다. 이번에도 마찬가지로 동물의 뼈들이 수두룩했다. 하인리히는 두려우면서도 신비한 기분이 들었다. 땅의 안쪽에 있는 궁정의 뜰을 거닐고 있는 듯했다. 하늘과 인생이 갑자기 멀어져 버렸다. 어두컴컴하고 널따란 홀은 기괴한 지하 왕국의 일부인 것 같았다. 그는 속으로 이렇게 생각했다. '우리의 발밑에 이렇게 나름의 생명력을 지닌 거대한 세계가 살아 숨쉬고 있다니, 이게 어찌 가능한 일인가? 생전 들어 보지 못한 생명체가 캄캄한 땅의 자궁 속 불의 기운을 받아 강력한 정신력을 지닌 거인의 모습으로 자라면서 땅의 요새 속에서 살아가다니. 언젠가 이 끔찍한 낯선 존재들이 스며드는 추위를 못 이겨 우리 세계에 나타나지 않을까? 그리고 어쩌면 동시에 하늘의 손님들이, 말을 할 줄 아는 살아 있는 별들의 군대가 우리 머리 위에 보이지 않을까? 이 뼈들은 땅속의 끔찍한 존재들이 지표면으로 떠났던 방랑의 흔적인가, 아니면 하늘의 손님들이 땅속으로 도피했던 표시인가?'

갑자기 노인이 사람들을 불러 모으더니 최근에 땅바닥에 생긴 듯한 사람의 흔적을 보여 주었다. 그 흔적은 그리 많지 않았다. 그래서 노인은 도적 떼와 맞부딪칠지도 모른다는 걱정 같은 것은 할 필요 없이 그 흔적을 따라가 볼 수 있겠다고 생각했다. 이 생각을 막 실행에 옮기려는데, 갑자기 어디선가 노랫소리가 낭랑하게 들려오기 시작했다. 그들의 발밑에 있는 아주 깊은 구렁에서 들려오는 것 같았다. 그들은 적잖이 놀랐지만 그 노래에 귀를 기울였다.

나 캄캄한 밤에도 미소 지으며
여기 땅속 깊은 곳에 살고 싶네.
사랑으로 넘치는 술잔을
날마다 기울이면서.

사랑의 성스러운 술 방울은
내 영혼을 높이 들어 올려주네.
그러면 나 이렇게 살아 있는 모습으로
술에 취해 천국의 문 가까이 가 있네.

행복한 것만을 보다 잠드니,
어떤 고통도 내게 아픔을 주지 않네.

오! 모든 여인들의 여왕이여,
내게 그대의 신실한 마음을 주오.

슬픔으로 울며 지낸 시절은
이 거친 흙마저 곱게 해 주었네.
거기엔 인장이 새겨져 있네,
영원을 약속해 주는.

지나간 숱한 나날이 이젠
짧은 순간이었던 것만 같네.
언젠가 나 여기서 나가게 되면,
되돌아보며 감사하려네.

모두들 아주 기분 좋게 놀랐다. 그 노래를 부른 주인공의 얼굴을 보고 싶은 생각이 모두 간절했다.

이곳저곳 살펴본 끝에 그들은 오른쪽 벽 모퉁이에서 밑으로 나 있는 통로를 하나 발견했다. 그쪽으로 발자국이 나 있는 것 같았다. 그들은 가까이 갈수록 불빛이 점점 더 환하게 밝아 오는 것을 느꼈다. 앞에서 본 것들보다 훨씬 더 큰 규모의 새로운 둥근 천장이 나타났다. 동굴 안쪽에서 그들은 등불 앞에 앉아 있는 한 인간의 형상을 발견했다. 그는 석판 위에 커다란 책을 펼쳐 놓고 그것을 읽고 있는 것 같았다.

그 형상은 그들 쪽으로 몸을 돌려서 일어나더니 그들을 향해 다가왔다. 그 사람은 남자였다. 그렇지만 나이는 가늠할 수가 없었다. 그는 젊어 보이지도 늙어 보이지도 않았다. 이마 양쪽으로 가르마를 탄 평범한 은빛 머리카락 말고는 그에게서 시간의 흔적을 찾아볼 만한 것은 아무것도 없었다. 그의 눈에는 마치 햇살 가득한 산꼭대기에서 무한한 봄날을 내려다보는 듯 이루 말할 수 없는 기쁨이 깃들어 있었다. 발에는 끈으로 동여맨 샌들을 신고 있었고, 옷이라고는 몸에 대충 걸쳐져 있는 헐렁한 겉옷밖에 없는 것 같았다. 그런 옷차림 때문에 크고 당당한 그의 풍채가 더욱 두드러져 보였다. 그들의 느닷없는 방문에도 불구하고 그는 놀라는 기색이 전혀 없어 보였다. 오히려 이미 오래전부터 알고 있던 사이처럼 그들을 반겼다. 마치 집 안에서 기다리고 있던 손님들을 맞이하는 것 같았다. "나를 이렇게 찾아 줘서 정말 고맙군요." 그가 말했다. "당신들은 내가 이곳에 와서 살게 된 후로 처음 찾아온 친구들입니다. 이제 사람들이 우리의 크고 놀라운 집을 좀 더 자세히 살펴보기 시작한 모양이군요."

그러자 늙은 광부가 대답했다. "여기서 이처럼 친절한 주인을 만날 줄은 꿈에도 생각하지 못했습니다. 야수와 유령이 나온다는 이야기만 들었거든요. 우리가 아주 기분 좋게 속아 넘어간 겁니다. 깊은 명상을 하면서 기도 중인 당신을 방해했다면, 부디 우리의 호기심을 용서해 주기 바랍니다."

"인상 좋은 사람들의 얼굴에 대해 명상하는 것보다 더 즐거운 일이 어디 있겠소?" 낯선 남자가 말했다. "이렇게 적막한 곳에서 만났다고 해서 나를 인간혐오주의자로 생각하지는 마십시오. 나는 세상에서 도망친 것이 아니라 방해를 받지 않고 명상을 할 수 있는 조용한 장소를 찾았을 뿐이오."

"당신의 결심을 후회해 본 적은 없나요? 때때로 마음이 불안해지고 사람의 목소리가 듣고 싶어지지는 않나요?"

"이제는 그렇지 않아요. 열렬히 공상에 탐닉하던 젊은 시절에 나는 은자가 되었어요. 젊은 시절 나의 상상력은 희미한 예감에 매달렸지요. 나는 마음을 키우는 데 필요한 자양분을 고독 속에서 찾기를 바랐습니다. 나의 내면 생활의 샘은 절대 고갈될 것 같지 않았지요. 그러나 나는 충분한 경험 역시 함께 가져가야 한다는 사실을 곧 깨달았습니다. 젊은 사람은 혼자 살 수 없으며, 사람들과 직접 만나 교류해야만 어느 정도의 자립을 이룰 수 있다는 사실을 깨달은 것입니다."

"내 생각으로는 사람이 살아가는 방식에 따라 그때그때 자연스레 해야 할 일이 있는 것 같아요." 늙은 광부가 말했다. "그리고 어쩌면 나이가 들어가면서 겪는 여러 가지 경험들이 사람을 인간 사회로부터 뒷전으로 물러나게 만드는지도 몰라요. 사회는 이윤을 위해서든 아니면 보존을 위해서든 활동만을 필요로 하거든요. 위대한 희망이나 공동의 목표 같은 것이 사회를 역동적으로 움직이게 합니다. 아이들과 노인들은 이때 아무런 소용이 되지 않는 것 같습니다. 아이들은 서투름과 무지 때문에 배척당합니다. 반면에 노인들은 위대한 희망이나 공동의 목표가 성취되는 것을 눈으로 직접 본 까닭에 더 이상 사회의 영역 안으로 휩쓸려 들어가지 않고 자신의 내면으로 돌아가 품위 있게 보다 높은 차원의 공동체를 준비하는 일에 전념하지요. 그렇지만 당신이 인간들로부터 완전히 떨어져 나와 모든 사회적 안락함을 포기한 데에는 특별한 이유가 있는 것 같군요. 내가 볼 때 당신은 마음의 긴장이 너무 자주 풀어져, 거기서 불쾌함을 느낀 것 같구려."

"사실 나는 그런 경험을 했어요. 그렇지만 다행히도 생활을 엄격히 절제함으로써 그런 일이 없도록 할 수 있었어요. 동시에 나는 운동을 통해서 건강을 유지하려고 애썼어요. 그때부터 내겐 아무런 문제도 없었습니다. 나는 날마다 몇 시간씩 산책을 하면서 마음껏 밝은 햇살과 신선한 공기를 즐깁니다. 그렇지 않으면 여기 이 공간에 머물면서 시간을 정해 놓고 바구니를 짜거나 조각하는 일에 몰두합니다. 나는 여기서 멀리 떨어져 있는 마을에 가서 내가 만든 물건들을 생필품으로 바꾸어 오지요. 책들도 구입했어요. 그러다 보니 시간이 쏜살같이 지나가더군요. 그쪽 지역에 내가 어디에 사는지 아는 사람이 몇 명 생겼어요. 그들로부터 세상이 어떻게 돌아가고 있는지 듣고 있습니다. 내가 죽으면 그 사람들이 나를 묻어 주고 책도 가져갈 겁니다."

그는 동굴 벽 앞에 있는 그의 자리로 그들을 데리고 갔다. 그들은 땅에 놓여 있는 수많은 책들을 보았다. 류트도 하나 보였다. 벽에는 값이 꽤 나갈 듯한 갑옷 한 벌이 완벽한 상태로 걸려 있었다. 다섯 개의 커다란 석판을 상자처럼 쌓아서 만든 책상도 있었다. 맨 위의 석판에는 백합과 장미 화환을 들고 있는 실물 크기의 남녀 모습이 새겨져 있었다. 측면에는 이런 글귀가 적혀 있었다.

프리드리히와 마리 폰 호엔촐레른,
이 자리에서 고향으로 돌아가다.

은둔자는 손님들에게 고향이 어디며, 어떻게 그곳으로 오게 되었는지 물었다. 그는 매우 솔직하고 다정했다. 그리고 세상일에 아주 밝다는 인상을 주었다. 늙은 광부가 말했다. "내가 보기에 당신은 전사였던 것 같군요. 저기 있는 갑옷과 투구를 보면요."

"전쟁의 위험과 전세의 변화, 그리고 전사들 사이에 감돌던 드높은 시적인 정신은 젊은 날의 고독에 빠져 있던 나를 끄집어내서 내 인생의 운명을 결정지었어요. 어쩌면 내가 오랫동안 겪은 혼란과 경험이 내게 진정한 고독의 맛을 느끼게 해 주었는지도 모릅니다. 나는 오로지 수많은 기억들만을 상대로 즐기며 지내고 있으니까요. 그 기억들을 바라보는 관점이 바뀌면 바뀔수록 더욱 그렇게 되는 것 같습니다. 실제로 우리 관점의 변화가 이 기억들의 진정한 관계와 그것들이 낳은 결과의 깊은 의미, 그리고 그것들의 현상의 의의를 드러내 주지요.

역사에 대한 인간들의 참된 감각은 나중에야 형성됩니다. 현재 벌어지고 있는 사건들의 강력한 인상에 의해서라기보다는 과거에 일어난 일들을 차분히 회상하는 가운데 말입니다. 가까운 미래의 사건들은 멀리 떨어져 있는 사건들과 아주 엉성하게 연결되어 있는 것처럼 보이지요. 그렇지만 이 사건들은 멀리 동떨어진 사건들과 놀라우리만치 관계를 맺고 있습니다. 그렇기 때문에 우리가 일련의 사건들의 흐름을 개관할 수 있을 때, 또 모든 것을 있는 그대로 받아들이지 않을 때, 나아가서 엉뚱한 망상으로 사건들의 참된 질서를 흩뜨려 놓지 않을 때, 우리는 비로소 과거의 것과 미래의 것 사이의 감추어진 관계를 파악할 수 있으며 희망과 회상을 기조로 하여 역사를 구성하는 법을 배우게 됩니다.

지나간 모든 과거를 마음속에 떠올릴 줄 아는 사람만이 역사의 간단한 규칙을 발견할 수 있지요. 우리는 보통 불완전하고 번거로운 법칙만을 이끌어 낼 뿐입니다. 우리의 짧은 인생을 환히 밝힐 빛을 던져 줄 수 있는 유용한 규정을 우리 스스로를 위해 발견할 수 있을 때, 우리는 기쁨을 느낄 수 있지요. 감히 말하자면 인생의 여러 가지 운명들을 하나씩 세심하게 살펴보는 것은 우리에게 깊고 한없는 즐거움을 주며, 우리의 모든 생각들 중에서 이렇게 운명을 성찰하는 것만이 무엇보다 우리로 하여금 인생의 불행을 넘어서게 해 줍니다. 젊은이들은 역사를 오로지 호기심에서 읽지요. 마치 재미있는 동화처럼 말입니다. 좀 더 나이가 든 사람들에게는 역사란 위안과 교화를 주는 천사와 같은 친구입니다. 역사는 현명한 대화를 통해서 이들이 보다 높고 포용력 있는 인생을 준비할 수 있도록 해 주지요. 또한 생생한 모습들을 통해 그들에게 미지의 세계를 알려 줍니다.

교회는 역사의 저택이고, 조용한 정원은 역사의 상징적인 꽃밭입니다. 하느님을 두려워할 줄 아는, 나이가 든 사람들만이 역사를 써야 합니다. 자신의 역사는 끝나 이제 오로지 자신의 삶을 정원에 옮겨 심는 것 외에는 바라는 것이 없는 사람들이 말입니다. 그들의 서술은 어둡지도 않고 우울하지도 않을 겁니다. 오히려 한 줄기 빛이 반구 천장 위로 솟아올라 모든 것을 가장 명확하고 아름다운 조명으로 비추어 줄 것입니다. 그리고 성령이 이 이상하게 혼란스러운 물 위로 떠돌 겁니다."

"참으로 맞는 말씀입니다." 늙은 광부가 덧붙였다. "우리는 현시대에서 알 만한 가치가 있는 것들을 충실히 기록하여 후손들에게 경건한 유산으로 남겨 주는 일에 더욱 노력을 기울여야 합니다. 우리는 별 볼일 없는 수많은 것에는 주의와 관심을 기울이면서 정작 우리에게 가장 중요한 것들, 즉 우리 자신뿐만 아니라 친척과 종족의 운명에는 별로 신경을 쓰지 않습니다. 우리는 우리의 운명에서 엿보이는 희미한 질서를 하느님의 섭리로 보아 왔습니다. 그러는 가운데 우리는 우리 운명의 모든 흔적을 경솔하게도 기억 속에서 지워 버리고 있습니다. 보다 현명한 미래 세대는 과거의 사건들과 관련된 모든 사실과 정보를 성유물을 찾듯 찾을 것입니다. 그리고 그들은 평범한 한 개인의 삶에 대해서도 무관심하지 않을 것입니다. 왜냐하면 한 개인의 삶 속에는 동시대인들의 집단적인 삶의 모습이 어느 정도 반영되기 마련이니까요."

"여기서 애석하기 그지없는 것은……." 호엔촐레른 백작이 말했다. "당대에 일어난 행위와 사건의 기록을 맡은 소수의 사람들조차 자신들이 하는 일에 대해서 많은 생각을 하지 않는다는 것입니다. 그들은 관찰 결과를 보다 완벽하게 보완하고 체계적으로 정리하려 하지 않고, 오히려 자료를 모으고 수집

할 때 되는대로 아무렇게나 합니다. 자신이 잘 알고 있는 것, 다시 말해 각각의 부분뿐만 아니라 원인과 결과, 목적과 기능 등을 잘 알고 있는 것만을 명쾌하고 완벽하게 서술할 수 있다는 사실을 우리는 체험을 통해 금방 확인할 수 있습니다. 이렇게 하지 않으면 질서 정연한 서술 대신에 단편적인 표현들의 산만한 잡동사니만 남게 될 것입니다. 어린아이에게 기계에 대해 묘사해 보라고 하거나, 아니면 농부에게 배[船]를 묘사하라고 해 봅시다. 분명 어느 누구도 그들의 서술을 통해 무언가를 얻거나 배우지 못할 것입니다. 대부분의 역사 서술가도 이렇습니다. 이들은 이야기를 서술하는 솜씨가 뛰어나고 또 지겨울 정도로 이야기를 장황하게 늘어놓기는 하지만 우리가 꼭 알아야 할 것, 다시 말해 역사를 역사이게끔 만들어 주는 것은 망각합니다. 그들은 서로 관련이 없는 사건들을 되는대로 합쳐서 그럴듯한 전체를 만듭니다.

이런 것에 대해 진지하게 생각해 보면, 역사 서술가는 또한 반드시 시인이어야 한다는 생각이 듭니다. 왜냐하면 시인들만이 여러 가지 사건들을 능수능란하게 엮어 내는 재주를 갖고 있기 때문입니다. 그들이 쓴 소설이나 우화에서 나는 생의 신비한 정신을 포착할 줄 아는 그들의 섬세한 감각을 느끼고 흐뭇한 생각이 들었습니다. 그들이 쓴 동화 속에는 학문적인 연대기보다 더 많은 진리가 담겨 있어요. 비록 인물들과 이들의 운명이 허구로 만들어진 것이기는 하지만 그것들을 만들어 낸 정신은 참되고 자연스럽지요. 우리의 즐거움을 위해서나 교훈을 위해서나 동화 속의 인물들——그들의 운명에서 우리는 우리 자신의 운명을 느끼지요.——이 실제로 생존했던 인물인지 아닌지는 별로 상관이 없어요. 우리는 한 시대의 사건들 속에서 위대하고 소박한 정신을 보기를 원해요. 이 소원이 이루어지면 우리는 그 시대에 우연에 의해 나타난 외적인 인물들에게 신경을 쓸 필요가 없습니다."

"나도 바로 그 이유 때문에……." 늙은 광부가 말했다. "시인들을 좋아해요. 그들은 내게 인생과 세계를 훨씬 더 분명하고 생생하게 만들어 주었습니다. 내가 보기에 그들은 구석구석까지 미치는 빛의 정령들과 친구인 것 같아요. 그들 빛의 정령들은 모든 자연의 본질 속으로 스며들어 서로를 떼어 놓고 그 위에 제각각 살짝 색깔이 물든 베일을 드리워 놓지요. 그들의 노래를 듣고 있노라면 내 자신의 본질이 살포시 펼쳐지는 것을 느낍니다. 그러면 나의 본질은 더욱 자유롭게 움직이면서 자신의 열망과 자신이 좋아하는 것을 만끽하고 은근한 쾌감을 느끼며 자신의 사지를 날렵하게 움직여 온갖 즐거운 효과를 불러옵니다."

"당신은 혹시 운 좋게도 고향에 시인들이 있었나요?" 은둔자가 물었다.

"가끔 우리를 찾아오는 시인이 몇 명 있었지요. 그렇지만 그들은 여행에서 기쁨을 찾는 것 같았어요. 그래서 대개 오래 머물지 않았어요. 그 후 나는 일리리아와 작센 그리고 스웨덴 지역으로 방랑을 하면서 시인을 몇 사람 만났어요. 지금도 그들 생각을 하면 즐겁습니다."

"당신은 세상 곳곳을 돌아다녔군요. 그렇다면 기억할 만한 것들을 많이 경험했겠어요."

"우리는 직업상 전 세계를 돌아다니며 땅을 살펴야 해요. 지하의 불이 광부로 하여금 계속해서 떠돌아다니게 만드는 것 같아요. 하나의 산은 그를 다른 산으로 보냅니다. 그의 탐사에는 끝이 없어요. 그는 평생 동안 층층으로 희한하게 만들어져 있는 땅의 놀라운 구조를 공부해야 합니다. 우리의 직업은 아주 오래되었고 널리 퍼져 있어요. 우리의 직업은 우리의 종족이 그랬듯이 태양과 함께 동쪽에서 서쪽으로, 그리고 중앙에서 변두리 쪽으로 넘어왔는지도 몰라요. 우리의 직업은 도처에서 여러 가지 어려움들과 싸워야 했어요. 필요는 언제나 현명한 발명의 어머니이기 때문에, 광부는 세상 곳곳을 다니며 자신의 안목과 솜씨를 키우고 유용한 경험을 쌓아서 자기 고장을 잘살게 만들지요."

"당신들은 거꾸로 된 점성술사라고 할 수 있겠군요." 은둔자가 말했다. "점성술사들이 하늘을 끊임없이 올려다보며 그 측량할 수 없는 공간 속을 헤맨다면, 당신들은 눈길을 땅속에다 두고 땅의 구조를 연구하니까요. 점성술사들은 별자리의 힘과 영향을 연구하는 반면, 당신들은 바위와 산의 힘과, 땅과 바위 지층의 다양한 영향에 대해 연구하지요. 점성술사들에게 하늘은 미래의 책이고, 당신들에게 땅은 태고 세계의 기념물들이지요."

"이와 같은 관계가 의미가 없지는 않습니다." 늙은 광부가 미소를 지으며 말했다. "명석한 예언가들은 놀라운 지층 구조의 오랜 역사에서 중요한 역할을 하고 있는지도 모릅니다. 언젠가 때가 되면 우리는 그들의 업적을 통해서 그들을, 그리고 그들을 통해서 그들의 업적을 제대로 알고 평가할 수 있을 겁니다. 어쩌면 큰 산맥들은 자신들이 예전에 다니던 길들과, 자신들의 힘으로 살아가면서 자신들만의 하늘의 길을 가고자 했던 소망의 흔적을 보여 주는지도 모릅니다. 어떤 산맥들은 별이 될 만큼 우뚝 솟아 있지요. 그렇기 때문에 이런 산맥들은 지대가 낮은 지방의 산들이 입고 있는 아름다운 푸른 의상을 포기해야 합니다. 그들이 그 대가로 얻는 것은 아버지들이 날씨를 만들어 내는 일을 한몫 거들거나, 낮은 지역에 있는 고장들을 위하여 예언자가 되어 때로는 그들을 보호해 주고 때로는 홍수로 넘치게 하는 일밖에는 없습니다."

"이 동굴에서 살게 된 뒤로……." 은둔자가 말했다. "나는 태고 시절에 대해 더 많은 것을 생각하게 되었어요. 명상에 잠겨 있으면 이루 말할 수 없이 많은 것들이 떠오르지요. 광부가 자기 일에 대해 품고 있는 사랑이 어떤 것인지도 잘 떠올릴 수 있어요. 이 동굴 안에 지천으로 널려 있는 오래된 희한한 뼈들을 바라볼 때마다, 그리고 아마도 공포와 불안에 쫓겨 괴물처럼 생긴 이 낯선 짐승들이 동굴 안으로 떼를 지어 우르르 몰려와 죽음을 맞이한 그 거친 시절을 생각할 때마다, 그리고 이 동굴들이 하나로 붙어 있고 무시무시한 홍수가 온 땅을 뒤덮었던 시절까지 다시 거슬러 올라가 볼 때마다, 나 자신이 미래의 꿈처럼, 그리고 영원한 평화의 아이처럼 느껴져요. 오늘날의 자연은 폭력적이고 거대했던 지난날에 비해 얼마나 조용하고 평화롭고, 얼마나 부드럽고 맑은가요. 오늘날의 가장 끔찍한 폭풍우나 무서운 지진이라고 해 봤자 지난날의 소름 끼치는 분만의 진통의 희미한 메아리에 지나지 않습니다. 어쩌면 당시엔 식물과 동물의 왕국도, 그리고 그 시절의 인간들도——그 넓은 바다 위 몇 개의 섬에 몇 명이라도 살았다면——지금과는 다른, 훨씬 거칠고 단단한 구조를 가졌을 것입니다. 그러므로 우리는 적어도 거인족에 대한 옛날의 전설들을 황당한 이야기라고 폄하해서는 안 될 것입니다."

"자연이 점차 침착해져 가는 모습을 보는 것은 즐거운 일입니다." 늙은 광부가 말했다. "깊이를 더해 가는 진심 어린 조화와 한결 평화로운 공동체, 그리고 서로 도움을 주고받고 고무시켜 주는 분위기 등은 천천히 형성된 것 같아요. 우리는 앞으로 훨씬 더 좋아질 거라고 기대할 수 있어요. 물론 때때로 오래 묵은 효모가 발효하여 엄청난 격변을 초래하는 일도 생길 수 있지요. 그렇지만 우리는 자유롭고 조화로운 심성을 향한 불굴의 노력을 목격합니다. 이런 정신 속에서 모든 격변은 지나가고, 격변은 오히려 위대한 목표를 향하여 모든 것들을 더욱 밀착시켜 주지요. 물론 오늘날의 자연이 전처럼 비옥하지 않을 수도 있어요. 또한 오늘날엔 금속이나 보석, 바위나 산 같은 것들이 더 이상 생성되지 않을 수도 있어요. 그리고 식물과 동물이 옛날처럼 놀랄 만한 크기와 힘을 가진 모습으로 자라지 않을 수도 있어요. 자연의 생식력이 줄어들면 줄어들수록 다듬고, 고상하게 만들고, 다른 것들과 어울리는 자연의 힘은 늘어났어요. 그만큼 더 자연의 마음은 부드러워지고 모든 것을 잘 받아들이게 되었지요. 그만큼 더 자연의 상상력은 다양하고 생생해졌으며, 그만큼 더 자연의 손은 능수능란하고 기교를 갖추게 되었어요. 자연은 인간 쪽으로 접근하고 있어요. 예전의 자연이 거칠게 분만하는 바위 벼랑이었다면, 지금의 자연은 조용하게 싹을 틔우는 식물이자 묵묵한 예술가입니다.

자연의 보물을 늘리는 것이 무슨 필요가 있나요. 지금 남아도는 것들로도 까마득한 장래까지 쓰고 남을 텐데 말입니다. 내가 지금까지 돌아다닌 지역은 정말 얼마 되지 않아요. 그렇지만 나는 얼마나 많은 보물을 한눈에 알아보지 못했던가요. 이제 그 보물들은 후세에 이용되겠지요. 얼마나 많은 보물들이 북쪽의 산맥들 속에 묻혀 있는가요. 나는 얼마나 훌륭한 조짐을 조국 헝가리 곳곳에서 찾았던가요. 카르파티스 산맥 발치에서 그리고 티롤과 오스트리아와 바이에른의 계곡에서 말입니다. 그저 집어 들거나 캐내기만 하면 되는 것들을 내가 직접 들고 갈 수만 있었다면, 나는 지금쯤 부자가 되었을 겁니다. 어떤 곳에서는 진짜 마법의 정원에 있는 것 같았습니다. 내가 본 것들은 아주 귀한 금속으로 솜씨 좋게 만들어진 것들이었어요. 은으로 된 우아한 머리칼과 나뭇가지에는 루비처럼 붉게 반짝이는 투명한 열매들이 매달려 있었고, 더 이상 흉내 낼 수 없을 만큼 다듬어진, 수정으로 된 바닥에는 묵직한 나무들이 서 있었습니다. 이 놀라운 곳에서는 자기 눈을 거의 믿을 수가 없었어요. 그리고 이 매력적인 야생의 정원 사이로 걸으며 보석들을 즐기는 일은 전혀 싫증이 나지 않았습니다. 이번 여행에서도 나는 진귀한 것들을 많이 보았습니다.

다른 나라의 땅도 마찬가지로 기름지고 아낌없이 주더군요."

"동양에서 많이 나는 보물들을 생각해 보면……." 그 미지의 사나이가 말했다. "거기에는 의심의 여지가 없어요. 멀리 인도와 아프리카, 그리고 스페인 등도 이미 고대에 땅에서 나는 보물들로 세상에 널리 알려졌지 않습니까? 사실, 전사의 입장에서는 광맥이나 산의 갈라진 틈에 그렇게 세심한 주의를 기울이지 않습니다. 그렇지만 나는 가끔 그 번쩍이는 광맥들에 대해 생각해 보곤 했어요. 그것들은 마치 신기한 꽃봉오리처럼 전혀 예기치 않은 꽃과 열매를 암시해 주었어요. 대낮의 밝은 햇살을 즐기면서 어두운 광맥의 거처를 지나치던 그 시절에 내가 어찌 산의 품속에서 인생을 마감하게 되리라고 꿈이나 꾸었겠어요. 나의 사랑은 자랑스레 나를 땅 위로만 다니게 해 주었습니다. 뒷날 나는 그 사랑의 품속에서 잠들고 싶었어요.

전쟁이 끝나자 나는 상쾌한 가을을 달콤하게 꿈꾸면서 고향으로 돌아갔습니다. 그러나 전쟁의 정신은 내 운명의 정신인 것 같았습니다. 나의 아내 마리는 그때 이미 동방에서 두 명의 아이를 낳은 상태였어요. 그들은 우리 인생의 기쁨이었습니다. 그러나 항해와 거친 서양의 기후가 아이들의 꽃봉오리를 짓밟아 버렸습니다. 나는 유럽에 도착한 뒤 곧 그들을 묻었어요. 나는 슬픔에 잠긴 채, 고통스러워하는 아내를 나의 고향으로 데리고 갔습니다. 남모를 슬픔이 그녀의 운명의 실을 해지게 만드는 것 같았습니다. 나는 얼마 뒤 피할 수 없는 여행길에 나서게 되었고, 그녀도 전과 다름없이 나를 따라나섰는데, 바로 그 여행길에서 그녀는 내 품 안에서 고요하게, 그렇지만 갑자기 숨을 거두었습니다. 우리의 지상의 순례가 멈춘 곳이 여기 근처였어요. 나는 순간적으로 결심했어요. 나는 전혀 기대하지 않았던 것을 발견했어요. 하느님의 계시가 나를 찾아온 겁니다. 그리고 내가 그녀를 이곳에 직접 묻은 날 이후로 하느님의 손이 나의 가슴에서 모든 슬픔을 거두어 갔어요. 나는 나중에 사람들을 시켜 비석을 세웠어요. 어느 한 가지 사건이 이제 막 시작되나 보다 하고 생각하고 있을 때 그냥 끝나 버리는 경우가 자주 있지요. 내 생애에서 바로 그런 일이 일어난 거예요. 하느님께서 여러분 모두에게 만수무강과 내게 주신 것과 같은 마음의 평화를 주실 겁니다."

하인리히와 상인들은 두 사람의 대화를 촉각을 곤두세우고 들었다. 특히 하인리히는 예감으로 가득 찬 그의 내면의 삶이 새롭게 펼쳐지는 것을 느꼈다. 수많은 말들과 수많은 생각들이 생명을 선사하는 꽃가루처럼 그의 가슴으로 떨어져, 젊음의 좁은 굴레에 갇혀 있던 그를 세상의 꼭대기로 잽싸게 데려갔다. 방금 흘러간 몇 시간이 그에겐 긴 세월처럼 느껴졌다. 결코 다른 느낌이나 생각이 들 리가 없었다.

은둔자는 그들에게 자신의 책들을 보여 주었다. 역사책과 시 작품들이었다. 하인리히는 아름다운 그림이 그려져 있는 커다란 책들을 들여다보았다. 시의 짧은 시행과 제자(題字), 몇몇 대목, 그리고 독자의 상상력을 도우려는 듯 마치 살아 있는 말[言]처럼 가끔씩 나타나는 깔끔한 그림들은 그의 호기심을 한껏 자극했다. 은둔자는 그가 내심 아주 좋아하는 것

을 알아차리고, 그에게 신비스러운 그림들에 대해서 설명을
해 주었다. 그림들 속엔 아주 다양한 삶의 모습이 담겨 있었
다. 전투와 장례식과 결혼식, 난파선, 동굴과 궁전, 왕과 영웅,
성직자, 늙은이와 젊은이, 이방인의 옷차림을 한 사람들, 그리
고 낯선 짐승들이 여러 가지 모습으로 결합되어 등장했다. 하
인리히는 그 그림들을 아무리 봐도 자꾸만 더 보고 싶어졌다.
그는 자신의 마음을 걷잡을 수 없이 잡아끄는 그 은둔자 곁
에 머물면서 그에게서 그 책들에 대한 이야기를 듣고 싶은 생
각이 굴뚝같았다.

그때 늙은 광부가 동굴이 더 있는지 물었다. 그러자 은둔자
는 근처에 아주 큰 동굴이 몇 개 있는데, 안내할 테니 가 보자
고 했다. 광부는 기꺼이 가겠다고 나섰다. 하인리히가 책에 흠
뻑 빠져 있는 것을 눈치챈 은둔자는 그에게 그곳에 남아 그들
이 없는 동안 훑어보라고 말했다. 하인리히는 책들 틈에 남아
있게 되어서 기뻤다. 그는 그렇게 허락해 준 것에 대해 은둔자
에게 진심으로 감사를 표했다. 그는 한없이 기뻐하며 책들을
뒤적거리기 시작했다.

마침내 그는 한 권의 책을 집어 들었다. 외국어로 쓰여진 책
이었는데, 라틴어나 이탈리아어와 조금 비슷해 보였다. 그는
그 외국어를 정말로 알고 싶었다. 한 글자도 이해하지 못했지
만 왠지 그 책이 너무나 마음에 들었기 때문이다. 책에는 제
목이 없었다. 하지만 그는 책장을 넘겨 보다가 그림 몇 개를
발견했다. 그 그림들은 이상하게 낯이 익었다. 그는 그것들을
좀 더 유심히 살펴보다가 인물들 중에 자신의 모습이 들어 있

음을 알았다. 다시 한번 살펴보았지만 자신의 모습임에 의심할 여지가 없었다. 곧이어 또 다른 그림에 동굴과 은둔자와 늙은 광부가 함께 그려져 있는 것을 본 그는 자신의 눈을 의심하지 않을 수 없었다. 점차 그는 또 다른 그림들에서 출리마와 자기 부모, 튀링겐 태수 내외, 친구인 궁정 목사 그리고 그밖의 많은 지인들을 발견했다. 그러나 그가 입은 옷 모양새는 지금과 달랐다. 아마도 다른 시대의 것인 듯했다. 구체적인 이름은 댈 수 없지만 낯이 익은 인물들이 많이 보였다. 그는 여러 가지 자세를 취하고 있는 자신의 모습을 보았다. 뒤쪽으로 가면서 그의 모습은 훨씬 더 커지고 고상하게 보였다. 기타를 들고 있는 모습도 있었으며, 태수의 부인이 그에게 꽃다발을 건네주는 그림도 있었다. 황제의 궁정에 있는 모습, 배에 타고 있는 모습, 날씬하고 어여쁜 소녀와 다정하게 포옹하고 있는 모습, 거칠게 생긴 남자들과 싸우고 있는 모습, 그리고 사라센인 또는 무어인들과 다정하게 대화를 나누고 있는 모습 등이 보였다. 진지한 태도를 지닌 한 남자가 그가 가는 곳마다 자주 나타났다. 그는 키가 훤칠한 이 인물에게 깊은 존경심을 느꼈다. 그와 팔짱을 끼고 있는 자신의 모습이 보기 좋았다.

그 책에 있는 마지막 그림들은 어둡고 이해하기 어려웠다. 또한 꿈에서 본 몇몇 인물들의 모습은 그를 황홀할 정도로 놀라게 했다. 책의 끝부분은 잘려 나가고 없는 것 같았다. 하인리히는 번민에 빠졌다. 그는 다만 이 책을 읽어서 완전히 자기 것으로 만들 수 있으면 얼마나 좋을까 하고 생각할 따름이었다. 그는 그림들을 거듭해서 살펴보았다. 일행이 돌아오는 소리를 듣고 그는 깜짝 놀랐다. 야릇한 당혹감이 그를 사로잡았다. 혹시라도 다른 사람들이 그가 알아낸 사실을 알아차릴까 봐 그는 얼른 책을 덮었다. 그는 마치 지나가는 말로 묻듯 은둔자에게 그 책의 제목과 거기에 쓰인 언어가 무엇인지 물어보았다. 그래서 그는 그것이 프로방스어로 쓰여졌음을 알게 되었다.

"이 책을 읽은 지 벌써 한참 되었군." 은둔자가 말했다. "지금은 내용이 잘 기억나지 않아요. 내가 알기로 이 책은 어느 시인의 놀라운 운명을 다룬 소설이라오. 시를 여러 가지 측면에서 보여 주고 칭송하고 있어요. 그런데 이 원고에는 결말부가 빠져 있지요. 이 원고는 내가 예루살렘에서 가져온 것인데, 죽은 친구의 유품 중에 섞여 있던 것을 그 친구를 기억하려는 뜻에서 들고 온 거예요."

이제 그들은 작별의 인사를 했다. 하인리히는 눈물이 나올 것만 같았다. 동굴은 정말 인상적이었고, 은둔자도 마음에 들었다.

그들은 은둔자와 진심 어린 포옹을 나누었다. 은둔자 역시 그들을 좋아하게 된 것 같았다. 하인리히는 은둔자가 자기를 다정하면서도 강렬한 눈길로 쳐다보는 것 같은 느낌을 받았다. 그를 향해 은둔자가 던진 작별의 말에는 무언가 특별한 의미가 들어 있었다. 그는 하인리히가 알아낸 내용을 눈치채고 그것을 넌지시 암시하는 것 같았다. 그는 동굴 입구까지 그들을 배웅해 주었다. 그 전에 그는 그들, 특히 농부의 아들에게 농부들을 보거든 자기 이야기는 일절 하지 말아 달라고 부탁했다. 혹시 그들이 찾아와 성가시게 굴지도 모른다는 이유에서였다.

그들은 그러겠다고 약속했다. 그들이 그와 작별 인사를 하면서 그에게 기도를 부탁하자, 그는 이렇게 말했다. "우리 언제 다시 만나 오늘 있었던 대화를 생각하며 미소를 지을 수 있을까요. 천국의 날이 우리를 감쌀 것입니다. 그러면 우리는 이 시험의 골짜기에서 친구가 되어 똑같은 마음, 똑같은 예감을 품고서 다정하게 인사를 나눈 것을 즐거워할 것입니다. 우리를 이곳까지 안전하게 데려다준 것은 천사들입니다. 여러분이 확실하게 하늘에 눈길을 둔다면, 고향으로 돌아가는 길을 절대 잃어버리지 않을 것입니다."

그들은 아주 공손하게 인사를 하며 그와 헤어졌다. 얼마 가지 않아 겁에 질린 채 그들을 기다리고 있던 일행을 만났다. 온갖 이야기를 들려주면서 그들은 곧 마을에 도착했다. 마을에서는 하인리히의 어머니가 걱정에 잠겨 있다가 그들을 보자 떨 듯이 기뻐하며 반겨 주었다.

6장

장사나 무역 일에 소질을 타고난 사람들은 되도록이면 일
찍부터 모든 것을 직접 보고 다루는 법을 익히기 시작하는 것
이 좋다. 그들은 수많은 일을 직접 처리해야 하고 자질구레한
일들을 정신없이 해내야 한다. 그들은 새로운 상황에 처했을
때 받는 인상이나, 여러 가지 다양한 일로 인한 정신의 혼란스
러움을 극복할 수 있도록 마음을 단련해야 한다. 그리고 그들
은 큰 사건들의 압박 속에서도 자신의 목표의 끈을 놓치지 않
고 추구하는 바를 끝까지 능수능란하게 완수하는 것에 익숙
해져야 한다. 그들은 조용한 성찰의 유혹에 굴복해서도 안 된
다. 그들의 영혼은 자기 성찰적인 몽상에 빠져서는 안 된다. 그
들의 영혼은 언제나 외부를 향해야 하며 그들의 정신을 위해
부지런히 일하고 결단력 빠른 하인이 되어야 한다. 그들은 영

웅들이다. 그래서 그들의 주변에는 그들의 인도를 받아 해결되기를 원하는 사건들이 모여든다. 모든 우연들이 그들의 영향을 받아 역사가 되며, 그들의 인생은 우리의 눈길을 끄는 화려하고 뒤엉킨, 희한한 사건들의 끊이지 않는 연속이다.

성격이 조용하고 세상에 별로 알려져 있지 않은 사람들의 경우는 이와 다르다. 그들에게 세계는 그들의 마음이고, 그들의 활동은 성찰이며, 그들의 삶은 자신의 내면의 힘을 차분하게 기르는 데 있다. 그들에겐 그들을 밖으로 내모는 어떤 마음의 들뜸도 없다. 그들은 가진 것이 별로 없어도 만족할 줄 안다. 그들의 주변에서 광대한 드라마가 벌어져도 그들은 거기에 직접 등장하고 싶다는 생각은 조금도 하지 않는다. 오히려 그들은 한가한 시간에 그 드라마에 대해 생각해 보는 것만으로도 충분하다고 생각한다. 그 드라마의 정신을 알고 싶어하는 마음이 그들을 드라마 자체로부터 떼어 놓는다. 그리고 인간들의 세계 속에서 그들을 신비로운 마음의 세계 속에 머물도록 한 것도 바로 그 드라마 속에 깃들어 있는 정신이다. 반면에 사건을 추구하는 사람들은 외부의 구성원들과 감각과 세계의 활동적인 힘을 대변한다.

크고 복잡한 사건들은 이 내성적인 인간들에게 방해가 될 것이다. 단순한 삶이 그들의 운명이다. 그리고 그들은 소문과 글을 통해서만 세상의 수많은 일들과 현상들을 접한다. 그들은 살아가면서 아주 드물게 우연에 의해 잠시 사건의 소용돌이에 휘말리는 경우가 있다. 그때 그들은 약간의 경험을 통해 행동하는 사람들의 상황과 성격을 보다 더 자세히 알게 된다.

반면에 그들의 감수성은 주변에서 일어나는 사소한 것들에 의해 충분히 훈련을 받는다. 그들의 감수성으로 볼 때 이 사소한 것들은 예의 그 커다란 세계를 의미한다. 그들은 자신의 내면에서 이 사소한 것들의 본질과 의미에 대해 뭔가 아주 놀라운 발견을 하지 못하는 한 한 걸음도 옮기려 하지 않는다.

그들은 때때로 우리가 살고 있는 마을 주위를 서성이는 희한한 사람들, 바로 시인들이다. 그들은 어디서나 우리 인류와 우리 인류의 초창기 신들의 오래된 신성한 직무를 새롭게 수행하는 사람들이다. 그들은 별들과 봄과 사랑과 행운과 풍요와 건강과 즐거움을 노래한다. 그들은 이미 이곳 지상에서 천상의 평온함을 간직하고 있으며, 허튼 욕망에 휘둘리지 않고 지상의 과일의 향기만을 맡을 뿐이다. 그들은 과일을 먹어 치우지 않음으로써 끊을 수 없는 지하 세계의 사슬에 얽매이지 않는다. 그들은 구속을 모르는 손님들이다. 그들의 황금빛 발은 소리를 내지 않고, 그들이 다가서면 만물이 속에 품고 있던 날개를 살며시 펼친다. 즐겁고 환한 얼굴들을 보면 그곳에 훌륭한 왕이나 시인이 와 있음을 알 수 있다. 시인만이 현자라고 불릴 자격이 있다. 그를 영웅과 비교해 보면, 우리는 시인들의 노래가 드물지 않게 젊은이들의 가슴속에 영웅다운 용기를 심어 주었음을 알 수 있지만, 영웅적인 행동이 젊은이의 가슴에 시의 정신을 불러일으킨 적은 결코 없음을 알 수 있다.

하인리히는 태생적으로 시인이 될 운명이었다. 다양한 요소들이 합쳐져 시인으로서의 그의 성장을 도왔으며, 여태껏 그 무엇도 그의 내면의 움직임을 방해한 적이 없다. 그가 보고 들은 모든 것은 실제 그의 마음속의 새로운 빗장을 풀어 주고 또 그에게 새로운 창문을 열어 준 것 같다. 그는 세계가 그의 눈앞에 아주 다양하게 변화하는 모습으로 놓여 있는 것을 보았다. 그러나 세계는 아직 말이 없었고, 세계를 향해 말을 건넬 그의 영혼은 아직 깨어나지 않았다. 그러나 한 시인이 아리따운 소녀의 손을 잡고 다가오고 있었다. 모국어의 음향과 달콤하고 사랑스러운 입술의 감촉이 그의 수줍은 입술을 열어 주어 그의 소박한 소리가 끝없는 곡조가 되어 펼쳐질 수 있도록.

이번 여행은 끝나 가고 있었다. 그들 일행이 별로 지친 기색 없이 즐거운 표정으로 세계적인 도시 아우크스부르크에 도착한 것은 저녁나절이었다. 그들은 잔뜩 기대에 부풀어 큰 집들이 늘어선 도로를 지나 슈바닝 노인의 저택을 향해 말을 달렸다.

하인리히는 이미 한눈에 그 도시가 아주 매력적임을 알아차렸다. 북적대는 시내 풍경과 웅장한 석조 건물들은 그를 기분 좋게 놀라게 했다. 앞으로 이곳에 머문다는 생각을 하자 그는 은근히 기분이 좋았다. 하인리히의 어머니는 힘들고 길었던 여행 끝에 그녀가 좋아하는 고향에 다시 돌아오자 매우 기뻐하는 모습이었다. 이제 그녀는 곧 자신의 아버지와 옛 친구들을 만나 다시 포옹을 하고, 하인리히를 그들에게 소개하고, 어린 시절의 좋았던 추억을 떠올리면서 잠시라도 모든 집안 걱정을 조용히 떨쳐 버릴 수 있게 된 것이다. 상인들은 그곳에서 있을 즐거운 연회가 지금까지 겪은 여행길의 고생을 보상해 줄 것으로 기대했다. 또한 좀 남는 장사를 할 수 있을 거라고 생각했다.

슈바닝 노인의 저택에는 환하게 불이 밝혀져 있었다. 그리고 흥겨운 음악이 그들을 향해 흘러나왔다. "내기를 걸어 볼까." 상인들이 말했다. "자네 할아버지가 지금 즐거운 잔치를 벌이고 있는 것 같은데. 우린 정말 초대 받은 것처럼 때맞춰 왔군. 이 초대 받지 않은 손님들을 보고 그분이 얼마나 놀라실까. 진짜 잔치는 이제부터라는 것을 그분은 꿈에도 모르고 계실걸."

하인리히는 마음이 불안했다. 그의 어머니는 옷에만 신경을 썼다. 그들은 말에서 내렸다. 상인들은 말들 곁에 남았고, 하인리히와 어머니는 저택 안으로 들어갔다. 아래층에는 사람이 보이지 않았다. 두 사람은 폭이 넓은 나선형 계단을 올라가야 했다. 하인 몇 명이 서둘러 지나갔다. 그들은 하인들을 불러 세워 놓고 슈바닝 노인에게 가서 낯선 사람들이 찾아와 그를 만나 보고 싶어한다는 말을 전해 달라고 부탁했다. 하인들은 처음에는 조금 머뭇거렸다. 왜냐하면 그 방문객들의 행색이 그리 탐탁하게 보이지 않았기 때문이다. 그렇지만 하인들은 어쨌든 그 사실을 집주인에게 알렸다. 슈바닝 노인이 밖으로 나왔다. 그는 그들을 얼른 알아보지 못하고 이름과 용건을 물었다. 하인리히의 어머니는 울면서 그의 목을 얼싸안았다. "이제 당신 딸도 알아보지 못하세요?" 그녀는 울면서 말했다. "여기 제 아들을 데려왔어요."

늙은 아버지는 화들짝 놀랐다. 그는 그녀를 한참 동안 가슴에 끌어안고 있었다. 하인리히는 한쪽 무릎을 꿇고 다정하게 그의 손에 입을 맞추었다. 슈바닝은 그를 일으켜 세운 다음, 어머니와 아들을 한꺼번에 끌어안았다. "어서 안으로 들어가자." 그가 말했다. "지금 우리 집엔 너희가 온 것을 나와 함께 진심으로 기뻐해 줄 친구들과 손님들이 와 있단다."

하인리히의 어머니는 좀 불안해하는 눈치였다. 그렇지만 그녀는 생각할 겨를이 없었다. 그녀의 아버지는 그들을 환하게 불이 밝혀져 있는 커다란 홀 안으로 데리고 들어갔다. "여기 멀리 아이제나흐에서 온 제 딸과 손자를 데려왔습니다." 슈바닝은 화려하게 옷을 차려입고 유쾌하게 떠들고 있는 사람들의 무리를 향해 소리쳤다. 모든 눈이 문 쪽으로 쏠렸다. 모두들 서둘러 달려왔다. 음악도 멎었다. 두 방문객은 당혹스러워하며 먼지에 찌든 옷을 입은 채 화려한 무리 속에 눈이 부신 듯 서 있었다. 수많은 행복한 외침이 입에서 입으로 이어졌다. 옛 친구들이 어머니를 둘러쌌다. 질문들이 수없이 터져 나왔다. 모두들 자기를 알아보겠냐고 하면서 인사를 나누었다. 그 모임의 나이 든 손님들이 어머니를 붙들고 말을 걸고 있는 사이, 젊은 사람들의 눈길은 고개를 떨군 채 모르는 얼굴들을 쳐다볼 엄두도 못 내고 있는 낯선 청년에게 가서 고정되었다. 그의 외할아버지는 그곳에 모인 사람들에게 그를 소개하고, 아버지는 잘 계시는지, 그리고 여행 중에 무슨 일이 있었는지 물었다.

하인리히의 어머니는 그때 자청해서 집 밖에서 말들과 함께 있는 상인들을 떠올리고는 아버지에게 그 이야기를 했다.

그러자 아버지는 곧 사람을 보내 그들을 집 안으로 들어오도록 했다. 말들은 마구간으로 보내졌고, 상인들은 홀에 나타났다.

슈바닝 노인은 그들에게 딸을 이곳까지 잘 동반해 주어서 고맙다며 진심으로 감사를 표했다. 그들은 그곳에 와 있는 많은 사람들과 잘 아는 사이였기 때문에 서로 반갑게 인사를 나누었다. 어머니는 깨끗한 옷으로 갈아입고 싶다고 했다. 슈바닝 노인은 그녀를 자기 방으로 데려갔다. 하인리히 역시 옷을 갈아입기 위해 그들의 뒤를 따라갔다.

그곳에 모인 사람들 중에서 유독 한 남자가 하인리히의 눈에 띄었다. 그 사람은 호엔촐레른의 책에서 늘 하인리히 옆에서 있던 그 남자 같았다. 고상한 그의 모습은 그곳에 있는 사람들 중에서 가장 돋보였다. 쾌활한 진지함이 그의 얼굴에 깃든 정신이었다. 숨기는 것 없이 훤하게 생긴 이마, 크고 검은, 꿰뚫어 보는 듯한 변함없는 눈동자, 즐거운 입가에 어린 장난기, 남자다운 뚜렷한 이목구비, 이 모든 것이 그의 얼굴을 의미심장하고 매력적으로 만들어 주었다. 그는 체격이 건장했으며, 그의 동작은 조용하면서도 많은 표현을 담고 있었다. 그리고 어디에 있든, 그는 그곳에 영원히 서 있으려는 것 같았다. 하인리히는 할아버지에게 그 사람이 누구냐고 물어보았다. "네가 저 사람을 금방 알아보다니, 정말 기쁘구나." 할아버지가 말했다. "저분은 나의 훌륭한 친구인 클링조르란다. 시인이시지. 너는 저분과 알고 사귀게 되는 것을 황제와 사귀는 것보다 더 자랑스러워해야 한다. 그런데 네 심장은 괜찮니? 저 분에겐 아주 예쁜 딸이 하나 있단다. 아마도 그녀가 아버지보다 네 사랑을 더 많이 받을 거야. 네가 아직 그녀의 모습을 보지 못했다면, 그것 참 놀라운 일인데."

하인리히는 얼굴이 빨개졌다. "저는 정신이 없었어요, 할아버지. 사람들이 너무 많아서, 할아버지 친구 분만 보았을 뿐이에요."

"네가 북쪽에서 왔다는 것을 사람들은 금방 알아볼 거야." 슈바닝 노인이 대답했다. "일단 이곳에서 몸을 좀 녹이거라. 그런 다음에 네게 예쁜 눈을 찾는 법을 가르쳐 주마."

그들은 옷을 다 갈아입은 뒤 다시 큰 홀로 돌아갔다. 그 사이에 저녁 식사 준비가 다 끝나 있었다. 슈바닝 노인은 하인리히를 클링조르에게 데리고 가서, 그에게 하인리히가 그를 금방 알아보았으며 인사를 나누고 싶어 안달이라고 설명해 주었다.

하인리히는 당황했다. 클링조르는 그에게 자신의 고향과 여행 이야기를 다정하게 들려주었다. 그의 목소리는 하인리히에게 충분한 신뢰를 주었다. 그래서 하인리히는 용기를 내서 그와 자연스럽게 이야기를 나누었다. 잠시 후에 슈바닝이 아름다운 마틸데를 데리고서 다시 그들에게로 왔다. "수줍음 많이 타는 내 손자를 좀 잘 보살펴 주어라. 그리고 이 아이가 너보다 네 아버지를 먼저 알아본 것을 용서해 주려무나. 너의 반짝이는 눈동자는 그의 가슴속에 잠들어 있는 청춘을 깨워줄 거야. 그의 고향에는 봄이 늦게 오거든."

하인리히와 마틸데는 얼굴이 빨개졌다. 그들은 놀란 눈길

로 서로를 쳐다보았다. 그녀는 들릴락 말락 한 목소리로 그에
게 춤을 추지 않겠느냐고 물었다. 그가 그렇게 하겠다고 대답
한 순간 신나는 춤곡이 시작되었다. 그는 말없이 그녀를 향해
손을 내밀었다. 그녀도 그에게 손을 내밀었다. 그들은 왈츠를
추는 쌍들 속으로 섞여 들어갔다. 슈바닝과 클링조르는 그들
을 바라보았다. 어머니와 상인들은 하인리히의 민첩한 몸놀림
과 그의 사랑스러운 파트너를 보며 즐거워했다. 어머니는 젊은
시절의 친구들과 이미 충분히 이야기를 나눈 뒤였다. 그들은
그녀에게 아드님을 장래가 촉망되는 건실한 청년으로 훌륭하
게 잘 키운 것을 축하한다고 말했다. 클링조르는 슈바닝에게
이렇게 말했다. "자네 손자는 아주 매력적으로 생겼어. 얼굴에
이미 마음이 맑고 재주가 많다고 쓰여 있어. 그리고 목소리도
가슴 깊은 곳에서 울려 나오고 말이야."

"나는 저 아이가 자네의 뛰어난 제자가 되었으면 하네." 슈
바닝이 대답했다. "저 아이는 시인이 되려고 태어났다는 생각
이 들어. 자네의 정신이 그에게 깃들었으면 하네. 저 애는 제
아버지하고 비슷한 데가 있어. 다만 성격이 덜 급하고 고집도
좀 덜한 것 같아. 저 애 아버지는 젊었을 적에 훌륭한 재주가
아주 많았지. 그런데 마음의 도량이 좀 부족했어. 그는 사실
솜씨 좋고 부지런한 직공 이상의 인간이 될 수 있었는데."

하인리히는 춤이 영원히 끝나지 않기를 바랐다. 그의 눈길
은 은근한 기쁨에 취해 파트너의 장미처럼 붉은 뺨에 가서 머
물러 있었다. 그녀의 순진무구한 눈은 그를 피하지 않았다. 그
녀는 그녀 아버지의 정신이 예쁘게 변장한 것 같았다. 그녀의

크고 그윽한 눈에서는 영원한 청춘이 말을 걸어왔다. 눈동자의 옅은 하늘빛 바탕에는 갈색 동공의 은은한 빛이 반짝였다. 그녀의 이마와 코는 두 눈가에서 부드러운 곡선을 이루고 있었다. 그녀의 얼굴은 떠오르는 태양을 향해 기울어진 백합 같았다. 가늘고 흰 목덜미에는 파란 힘줄이 매력적인 곡선을 그리며 나긋나긋한 뺨 쪽으로 이어졌다. 그녀의 목소리는 멀리서 들려오는 메아리 같았다. 그리고 갈색 곱슬머리의 조그만 머리는 그녀의 우아한 형체 위에 그냥 둥둥 떠 있는 것 같았다.

음식이 들어오고, 춤은 끝났다. 나이가 든 손님들이 한쪽 편에 앉고, 젊은 손님들은 반대편에 앉았다.

하인리히는 마틸데의 옆자리에 앉았다. 한 젊은 여자 친척이 그의 왼쪽에 앉았고, 클링조르는 바로 그의 맞은편에 앉아 있었다. 마틸데는 말을 많이 하지 않았다. 그렇지만 그의 옆에 앉은 베로니카는 마구 떠들어 댔다. 그녀는 곧 그와 안면을 트고, 이어서 옆자리에 앉은 사람들에게 그를 소개했다. 그는 그녀의 수다를 대충대충 흘려들었다. 그는 여전히 그의 춤 파트너와 함께 있었다. 그는 오른쪽으로 좀 더 자주 몸을 돌리고 싶었다. 클링조르가 베로니카의 수다에 종지부를 찍었다. 그는 하인리히에게 그의 프록코트에 꽂혀 있는, 이상한 형상들이 새겨진 리본이 어디서 난 것인지 물었다. 하인리히는 울먹이는 듯한 목소리로 출리마에 대해 이야기해 주었다. 마틸데는 눈물을 흘렸다. 하인리히도 더 이상 눈물을 감출 수가 없었다. 이것을 계기로 그는 그녀와 대화를 하게 되었다. 모두들 떠들어 댔다. 베로니카는 웃으면서 그녀의 친구들과 농담을 했다. 마틸데는 그에게 자신의 아버지가 자주 들렀던 헝가리와 아우크스부르크의 생활에 대해서 들려주었다. 모두 즐거워했다. 음악은 모든 소심함을 내쫓았고, 흥겹게 놀고자 하는 열망을 한껏 부추겼다. 탁자 위의 화려한 꽃바구니에서는 향기가 흘렀고, 그릇들과 꽃들 사이로 포도주가 살금살금 기어다니며 황금빛 날개를 흔들었으며 세상과 손님들 사이에 아름다운 벽지를 드리워 놓았다.

하인리히는 이제야 잔치가 무엇인지 알게 되었다. 수천의 행복한 정령들이 즐거워하는 사람들과 은연중에 한마음이 되어 테이블 주변으로 하늘대며 날아다니는 것 같았다. 손님들의 즐거움을 먹고서, 그리고 그들의 즐거움에 취해서. 생의 즐거움이 황금빛 열매를 가득 매달고서 종소리를 울리는 나무처럼 그 앞에 놓여 있었다. 악(惡) 같은 것은 찾아볼 수 없었다. 인간의 성향이 언젠가 이 나무로부터 인식의 위험한 열매쪽으로, 전쟁의 나무 쪽으로 방향을 바꾸었다는 사실이 그에겐 있을 수 없는 일처럼 보였다. 그는 이제 포도주와 음식을 이해하게 되었다. 그것들은 정말 맛있었다. 천국의 기름이 그를 위해 그 음식들에 양념을 쳤다. 그리고 술잔에는 이 지상의 삶의 찬란함이 반짝였다. 몇몇 소녀들은 슈바닝 노인에게 갓 만든 꽃다발을 갖다주었다. 그는 꽃다발을 머리에 쓰고 그들에게 입맞춤을 하고서 이렇게 말했다. "우리의 친구 클링조르에게도 꽃다발을 하나 갖다주지 않을래? 그러면 그 대가로 우리 두 사람이 새로운 노래를 몇 곡 가르쳐 줄 테니까. 내 노

래는 지금 당장 불러 주겠다." 그는 연주자들에게 손짓을 하고
서 큰 소리로 노래를 불렀다.

우리는 고통에 시달린 존재가 아닌가요,
우리의 운명은 슬픈 것이 아닌가요?
구속과 고통을 겪도록 운명 지워져
우리는 속이는 데만 익숙하네.
우리의 비탄조차 우리 가슴에서
뛰쳐나갈 엄두를 내지 못하느니.

부모들이 못 하게 하는 모든 것이
우리 마음속에선 얼마든지 허용되네.
금지된 열매를 따면서 우리는
그리움의 고통을 느끼네.
우리는 멋진 소년들을
우리 가슴에 꼭 품어 주고 싶네.

이런 생각을 하면 죄가 되나?
하지만 생각엔 세금이 없어.
이 불쌍한 소녀에게
달콤한 꿈 말고 무엇이 있는가?
아무리 쫓아 버려도
꿈들은 마음속을 떠나지 않네.
우리가 아무리 저녁에 기도를 해도

고독은 우리를 두렵게 하네.
그리고 우리의 키스는
사랑하는 이의 그리움과 호의를 불러오네.
우리는 피할 수 있을까,
우리의 모든 것을 바치는 것을?

우리의 어머니들은 엄격하게 말한다네,
우리의 매력을 눈에 띄지 않게 하라고.
아, 우리는 우리의 매력을 어쩔 수 없네,
우리의 매력은 저절로 샘솟아 오르는걸.
우리의 가슴속 그리움이 진동하면,
아무리 강한 족쇄도 여지없이 부서지는걸.

하고 싶은 것일랑 모두 가슴속에 닫아 두고,
돌처럼 단단하고 차갑게 있어라,
아름다운 눈을 봐도 눈을 맞추지 마라,
언제나 부지런히 일하면서 혼자 있어라,
아무리 애원을 해도 들어주지 마라,
이것이 젊은 시절의 인간인가요?

소녀의 고통은 끝이 없네,
그녀의 가슴은 상처 나 아프다네.
그녀의 고통의 대가로 얻는 것은
기껏해야 시든 입에게서 받는 키스뿐.

그녀의 운명은 결코 바뀌지 않으려나,
늙은이들의 왕국은 끝나지 않으려나?

늙은이나 젊은이 할 것 없이 모두 웃음을 터뜨렸다. 소녀들은 얼굴이 새빨개져 발밑을 내려다보면서 살짝 미소를 지었다. 수천 가지 놀려 대는 말이 오가는 가운데 두 번째 화환이 들어왔고, 화환은 클링조르의 머리 위에 씌워졌다. 그러나 소녀들은 그렇게 경솔한 노래는 부르지 말아 달라고 졸랐다. "그래." 클링조르가 말했다. "나는 그렇게 터무니없이 너희들의 비밀을 늘어놓지 않도록 조심할 거야. 무슨 노래가 듣고 싶은지 직접 말해 보렴." "사랑에 대한 것만 아니면 돼요." 소녀들이 소리쳤다. "혹시 가능하다면 포도주의 노래를 불러 주세요." 클링조르는 노래를 시작했다.

우리에게 천국의 기쁨을 선사하는 신은
파란 언덕에서 태어난다네.
태양은 그를 선택하여
그의 몸 속속들이 열기가 스미게 하네.

그는 봄에는 기쁘게 수태하여
연약한 자궁을 조용히 키우고,
가을에는 열매를 맺어
황금빛 아이가 튀어나온다네.
그러면 사람들은 그를 지하실의

비좁은 요람에다 갖다 놓는다네.
그곳에서 그는 축제와 승리를 꿈꾸며
수많은 공중누각을 짓는다네.

그가 참지 못해 낑낑대다가
마침내 젊음의 힘으로
모든 차꼬와 족쇄를 부숴 버릴 때에도
그의 방엔 다가가지 않는 게 좋다네.

그가 백일몽에 빠져 있는 동안
보이지 않는 간수들이 그를 지키고 있으니.
이 성스러운 문지방을 넘어서는 자는
그들의 회오리치는 창 맛을 봐야 할 걸세.

그의 날개가 성숙해 가는 동안,
그는 반짝이는 눈을 크게 뜨고 있다네.
그의 성직자들은 그들의 의무를 다하네,
그에게 애원하여 밖으로 나오게 하며.

수정의 옷을 입고 그는 그의 요람의
어두운 품속으로부터 나타난다네.
조용한 조화의 장미를
의미심장하게 손에 들고서.

그러면 곳곳에서 그의 제자들이 모여들어
환호성을 지르며 그를 둘러싼다네.
그리고 수천의 즐거운 혀들이
그를 위해 사랑과 감사를 노래하네.

그는 헤아릴 수 없는 빛살로
그의 내적인 삶을 세상을 향해 뿌리네.
이제 사랑이 그를 마시고
영원히 그의 곁에 남을 것을 약속하네.

황금시대의 정신으로서 그는
예부터 시인의 세계에 속한다네.
시인은 그에 대한 사랑을 언제나
주신(酒神)의 노래로 보여 준다네.

그는 자신에게 애원하는 시인의 입을 위해
모든 예쁜 소녀와 입 맞출 권리를 주었네.
이 권리는 어떤 소녀도 거절할 수 없다네,
신은 시인의 권리를 확인해 준다네.

"정말 멋진 예언가야!" 소녀들이 소리쳤다. 슈바닝도 아주
기뻐했다. 소녀들은 안 된다며 뒤로 빼 보았지만 아무 소용 없
었다. 결국 그들은 그에게 달콤한 입술을 바쳐야 했다. 하인리
히는 그의 옆에 있는 진지한 소녀 때문에 어쩌지도 못하고 가

만히 있었다. 그렇지 않았더라면 그는 시인들의 특권에 대해 큰 소리로 떠들어 대면서 기뻐했을 것이다. 꽃다발을 건네준 소녀들 틈에는 베로니카도 끼어 있었다. 그녀는 즐거운 표정으로 제자리로 돌아와 하인리히에게 이렇게 말했다. "시인이 된다는 건 정말 멋진 일이야, 그렇지 않아?" 하인리히는 이 질문의 순간을 이용할 엄두를 내지 못했다. 시인에 대한 넘치는 기쁨과 첫사랑의 진지함이 그의 마음속에서 서로 부딪치며 싸우고 있었다. 매력적인 베로니카는 다른 사람들과 농담을 했다. 이렇게 해서 그는 가슴속에서 들끓는 기쁨을 좀 진정시킬 시간을 벌었다. ·

마틸데는 그에게 기타를 칠 줄 안다고 이야기했다.

"아, 그래!" 하인리히가 말했다. "너한테 기타를 배우고 싶어. 오래전부터 바라던 일이야."

"우리 아버지가 가르쳐 주셨어. 아버지는 정말 견줄 상대가 없을 정도로 기타를 잘 치셔." 그녀가 얼굴을 붉히면서 말했다.

"내 생각으로는……." 하인리히가 대답했다. "너한테 배우면 훨씬 더 빨리 익힐 수 있을 것 같아. 네 노래를 들으면 얼마나 좋을까."

"너무 많은 것을 기대하지는 마."

"오!" 하인리히가 말했다. "기대하면 뭐가 안 된다는 거야. 네가 하는 말이 이미 노래이고, 너의 모습은 천국의 음악을 알려 주고 있는데."

마틸데는 아무 말도 하지 않았다. 그녀의 아버지는 그와 대화를 시작했다. 하인리히는 열정을 쏟아붓는 듯한 태도로 말했다. 옆자리에 앉아 있던 사람들은 젊은 청년의 달변과 그의 충만한 이미지와 사고에 감탄을 금치 못했다. 마틸데는 그를 조용한 눈길로 쳐다보았다. 그가 하는 말을 들으면서 그녀는 즐거워하는 것 같았다. 그의 말은 그의 표정을 더욱 뚜렷이 드러나게 하면서 얼굴빛을 환하게 해 주었다. 그의 두 눈은 평소와 다르게 반짝였다. 그는 가끔 고개를 돌려 마틸데를 쳐다보았다. 그녀는 그의 얼굴 표정을 보고 놀랐다. 열정적으로 대화를 나누면서 그는 자신도 모르게 그녀의 손을 잡았다. 그녀는 그가 한 많은 말에 대해 살며시 손을 눌러 시인해 주지 않을 수 없었다. 클링조르는 하인리히의 열광을 가라앉지 않게 유지시켜 그의 모든 영혼을 서서히 입에 올리도록 하는 법을 알고 있었다.

마침내 모두들 자리에서 일어섰다. 사람들은 우르르 몰려다녔다. 하인리히는 마틸데와 함께 남았다. 그들은 남의 눈에 띄지 않게 한쪽 구석에 서 있었다. 그는 그녀의 손을 잡고 손에다 살그머니 입을 맞추었다. 그녀는 그가 하는 대로 내버려두고는 한없이 다정한 눈빛으로 그를 쳐다보았다. 그는 더 이상 참을 수가 없어 허리를 굽혀 그녀의 입술에 키스를 했다. 그녀는 깜짝 놀랐지만, 그의 뜨거운 키스에 자연스럽게 응답해 주었다. "사랑하는 마틸데." "사랑하는 하인리히." 이것이 그들이 주고받을 수 있는 말의 전부였다. 그녀는 그와 악수를 나눈 뒤 다른 사람들 틈으로 걸어갔다. 하인리히는 천국에 와 있는 듯한 느낌으로 서 있었다. 그의 어머니가 그를 향해 다가

왔다. 그는 어머니에게 자신의 애틋한 사랑을 보여 주었다. 그녀가 말했다. "아우크스부르크에 오니까 좋지 않니? 어때, 마음에 드니?" "사랑하는 어머니." 하인리히가 말했다. "이렇게까지는 상상하지 못했어요. 정말 너무 좋아요."

그날 저녁의 이후 시간은 그렇게 한없는 즐거움 속에서 지나갔다. 나이가 든 사람들은 카드를 하거나 체스를 두면서 잡담을 나누었고 춤을 추고 있는 사람들을 쳐다보기도 했다. 음악은 기쁨의 바다처럼 홀 안에서 물결치면서 기쁨에 취한 젊은이들의 마음을 한껏 들어 올려 주었다.

하인리히는 처음으로 쾌감과 사랑이라는 황홀한 예언을 동시에 느꼈다. 마틸데 역시 기꺼이 애무의 물결에 휩쓸리도록 스스로를 내버려두었다. 그리고 그녀는 그에 대한 애정 어린 신뢰와 그를 향해 싹트는 사랑을 투명한 베일로만 살짝 가려 놓을 뿐이었다. 슈바닝 노인은 두 사람이 서로의 마음을 이해하게 된 것을 눈치채고 둘을 놓고 놀렸다.

클링조르는 하인리히를 아주 좋아하게 되었다. 특히 그의 따뜻한 성격이 마음에 들었다. 다른 젊은 총각들과 처녀들도 그것을 곧 눈치챘다. 그들은 진지한 마틸데가 튀링겐에서 온 청년과 그렇고 그런 사이라고 놀려 댔다. 그러면서도 자신들이 사랑을 나눌 때마다 쏠리던 마틸데의 눈길에 이제 더 이상 신경 쓰지 않아도 된다며 솔직하게 기뻐했다.

사람들은 한밤중이 되어서야 돌아갔다. "내 생에서 처음이자 유일한 파티였어." 혼자 남게 되자 하인리히는 혼잣말로 이렇게 말했다. 그의 어머니는 피곤해서 벌써 잠자리에 누워 있었다. "꿈속에서 푸른 꽃을 보았을 때와 비슷한 기분이 아닌가? 그 꽃과 마틸데 사이에는 어떤 특별한 관계가 있는 걸까? 꽃받침 사이로 나를 향해 고개를 내밀던 얼굴은 바로 천사 같은 마틸데의 얼굴이었어. 그리고 그 얼굴을 은둔자의 책에서 본 기억이 나. 그렇지만 그땐 왜 내가 그렇게 크게 감동을 받지 않았을까? 오! 그녀는 인간의 몸을 하고 나타난 노래의 정신이야. 그 아버지에 그 딸이야. 그녀는 나를 녹여서 노래로 만들어 놓을 거야. 그녀는 나의 가장 내밀한 영혼이요 나의 신성한 불꽃을 지켜 주는 여사제가 될 거야. 내 가슴속에선 영원한 충절의 감정이 느껴져. 나는 오로지 그녀만을 사모하고, 영원히 그녀에게 봉사하고, 그녀를 생각하고 느끼기 위해 이 세상에 태어난 거야. 그녀를 생각하고 사모하려면 분할되지 않은 특별한 존재가 되어야 하지 않는가? 나는 그녀의 메아리요 거울이 될 만한 본질을 지닌 행복한 사람인가? 내가 그녀를 내 여행의 막바지에서 보았다는 것과, 유쾌한 파티가 내 인생의 최고의 순간을 감쌌다는 것은 결코 우연이 아니야. 달리 될 수가 없었어. 그녀가 있는 자리면 모든 것이 축제처럼 되는 게 아닌가?"

그는 창가로 다가갔다. 별들의 합창단이 어두운 하늘에 떠 있었다. 동쪽 편의 하얀 빛줄기가 새벽이 오는 것을 알려 주고 있었다.

하인리히는 황홀경에 젖어 이렇게 소리쳤다. "너희들 조용한 별들아, 조용한 방랑자들아, 나는 너희들을 내 신성한 맹세의 증인으로 삼노라. 나는 마틸데를 위해 살고 싶다. 영원한

신의가 나의 마음을 그녀의 마음에 붙들어 매 줄 것이다. 나를 위해 또한 영원한 날의 아침이 밝아 오고 있다. 밤은 지나갔다. 나는 떠오르는 태양을 향해 나 자신을 영원히 꺼지지 않는 제물로 바치련다."

하인리히는 얼굴이 벌겋게 달아올랐다. 그는 아침나절이 되어서야 잠이 들었다. 그의 마음속의 생각들이 신기한 꿈속으로 섞여 들어갔다. 깊고 푸른 강줄기가 파란 평원에서 반짝였다. 매끄러운 수면 위에는 조각배가 하나 떠가고 있었다. 배에는 마틸데가 앉아서 노를 젓고 있었다. 그녀는 꽃다발로 장식한 모습으로 소박한 노래를 한 곡 불렀다. 그러면서 달콤하고 우수 어린 눈길로 그를 건너다보았다. 무언가가 그의 가슴을 짓누르는 것 같았다. 그러나 그는 왜 그런지 알 수가 없었다. 하늘은 맑았고, 강에는 잔물결 하나도 일지 않았다. 강물에는 천사 같은 그녀의 얼굴이 비쳤다. 갑자기 조각배가 제자리에서 빙빙 돌기 시작했다. 그는 걱정이 되어 그녀를 향해 소리쳤다. 그녀는 미소를 지으며 노를 배 안에 들여놓았다. 조각배는 계속해서 빙빙 돌았다. 엄청난 두려움이 그를 덮쳤다. 그는 강물 속으로 뛰어들었다. 그러나 앞으로 나아갈 수가 없었다. 물결이 그를 실어 날랐다. 그녀는 손짓을 보냈다. 그에게 뭔가 말하려는 것 같았다. 조각배는 벌써 파도를 뒤집어쓰고 있었다. 그런 와중에도 그녀는 아주 진지하게 미소를 지으면서 즐겁게 소용돌이를 바라보았다. 갑자기 소용돌이가 그녀를 삼켜 버렸다.

강물 위로는 부드러운 바람이 스쳤다. 강물은 예전과 다름

없이 조용히 반짝이며 흘렀다. 끔찍한 공포심이 그의 의식을
빼앗아 가 버렸다. 심장도 더 이상 뛰지 않았다. 땅바닥이 말
라 있다는 것을 느끼고서야 그는 정신이 돌아왔다. 그는 먼 거
리를 헤엄쳐 온 것 같았다. 그곳은 낯선 고장이었다. 무슨 일
이 일어난 건지 도무지 알 수가 없었다. 그의 의식은 사라지고
없었다. 아무 생각 없이 그는 뭍으로 올라갔다. 몸이 굉장히
피곤하게 느껴졌다. 언덕바지에 조그만 샘물이 하나 솟았다.
그 소리는 종소리처럼 울렸다. 그는 손바닥으로 물을 떠서 바
싹 마른 입술을 축였다. 그는 악몽처럼 끔찍한 경험을 한 터였
다. 그는 계속해서 걸어갔다. 가고 또 갔다. 꽃과 나무들이 그
에게 말을 걸어왔다. 그는 안락하고 편안한 감정을 느끼기 시
작했다. 그때 예의 그 소박한 노랫소리가 다시 들려왔다. 그는
소리가 나는 곳으로 달려갔다. 갑자기 누군가가 그의 코트를
잡아당겼다.

"사랑하는 하인리히." 낯익은 목소리가 소리쳤다. 그는 뒤를
돌아다보았다. 마틸데가 그를 두 팔로 끌어안았다.

"왜 그렇게 내게서 도망치는 거야?" 가쁜 숨을 몰아쉬며 그
녀가 말했다. "따라잡기가 정말 힘들었잖아."

하인리히는 울었다. 그는 그녀를 꼭 껴안았다. "강은 어디
있지?" 그는 눈물을 흘리면서 소리쳤다.

"우리 머리 위에 있는 저 파란 물결이 보이지 않아?"

그는 올려다보았다. 파란 물결이 그들의 머리 위에서 조용
히 흘러가고 있었다. "우리는 지금 어디에 있는 거지, 사랑하
는 마틸데?"

"우리 엄마 아빠 곁에 있는 거지."

"우리는 함께 있을 수 있을까?"

"영원히." 그렇게 대답하면서 그녀는 그의 입술에 자신의 입술을 갖다 댔다. 그리고 다시는 그에게서 떨어지지 않겠다는 듯이 두 팔로 그를 꼭 끌어안았다. 그녀는 그의 입술에다 대고 뭔가 놀랍고 신비스러운 말을 했다. 그 말은 그의 몸과 마음 속속들이 메아리쳤다. 그가 그 말을 반복해 보려는 순간, 할아버지가 부르는 소리에 그는 잠에서 깨어났다. 그는 목숨을 내놓는 한이 있더라도 그 말이 무엇인지 알고 싶었다.

7장

클링조르가 그의 침대 옆에 서 있다가 그에게 밝은 목소리로 아침 인사를 건넸다. 하인리히는 정신을 차리고서 클링조르의 목에 매달렸다. "그러면 못쓴다." 슈바닝이 말했다. 하인리히는 씩 웃으면서 홍당무가 된 얼굴을 어머니 뺨 쪽으로 갖다 대며 감추려 했다.

"나하고 이 도시 근처에 있는 아름다운 언덕에 올라가서 아침 식사를 할 생각 없니?" 클링조르가 말했다. "찬란한 아침이 기분을 상쾌하게 해 줄 거야. 어서 옷을 입어라. 마틸데가 벌써부터 우리를 기다리고 있어."

하인리히는 이 반가운 초대에 대해 기쁨에 들뜬 목소리로 감사의 인사를 했다. 그는 순식간에 준비를 끝내고 클링조르의 손에 뜨겁게 입을 맞추었다.

그들은 마틸데에게로 갔다. 그녀는 수수한 아침 옷을 입었을 뿐인데도 더없이 아름답게 보였다. 그녀는 그를 보자 다정하게 인사를 건넸다. 그녀는 아침 식사를 챙겨 넣은 바구니를 한쪽 팔에 걸고서 다른 쪽 손을 서슴없이 하인리히에게 내밀었다. 클링조르는 그들의 뒤를 따라갔다. 그렇게 그들은 벌써 활기를 띠기 시작한 시내의 거리를 지나 강가에 있는 한 작은 언덕을 향해 갔다. 그곳은 몇 그루의 큰 나무 밑으로 전망이 확 트인 곳이었다.

"저는 예전부터……" 하인리히가 소리쳤다. "형형색색으로 펼쳐진 자연의 모습을 보면서, 그리고 자연의 여러 가지 것들이 사이좋게 옹기종기 모여 있는 것을 보면서 자주 기쁨을 느끼곤 했어요. 그렇지만 오늘처럼 이렇게 창조적이고 완벽한 기쁨은 처음이에요. 저기 멀리 있는 들판과 언덕들은 아주 가깝게 보이고, 이렇게 풍요로운 자연 풍경은 제 마음속의 상상력에서 나온 것 같아요. 겉으로만 보면 절대 모습이 바뀌지 않을 것 같지만 자연은 정말 변화무쌍해요. 우리 곁에 천사 혹은 그보다 힘센 정령이 있을 때하고, 비탄에 빠진 사람이 우리 앞에서 푸념을 늘어놓고 있거나 농부가 올해 날씨가 얼마나 안 좋은지, 작물이 자라려면 비가 얼마나 많이 내려야 하는지 우리에게 떠들고 있을 때하고 자연의 모습은 얼마나 다르게 보이는가요. 훌륭하신 선생님, 저는 이 기쁨을 당신에게 빚지고 있어요. 그래요, 이 기쁨을 말이에요. 제 마음의 상태를 이보다 더 참되게 잘 표현할 수 있는 말은 없거든요. 환희, 즐거움 그리고 황홀 같은 말은 기쁨의 일부일 뿐이에요. 기쁨이 이러한 것들을 보다 높은 차원의 삶으로 합쳐 주지요." 하인리히는 마틸데의 손을 가져다가 그의 가슴에 댔다. 뜨거운 눈길로 그녀의 부드럽고 섬세한 눈동자를 바라보면서.

"자연과 인간의 마음의 관계는……." 클링조르가 대답했다. "물체와 빛의 관계와 같단다. 물체는 빛을 제한하지. 물체는 빛을 굴절시켜 독특한 색채를 만들어 내. 물체는 자체의 표면이나 내부에서 빛에 불을 붙이지. 빛이 물체의 어둠과 똑같은 비율이면 빛은 물체를 투명하게 해 주고, 빛이 어둠을 능가하면 빛은 다른 물체들까지도 밝게 비추어 주는 거야. 그렇지만 가장 어두운 물체조차도 물과 불 그리고 공기를 통해서 환하게 빛날 수 있어."

"무슨 말씀인지 알겠어요, 스승님. 인간들은 우리의 마음에 수정과 같아요. 그들은 투명한 성격을 가지고 있지요. 사랑하는 마틸데, 나는 너를 귀하고 순수한 사파이어라고 부르고 싶어. 너는 하늘처럼 맑고 투명해. 너는 아주 여린 빛에도 환하게 빛나. 그렇지만 스승님, 제 생각이 맞는지 말씀해 주세요. 자연과 내적으로 너무나 친밀해지면 그만큼 자연에 대해서 아무것도 말할 수도 없고 또 말하고 싶지도 않게 되나요?"

"그건 관점에 따라 달라." 클링조르가 대답했다. "자연은 우리의 즐거움이나 정서와 관련을 맺기도 하지만, 다른 한편으로는 우리의 오성이나 우리에게 있는 우주적인 힘의 지도적인 능력과 관련을 맺기도 하거든. 우리는 두 가지 중 한 가지 때문에 다른 하나를 망각하지 않도록 조심해야 한다. 한쪽만 보고 다른 쪽은 무시해 버리는 사람들이 많아. 그러나 우리는 두 가지를 합칠 수 있단다. 그 상태에 도달하면 우리는 마음이 편안해지지. 극소수의 사람들만이 자신의 마음을 자유롭고 유연하게 움직일 수 있고 또한 철저한 고립을 통해 자신의 정신의 힘을 가장 자연스럽고도 목적에 맞게 사용할 수 있다는 것은 유감스러운 일이야.

일반적으로 한 가지의 정신적 힘은 다른 정신적 힘을 방해하지. 그렇게 해서 어떻게 손쓸 수 없는 나태함이 생기는 거야. 그렇기 때문에 그러한 인간들은 자신들의 힘을 모두 동원해서 무언가를 시작하려 하다가 그만 온통 혼란과 갈등에 빠지고 말지. 그리고 그들의 힘들은 서로 부딪쳐 비틀대다가 나뒹굴게 되는 거야. 나는 네게 너의 오성과 자연스러운 충동을 온갖 정성을 다해 갈고 닦으라고 진심으로 말해 주고 싶구나. 모든 일들이 어떻게 일어나며 논리적으로나 인과적으로는 어떠한 관계에 있는지를 제대로 파악할 수 있도록 말이야. 시인에게 반드시 필요한 것은 모든 일의 성격을 꿰뚫어 볼 수 있는 안목과, 그때그때 목적을 이루기 위한 수단들에 대한 지식과, 때와 상황에 따라 가장 적절한 수단을 고를 줄 아는 마음가짐이야. 오성이 결여된 열정은 무용하고 위험한 거야. 시인 스스로가 기적을 보고 놀란다면 그는 기적을 행할 수가 없다.”

“그렇지만 우리 인간이 운명을 극복할 수 있다는 참된 믿음이 시인에게도 필요하지 않나요?”

“물론 필요하지. 운명에 대해서 깊이 생각해 보고 나면 그는 운명에 대해 달리 생각할 수가 없거든. 이 즐거운 확신은 미신이 지닌 그 알 수 없는 불안이라든가 맹목적인 두려움과는 거리가 멀어. 또한 만물에 혼을 불어넣어 주는 시인의 차분하고 따뜻한 마음은 병적인 마음에서 엿볼 수 있는 거친 열기와는 정반대되는 거야. 이 거친 열기는 빈약하고 당혹스럽고 일시적이지. 반면에 시인의 따뜻한 마음은 모든 형태들의 경계를 깔끔하게 나누고, 다양한 관계들의 촉진을 도와주고, 스스로를 통해 영원하지. 젊은 시인은 아직 차분하거나 사려 깊지는 못해. 운율이 살아 있는 참된 언변을 위해서는 폭넓고 주의력 깊고 차분한 오성이 필요해. 가슴속에서 거친 폭풍우가 날뛰고 주의력이 흩어져 제대로 된 생각이 떠오르지 않을 때면 혼란스러운 잡담만이 있을 뿐이란다. 다시 한번 말하지만, 참된 마음은 빛과 같은 거야. 빛처럼 차분하고 민감하며, 빛처럼 탄력적이고 침투력이 있고, 빛처럼 힘차며, 빛처럼 보이지 않게 작용해. 이 소중한 자연의 요소처럼 말이야. 빛은 모든 사물에 섬세하고도 균일하게 나뉘어져 사물을 매력적이고도 다양한 모습으로 보이게 하지. 시인은 순수한 강철이야. 깨지기 쉬운 유리실처럼 민감하고, 유연성 없는 돌멩이처럼 단단하지.”

“저도 가끔 그런 것을 느꼈어요.” 하인리히가 말했다. “제가 가장 깊은 영적인 순간에 있을 때에는 자유롭게 돌아다니거나 제 일을 즐겁게 처리할 때보다 스스로가 살아 있는 것 같지 않았어요. 그럴 때면 날카롭고 지적인 정수(精髓)가 내 몸속으로 파고들어 왔어요. 전 모든 감각을 제가 원하는 대로 쓸 수 있었어요. 그리고 모든 생각을 마치 실제의 물체처럼 이리저리 돌려 보면서 사방에서 관찰할 수 있었어요. 저는 은근한 관심을 가지고 아버지의 작업장에 서 있다가 아버지를 도와 뭔가를 솜씨 좋게 완성할 때면 정말 기뻤어요. 솜씨가 능숙하다는 것은 우리의 기운을 돋우어 주는 아주 특별한 매력을 갖고 있어요. 그리고 사실 능숙한 솜씨를 의식하는 것은 알 수 없이 솟구치는 화려함의 넘치는 감정보다 훨씬 더 지속적이고 뚜렷한 기쁨을 우리에게 주지요."

"그렇다고 내가 후자를 비난한다고 생각하지는 말거라." 클링조르가 말했다. "그러나 그러한 감정은 저절로 생겨나야지 일부러 구해서는 안 된다. 그런 감정이 가끔 생기면 도움이 되지만, 너무 자주 생기면 사람을 피곤하게 하고 기력을 빼앗아 간다. 우리는 그런 감정의 뒤에 남는 달콤한 마비 상태에서 되도록 빨리 빠져나와 규칙적인 바쁜 일상으로 돌아가는 게 좋아. 이것은 아침나절에 꾸는 달콤한 꿈과도 같단다. 한 발 두 발 자꾸만 노곤한 상태 속으로 빨려 들지 않으려면, 그리고 깨어난 뒤 하루 종일 탈진 상태로 비실대지 않으려면, 우리는 소용돌이처럼 우리를 휘감아 마비시키는 그런 꿈을 박차고 빠져나와야 하잖니."

"시라는 것은……." 클링조르가 계속해서 말했다. "무엇보다도 엄격한 예술로서 추구해야 하는 거야. 단순한 즐거움만을 위한다면 그것은 더 이상 시가 아니야. 시인이 하루 종일 이미지와 느낌을 찾아서 한가하게 돌아다녀야 하는 것은 아니야. 그건 오히려 아주 잘못된 방법이라고 할 수 있지. 순수한 열린 마음, 민활한 성찰력, 그리고 자신의 모든 능력을 생명력을 부여하는 활동으로 전환하여 계속 그렇게 유지시키는 것, 이것이 우리의 예술에 필수적인 것들이야. 네가 나의 가르침을 받고 싶거들랑, 너의 지식을 늘리고 유용한 통찰력을 키우지 않고는 하루도 그냥 지나가게 하지 말거라.

이 도시는 다양한 예술가들로 넘쳐나고 있어. 이곳에는 경험 많은 정치가들도 있고 교양 있는 상인들도 있단다. 그렇게 큰 힘을 들이지 않고도 인간 사회의 모든 계층과 직업, 그리고 모든 상황과 요구를 접할 수 있어. 나는 네게 기꺼이 우리 예술의 비법을 가르쳐 주고, 또한 네가 꼭 읽어야 할 책들을 읽어 주겠다. 너는 마틸데가 공부할 때 그 옆에 있어도 괜찮다. 그러면 그 아이가 기쁜 마음으로 네게 기타 치는 법을 가르쳐 줄 거다. 모든 활동은 다른 활동을 준비하기 위한 것이야. 젊은 시절을 훌륭하게 투자하고 나면, 그 뒤로 사교 모임의 대화와 즐거움, 그리고 네 주위의 그림 같은 자연 풍경이 너를 정말로 한없이 기쁘고도 놀라게 할 것이다."

"스승님께서는 정말 멋진 인생을 제 앞에 펼쳐 보여 주시는군요. 스승님의 가르침 아래 비로소 저는 제 앞에 얼마나 고상한 목표가 놓여 있는지를 깨닫고, 그리고 그 목표는 오로지 스승님의 조언을 통해서만 도달할 수 있다는 것을 느끼게 되는군요."

클링조르는 하인리히를 다정하게 껴안았다. 마틸데는 그들에게 아침 식사를 건네주었다. 그때 하인리히는 애정이 담긴 목소리로 그녀에게 자신을 수업의 동반자이자 제자로 받아들여 줄 생각이 있는지 물어보았다. "나는 영원히 너의 제자로 남고 싶어." 클링조르가 잠깐 자리를 뜬 사이에 그가 말했다.

그녀는 슬그머니 그에게 기댔다. 그는 그녀를 끌어안고 얼굴이 빨갛게 물든 그녀의 부드러운 입술에 입을 맞추었다. 그녀는 아주 부드럽게 그에게서 몸을 빼내더니, 어린애 같은 사랑스러운 표정을 지으며 가슴에 달고 있던 장미를 그에게 건네주었다. 그녀는 바구니를 챙기느라 바빴다. 하인리히는 황홀한 표정으로 그녀를 물끄러미 바라보며 장미에 입을 맞추고 그것을 가슴에 달았다. 그러고는 클링조르가 있는 쪽으로 갔다. 그는 시내를 굽어보고 있었다.

"자네는 어느 쪽으로 왔는가?" 클링조르가 물었다.

"저희는 저기 저 언덕을 넘어서 왔어요." 하인리히가 대답했다. "저희가 온 길은 저 멀리 가물가물하게 사라져 보이지 않는군요."

"아름다운 고장들을 보았겠군."

"거의 대부분의 시간을 아름다운 고장들을 보며 여행했지요."

"자네 고향도 물론 아름답겠지?"

"그곳도 물론 볼거리는 많지만, 아직 개발이 되지 않은 상태예요. 그리고 큰 강이 없어요. 강은 풍경의 눈이잖아요."

"자네가 어제저녁에 들려준 여행 이야기를 들으면서 나는 아주 즐거웠어." 클링조르가 말했다. "시의 정신이 자네의 다정한 동반자임을 느꼈지. 자네와 함께 여행한 사람들은 본인들도 모르는 사이에 자네의 시정신의 목소리가 되었어. 시인의 주변에서는 어디서나 시의 샘물이 퀄퀄 솟아나지. 시의 나라인 낭만적인 동방은 자네를 달콤한 애수로 맞아 주었지. 전쟁은 그 거친 웅장함으로 자네에게 말을 걸었고, 자연과 역사는 광부와 은둔자의 모습으로 자네 앞에 나타났어."

"가장 훌륭한 것을 잊으셨네요, 스승님. 천사 같은 사랑의 모습 말이에요. 이 모습을 제가 영원히 간직할 수 있느냐 없느냐는 오로지 스승님 손에 달려 있어요."

"네 생각은 어떠냐." 막 자기 쪽으로 걸어오고 있는 마틸데를 향해 클링조르가 큰 소리로 물었다. "너는 하인리히의 뗄 수 없는 동반자가 되고 싶은 생각이 있니? 네가 가는 곳이면 어디든 나도 따라가겠다."

마틸데는 깜짝 놀라 아버지의 품으로 달려들었다. 하인리히는 무한한 기쁨으로 몸이 떨려 왔다.

"저 사람이 영원히 저와 함께하고 싶어하나요, 아버지?"

"직접 물어보려무나." 떨리는 목소리로 클링조르가 말했다. 그녀는 그윽한 사랑의 눈길로 하인리히를 쳐다보았다.

"나의 영원함은 네 손에 달려 있어." 하인리히가 큰 소리로 말했다. 피어나는 그의 뺨으로는 눈물이 흘러내렸다. 그들은 거의 동시에 서로 끌어안았다.

클링조르는 두 사람을 한꺼번에 껴안았다. "얘들아." 그가 말했다. "죽을 때까지 신의를 지키도록 해라. 사랑과 신의가 너희들의 인생을 영원한 시로 만들어 줄 거야."

8장

오후에 클링조르는 새로 얻은 아들을 자기 방으로 데리고 가 자신의 책들을 구경시켜 주었다. 하인리히의 어머니와 할아버지는 행복해하는 그의 모습을 보고 각별한 관심을 보였으며 마틸데를 그의 수호신으로 치켜세웠다. 나중에 클링조르와 하인리히는 시에 관한 이야기를 나누었다.

"사람들이 자연은 시인이라고 말할 때……." 클링조르가 말했다. "왜 우리가 보통 사용하는 의미로 시라는 말을 쓰는 건지 이해할 수가 없다. 자연은 언제나 시인이라고 할 수는 없어. 자연에도 인간의 마음과 마찬가지로 시와 반대되는 면이 내재되어 있거든. 어두운 욕망이라든가 얼어붙은 듯한 무감각, 그리고 나태 같은 것을 말할 수 있지. 이것들은 시와 끊임없는 갈등을 일으키고 있어. 이러한 격한 갈등은 한 편의 시를 위한 훌륭한 소재가 될 수 있지. 많은 나라와 시대는 대부분의 사람들과 마찬가지로 모두 이 같은 시의 적들의 지배 아래 있다고 할 수 있어. 반면에 어떤 나라와 어떤 시대에는 시가 자연스럽게 도처에 퍼져 있어. 역사를 기술하는 사람들에게는 이러한 갈등의 시대가 가장 눈길을 끌지. 이러한 시대를 서술하는 것은 매력적이고 보람 있는 일이야. 대체로 이러한 시대가 시인들이 태어나는 때야.

시의 적에게 가장 참기 어려운 것은 시에 대항하여 스스로 시인이 되어 자꾸만 시와 격렬한 포격을 주고받다가 자신이 만든 음험한 포탄에 치명적인 부상을 입는 반면에, 스스로의 무기에 의해 생긴 시의 부상은 금방 치유되어 오히려 시를 더욱 매력적으로 만들어 주고 시에 더욱 용기를 심어 준다는 거야."

"전쟁은 일반적으로……." 하인리히가 말했다. "시적인 효과를 갖는 것 같아요. 사람들은 전쟁이란 하찮은 재산을 놓고 싸우는 것이라고만 생각하지요. 낭만적인 정신이 그들을 부추겨 그들 자신과 함께 불필요한 악을 제거한다는 사실은 깨닫지 못하고 있어요. 그들은 시를 위해 전쟁을 하는 거예요. 그러므로 양쪽은 모두 눈에 보이지 않는 하나의 똑같은 깃발을 좇는 거예요."

"전쟁이 일어나면……." 클링조르가 대답했다. "태초의 바다가 뒤섞이는 거야. 새로운 대륙이 생기고, 대대적인 분해를 통해 새로운 종족이 나타나지. 진짜 전쟁은 종교 전쟁이야. 이런 전쟁은 바로 자기 파멸을 목표로 해. 그리고 이때 인간의 광기가 가장 완벽한 모습으로 드러나는 거야. 대부분의 전쟁, 특히 민족적 증오심에서 일어나는 전쟁이 여기에 속해. 이런 전쟁은 진정한 시적 창조물이야. 여기가 바로 진정한 영웅들의 고향이야. 이들은 시인들과 정반대되는 고상한 인물들이야. 그렇지만 그들은 자신도 모르게 시적인 정신으로 충만한 존재들이지. 영웅이면서 동시에 시인이 될 수 있는 존재는 하늘에서 보낸 사절이야. 그러나 우리의 시문학은 그러한 사람의 모습을 그려 낼 수가 없어."

"그게 무슨 뜻인가요, 아버지?" 하인리히가 말했다. "시가 감당하기에는 너무나 큰 소재가 있다는 말인가요?"

"물론이란다. 그렇지만 근본적으로 본다면 '시가 감당하기에는'이라는 말보다는 '우리의 세속적인 수단과 방법으로 감당하기에는'이라는 말이 더 적절하지. 마음의 평정과 호흡을 잃지 않기 위해서 시인 개개인이 머물러야 하는 나름대로의 영역이 있듯이, 우리 인간들의 힘을 모두 합쳐도 해낼 수 없는 시적 묘사의 한계가 있단다. 그 한계를 벗어나면 시적 묘사는 필요한 밀도와 형상화의 힘을 유지하지 못하고 공허하고 기만적인 망상으로 빠져들고 말지. 특히 초심자들은 이처럼 과도한 것을 꾀하지 않도록 조심해야 한다. 활기가 넘치는 상상력은 언제라도 한계를 넘어서려고 하며 주제넘게 초감각적인 것과 과도한 것을 이해하고 표현하려고 하거든. 원숙한 경험만이 우리에게 그와 같은 불균형을 피하게 해 주며 가장 단순하면서도 지고한 것을 찾아내는 일은 세상을 보는 지혜의 손에 맡겨 놓는단다.

좀 더 나이가 든 시인은 자신이 갖고 있는 풍부한 재산을 쉽게 이해할 수 있는 질서 속에 위치시키는 데 필요한 것 이상으로 무리를 하지 않아. 그는 자신에게 적절한 소재뿐만 아니라 비교의 관점을 제공해 주는 다양성의 정도를 넘어서지 않으려고 조심하지. 나는 모든 시에서 혼돈이란 질서의 규칙적인 베일 사이로 어렴풋이 반짝여야 한다고 말하고 싶단다. 단순하고 명쾌한 질서만이 풍요로운 창조물을 이해 가능하고 아름다운 것으로 만들어 주는 거야. 반면에, 단순한 균형 역시 수학에서 숫자들의 집합처럼 무미건조하고 아무런 매력을 풍기지 못한다.

가장 훌륭한 시는 바로 우리 곁에 있어. 그리고 시가 가장 즐겨 다루는 소재가 평범한 대상일 경우가 적지 않아. 시인에게 시는 몇 가지 제한된 수단을 통해서 이루어지는 거야. 바로 그 때문에 시는 예술이 될 수 있는 거지. 모든 언어는 나름대로 한정된 영역을 갖고 있단다. 특정한 방언의 경우엔 그 영역이 훨씬 더 제한되어 있어. 연습과 성찰을 통해서 시인은 자신의 언어를 알게 된단다. 그는 언어를 다루는 법을 정확하게 알고 있으며 언어가 수행할 수 있는 것 이상을 언어에게 부과하는 멍청한 짓을 하지 않는단다. 그는 자신의 언어의 모든 힘을 한군데로 밀어붙이는 일은 좀처럼 하지 않는다. 그렇게 하다 보면 곧 지치게 되고 적절하게 잘 표현된 언어가 갖는 소중한 효과마저도 파괴하는 결과를 맞게 되기 때문이야. 언어로하여금 굴렁쇠를 뛰어넘게 하는 것은 광대나 할 짓이지 시인은 그러지 않아.

모름지기 시인이라면 음악가와 화가로부터 많은 것을 배워야 한다. 이 예술들을 보면 우리는 예술의 수단을 아끼는 것이 얼마나 중요한지, 그리고 예술에서 안배를 잘하는 것이 얼마나 중요한지 분명히 깨닫게 된단다. 반면에 이들 예술가들은 우리로부터 시적인 독립성과 모든 시적 창조물, 특히 진정한 예술 작품의 내적인 정신을 고맙게 받아들여야 할 것이야. 그들은 보다 시적이어야 하고, 우리들은 보다 음악적이고 회화적이어야 해. 우리의 방식대로 이 두 가지를 수용해야 하는 거야.

소재 자체는 예술의 목표가 될 수 없어. 소재를 실행에 옮기는 것이 예술의 목표지. 자네는 자네 노래 중에서 어느 것이 가장 마음에 드는지 알 거야. 분명히 가장 친숙하고 생동감 있는 것을 대상으로 한 노래들일 거야. 그렇기 때문에 시문학이라는 것은 전적으로 경험에 의존한다고 할 수 있어. 내가 젊던 시절엔 노래로 부르기에 너무 거리감이 있거나 낯선 대상이란 없었어. 그렇게 해서 생겨난 게 뭔가? 참된 시의 불꽃이란 전혀 없는, 초라하고 공허한 언어의 나열밖에 없었지. 그렇기 때문에 동화를 쓴다는 것은 아주 어려운 숙제야. 젊은 시인이 이 과제를 잘 해내는 일은 찾아보기 힘들어."

"스승님의 시를 한 편 듣고 싶어요." 하인리히가 말했다. "스승님이 제게 들려주신 시는 몇 편 되지 않고 또 대수롭지 않은 것이었지만, 저는 이루 말할 수 없는 감동을 받았어요."

"그렇다면 오늘 밤에 네 소원을 들어주마. 내가 아직 젊었을 때 쓴 시가 한 편 생각나는구나. 그 시는 아직도 젊은 날의 흔적을 뚜렷이 지니고 있어. 그렇기 때문에 어쩌면 그 시가 네게 그만큼 더 도움이 되는지도 모르겠구나. 그리고 내가 들려준 많은 것들을 너는 떠올릴 수 있을 거다."

"언어는 정말이지 기호와 소리로 이루어진 작은 세계예요." 하인리히가 말했다. "그 세계를 지배하게 되면 큰 세계까지도 지배하고 싶을 것 같아요. 그러면 그 세계 속에서 우리는 우리의 생각을 마음껏 표현할 수 있을 거예요. 그리고 세계 바깥에 존재하는 것을 세계 속에서 표현해 내는 즐거움 속에 바로 시의 원천이 들어 있어요. 사실 그것이 우리가 이곳에 존재하는 동기이기도 하고요."

"시가 특정한 이름을 갖거나 시인들이 특정한 길드를 만드는 것은 정말 좋지 않은 일이다." 클링조르가 말했다. "시라는 것은 그렇게 특별한 게 아냐. 인간 정신의 독특한 행동 방식이지. 인간은 누구나 매 순간 자신의 정신과 상상력을 사용하고 있잖니."

그때 마침 마틸데가 방으로 들어왔다. 클링조르는 계속해서 말했다. "사랑을 놓고 한번 생각해 보자. 인류를 보존하는 데 사랑만큼 시문학의 필요성이 절실한 영역은 없을 거야. 사랑은 말을 할 수 없고, 시문학만이 사랑을 대신해서 말을 할 수 있단다. 아니, 사랑 자체가 최고의 자연적인 시문학이라고 할 수 있어. 그렇지만 네가 나보다 더 잘 알고 있는 것들에 대해서는 말하지 않겠다."

"그렇지만 스승님은 사랑의 아버지세요." 하인리히가 마틸데를 포옹하면서 말했다. 두 사람은 클링조르의 손에다 입을 맞추었다.

클링조르는 그들을 한번 얼싸안아 준 다음 밖으로 나갔다.

"사랑하는 마틸데." 긴 입맞춤을 하고 나서 하인리히가 말했다. "네가 내 사랑이 되다니 정말 꿈만 같아. 지금까지 네가 내 사랑이 아니었다는 게 정말 놀라워."

"나는 아주 먼 옛날부터 널 알았던 것 같아." 마틸데가 말했다.

"날 사랑할 수 있겠니?"

"난 사랑이 뭔지 몰라. 그렇지만 나는 이제야 삶을 시작한 것 같다는 것과 너를 너무 좋아하기 때문에 널 위해 죽을 수도 있다는 것을 말해 주고 싶어."

"사랑하는 나의 마틸데, 나는 이제야 불멸이 무엇인지 알 수 있을 것 같아."

"사랑하는 하인리히, 너는 너무나 착해. 네 마음속에서는 너무나 훌륭한 정신이 말을 하는 것 같아. 나는 보잘것없는 소녀에 지나지 않아."

"그 소리를 들으니까 내가 정말 부끄러워. 네가 있기 때문에 지금의 내가 있을 수 있는 거야. 네가 없으면 나는 아무것도 아니야. 하늘이 없는 정신이 무슨 소용이 있어. 넌 나를 지탱시켜 주고 지켜 주는 하늘 같은 존재야."

"네가 우리 아버지처럼 그렇게 사랑을 지켜 준다면, 나는 정말 축복받은 사람이 될 거야. 우리 어머니는 나를 낳은 뒤 얼마 안 있어 돌아가셨어. 아버지는 지금도 거의 날마다 돌아가신 어머니를 생각하면서 눈물을 흘리셔."

"나는 그럴 만한 인물이 못 돼. 다만 내가 네 아버지보다 운이 좋았으면 좋겠어."

"나는 너와 함께 오래도록 살고 싶어, 사랑하는 하인리히. 네가 곁에 있으면 내 몸과 마음은 훨씬 더 좋아질 거야."

"아, 마틸데. 죽음도 우리 사이를 갈라놓지는 못할 거야."

"맞아, 하인리히. 내가 어딜 가든, 그곳엔 언제나 네가 있을 거야."

"그래, 마틸데. 네가 어디에 있든 그곳엔 영원히 내가 있을 거야."

"난 영원이 뭔지 몰라. 그렇지만 널 생각할 때마다 느껴지는 느낌, 그게 바로 영원인지도 몰라."

"그래, 마틸데. 우리는 영원해. 우리는 서로 사랑하니까."

"넌 믿지 못할 거야, 내 사랑. 오늘 일찍 집으로 돌아왔을 때, 내가 마리아 상 앞에서 얼마나 열렬하게 무릎을 꿇고 얼마나 형언할 수 없는 기도를 올렸는지 말이야. 난 내 몸이 눈물로 다 녹아서 사라지는 줄만 알았어. 성모 마리아가 나를 향해 미소를 짓는 것 같았어. 나는 이제야 감사하다는 것이 무엇인지 알게 되었어."

"오 내 사랑아, 하늘은 너를 사모하라고 내게 내려 주신 것 같아. 난 너를 사모해. 넌 나의 뜻을 하느님께 전하는 성녀야. 너를 통해 하느님은 내게 당신의 뜻을 알리고, 너를 통해 그분은 내게 충만한 사랑을 주시는 거야. 종교라는 게 뭐야? 종교란 서로 사랑하는 마음끼리 영원히 이해하고 영원히 하나가 되는 걸 뜻하는 게 아닐까? 사랑하는 두 사람의 마음이 모여 있는 곳엔 언제나 그분이 함께하셔. 너는 내가 영원히 숨 쉴 공기야. 내 가슴은 잠시도 쉬지 않고 너를 들이마실 거야. 너는 하느님이 보내신 영광이요 이 세상에서 가장 사랑스러운 외모를 갖춘 영원한 생명이야."

"아! 하인리히, 넌 장미의 운명을 알지. 넌 나의 시든 입술과 나의 창백한 뺨에도 사랑스레 키스해 줄 거니? 세월의 흔적은 이미 흘러간 사랑의 흔적이 아닐까?"

"오! 네가 내 눈을 통해서 내 마음속을 들여다볼 수 있다면 정말 좋겠어! 하지만 넌 날 사랑하고 있어. 그러니 내 말을 믿어 줘. 나는 매력이란 얼마 못 간다고 하는 사람들의 말을 이해할 수가 없어. 오! 매력은 시들지 않아. 나로 하여금 이렇듯 떨어질 수 없게 너를 향하게 만드는 것, 나의 마음속에 영원한 열망을 일깨우는 것, 그것은 시간의 산물이 아니야. 내 눈에 비친 네 모습이 어떤지, 네 몸에서 얼마나 놀라운 모습이 비쳐 나오는지, 그리고 그 모습이 얼마나 도처에서 나를 향해 반짝이는지, 그러한 것을 네가 볼 수만 있다면 나이를 먹는 것 따위는 신경 쓰지 않아도 될 텐데 말이야. 너의 지상의 모습은 그 모습의 그림자일 뿐이야. 지상의 힘들은 그 모습을 붙잡아 놓으려고 야단법석이야. 그러나 자연은 아직 성숙하지 못했어. 그 모습은 영원한 원형이며 미지의 신성한 세계의 일부야."

"무슨 말인지 알겠어, 사랑하는 하인리히. 네 모습을 바라보고 있으면 나도 그와 비슷한 느낌이 들거든."

"맞아, 마틸데. 드높은 세계는 우리가 보통 생각하는 것보다 훨씬 더 우리 곁에 가까이 있어. 우리는 이미 이곳에서 그 세계 속에 살고 있는 거야. 우리는 그 세계가 지상의 자연과 아주 긴밀하게 엮이고 짜여져 있는 것을 볼 수 있어."

"너는 앞으로 내게 멋진 것들을 많이 보여 줄 거야, 내 사랑아."

"오! 마틸데, 예언의 선물은 오로지 너를 통해서만 내게 전해지는 거야. 내가 갖고 있는 것은 모두 네 거야. 너의 사랑은 나를 인생의 성소로, 마음속의 가장 성스러운 곳으로 인도해 줘. 너는 나를 독려하여 가장 지고한 성찰의 길로 이끌 거야. 언젠가 우리의 사랑이 불꽃 날개가 되어, 노년과 죽음이 우리를 찾아오기 전에 우리를 태우고 하늘에 있는 우리의 고향으로 데려다줄지 누가 알겠어. 네가 나의 사랑이 되었다는 사실, 내가 너를 품에 안고 있다는 사실, 그리고 네가 나를 사랑하여 영원히 나의 사랑이 되고 싶어한다는 사실, 이 모든 것이 이미 기적이 아닐까?"

"이젠 나도 그 모든 것을 믿을 수 있어. 그래, 나는 내 가슴 속에서 조용히 불꽃이 타오르는 것을 뚜렷이 느껴. 그 불꽃이 우리를 변용시켜 주고 지상에서 우리를 괴롭히는 모든 속박을 서서히 풀어 주지 않으리라고 누가 생각하겠어. 하인리히, 내가 너에게 그런 것처럼 너도 내게 무한한 믿음을 갖고 있는지 어서 말해 줘. 나는 지금까지 그와 같은 느낌을 가진 적이 한번도 없어. 내가 그토록 사랑하는 아버지에게도 그런 느낌을 가진 적이 없어."

"사랑하는 마틸데, 너한테 모든 것을 한꺼번에 다 말할 수 없어서, 그리고 한번에 나의 모든 마음을 네게 쏟아부을 수 없어서 난 정말 고통스러워. 내가 이렇게 솔직한 것도 내 인생에서 처음 있는 일이야. 네 앞에서는 어떤 생각이나 느낌도 숨길 수가 없어. 넌 이 모든 것을 알고 있어야 해. 나의 모든 존재는 너의 것과 섞이도록 되어 있어. 한없는 헌신만이 나의 사랑을 만족시킬 수 있어. 왜냐하면 사랑은 헌신 속에 존재하며 우리의 은밀하고 고유한 존재 사이의 신비스러운 융합이거든."

"하인리히, 여태껏 두 사람이 이렇게 사랑한 적은 없을 거야."

"나도 그렇게 생각해. 이 세상에 마틸데는 단 하나뿐이니까."

"하인리히도 단 하나야."

"아! 다시 한번 맹세해 줘. 넌 영원히 나의 것이라고. 사랑은 끝없는 반복이라고."

"그래, 하인리히. 나는 영원히 네 것이라고 맹세해. 착한 우리 어머니의 보이지 않는 눈 앞에서."

"난 영원히 네 것임을 맹세해, 마틸데. 사랑은 하느님이 우리와 함께하심을 증명하는 거야."

한 번의 긴 포옹과 무수한 키스가 이 축복받은 남녀의 영원한 결합을 확인시켜 주었다.

9장

저녁에 손님이 몇 분 찾아왔다. 할아버지는 젊은 신랑 신부의 건강을 위해서 건배를 하고 곧 성대한 결혼식을 올려 주겠다고 약속했다.

"오래 기다릴 필요가 뭐 있어?" 노인이 말했다. "일찍 결혼해서 오래오래 사랑하는 거야. 나는 늘 일찍 한 결혼이 가장 행복하다는 걸 보아 왔어. 나이가 들면 결혼 생활을 하면서 젊었을 때와 같은 존경심은 찾아보기 힘들어져. 함께 보낸 젊은 시절은 깨뜨릴 수 없는 결속력을 주지. 추억은 사랑의 가장 확실한 토대야."

식사가 끝난 뒤 손님이 몇 명 더 왔다. 하인리히는 그의 새아버지에게 아까 약속한 것을 해 달라고 부탁했다. 클링조르는 그곳에 모인 사람들에게 이렇게 말했다.

"오늘 나는 하인리히에게 동화를 하나 들려주겠다고 약속했습니다. 여러분이 괜찮다면 들려드리도록 하지요."

"하인리히의 생각이 정말 기발한데." 슈바닝이 말했다. "자넨 오랫동안 우리한테 이야기를 들려주지 않았어."

모두들 활활 타는 난롯가에 자리를 잡고 앉았다. 하인리히는 마틸데 곁에 바싹 붙어 앉아 한 팔로 그녀를 끌어안았다. 클링조르는 이야기를 시작했다.

이제 막 기나긴 밤이 시작되었습니다. 늙은 영웅이 방패를 두드렸습니다. 그 소리는 도시의 황량한 골목들을 뚫고 멀리 울려 퍼졌습니다. 그는 똑같은 신호를 세 번 반복했습니다. 그러자 색색으로 칠해진 궁전의 높은 창문마다 안으로부터 환하게 불이 켜지기 시작했습니다. 창문에 어린 형상들이 움직였습니다. 골목을 비추기 시작한 붉은 불빛이 밝아질수록 그 형상들은 더욱 생동감 있게 움직였습니다. 그리고 육중한 기둥들과 벽들이 스스로 서서히 밝아지는 것이 보였습니다. 마침내 기둥과 벽들은 푸르스름한 빛으로 은은하게 반짝였으며 거기엔 또한 부드러운 색깔들이 어렸습니다. 이제 그곳의 모든 광경이 뚜렷하게 보였습니다. 창문에 어린 형상들, 창들과 칼들과 방패들, 그리고 투구들이 만들어 내는 소요스러움——투구들은 이곳저곳에 나타나는 왕관들을 향해 사방에서 인사를 했습니다. 그러다 마침내 투구들은 왕관들과 함께 사라지면서 소박하게 만들어진 푸른 꽃다발에게 자리를 양보했습니다. 이 꽃다발 주위로 투구들은 둥그렇게 빙 둘러섰습니다.──이 모든 광경은 산들을 에워싸고 있는 조용한 바다 위에 그대로 비쳤습니다. 바로 그 산 위에 도시가 있었습니다.

멀리 바다를 에워싸고 있는 높은 산들 역시 반쯤은 바닷물에 부드럽게 비쳤습니다. 뚜렷하게 보이는 것은 아무것도 없었습니다. 하지만 멀리 있는 엄청나게 큰 공장에서 들리는 것처럼 꽝꽝 울리는 낯선 소리가 먼 산 쪽에서 들려왔습니다. 이에 반해서 도시는 밝고 뚜렷하게 보였습니다. 도시의 매끈하고 투명한 벽들은 빛살을 아름답게 반사했습니다. 그리고 건물들의 뛰어난 균형미와 고상한 양식과 아름다운 배치가 눈에 들어왔습니다. 모든 창문마다 점토로 만든 우아한 꽃병이 놓여 있었습니다. 꽃병에는 온갖 종류의 얼음꽃과 눈꽃이 화려하게 반짝였습니다.

가장 화려한 것은 궁전 앞의 큰 광장에 있는 정원이었습니다. 정원에는 금속 나무들과 수정(水晶) 식물들이 있었으며 반짝이는 보석 꽃과 보석 열매가 지천으로 널려 있었습니다. 형상들의 다채로움과 우아함, 그리고 빛과 색깔의 생동감은 장관을 연출했습니다. 그 화려함은 정원 가운데에 위치한, 높이 솟은 채 꽁꽁 얼어붙어 있는 물줄기에 의해 마무리되었습니다. 그 늙은 영웅이 궁전의 문 앞을 천천히 지나갔습니다. 한 목소리가 안에서 그의 이름을 소리쳐 불렀습니다. 그는 몸을 문에 기댔습니다. 그러자 문은 부드러운 소리를 내면서 열렸습니다. 그는 홀 안으로 들어갔습니다. 그는 방패를 눈앞에 들고 있었습니다.

"아직 아무것도 찾아내지 못했나요?" 아르크투르스의 아름다운 딸이 슬픈 목소리로 말했습니다. 그녀는 커다란 유황 수정을 정교하게 깎아 만든 왕좌의 비단 쿠션 위에 비스듬히 몸을 기댄 채 앉아 있었습니다. 몇 명의 시녀들이 그녀의 가녀린 사지를 열심히 문지르고 있었습니다. 그녀의 사지는 우유의 흰빛과 장미의 붉은빛을 섞어 놓은 것 같았습니다. 그녀를 문지르고 있는 시녀들의 손 아래 놓인 그녀의 몸에서 매력적인 빛살이 사방으로 쏟아져 나와 궁전을 신비스럽게 밝혀 주었습니다. 홀 안에는 향기로운 산들바람이 떠돌았습니다. 영웅은 아무 말도 하지 않았습니다.

"당신의 방패를 한번 만지게 해 줘요." 그녀가 상냥한 목소리로 말했습니다.

그는 왕좌를 향해 다가갔습니다. 그는 값비싼 양탄자 위로 발을 들여놓았습니다. 그녀는 그의 손을 잡아 자신의 성스러운 가슴에 갖다 대고 방패를 어루만졌습니다. 그의 갑옷이 철커덕 소리를 냈습니다. 그리고 용솟음치는 힘이 그의 몸에 생기를 불어넣었습니다. 그의 두 눈은 번뜩였고, 그의 심장은 소리가 들릴 정도로 갑옷 속에서 쿵쾅대며 뛰었습니다. 아름다운 프라이아는 기분이 훨씬 좋아진 것 같았습니다. 그리고 그녀에게서 흘러나오는 빛은 더욱더 밝게 타올랐습니다.

"왕께서 오십니다." 왕좌의 뒤쪽에 앉아 있던 화려한 새가 소리쳤습니다. 시녀들은 공주에게 하늘색 이불을 덮어 주었습니다. 그러자 그녀는 이불을 끌어당겨 가슴까지 덮었습니다. 영웅은 방패를 내리고 둥근 천장 쪽을 올려다보았습니다. 두 개의 널따란 계단이 홀의 양쪽에서 그곳을 향해 나선형으로 이어져 있었습니다. 왕의 행차에 앞서 조용한 음악이 울려 퍼졌습니다. 곧 수많은 시종을 거느리고 둥근 천장에 왕이 나타났습니다. 그리고 걸어 내려오기 시작했습니다.

　아름다운 새는 반짝이는 날개를 활짝 펼쳐 부드럽게 흔들면서 왕을 향해 마치 수천의 목소리로 부르듯이 이렇게 노래를 불렀습니다.

　　머지않아 멋지게 생긴 이방인이 찾아오리.
　　따뜻한 세월이 다가오고, 영원이 시작되리.
　　땅과 바다가 사랑의 불길 속에 한 몸이 되면,
　　여왕은 오랜 꿈에서 깨어나리.
　　파벨이 옛날의 권력을 다시 잡는 날,
　　차가운 밤은 이 나라를 떠나리라.
　　프라이아의 품에서 세상은 깨어나고,
　　모든 그리움은 그리움의 짝을 찾으리라.

　왕은 애정이 듬뿍 담긴 손길로 딸을 얼싸안았습니다. 별들의 정령들은 왕좌 주위에 도열하고, 영웅은 그들 틈에 자리를 잡았습니다. 무수한 별들이 우아하게 무리를 지어 홀을 가득 채웠습니다. 시녀들은 테이블 하나와 작은 상자 하나를 들고 왔습니다. 상자에는 별자리를 조합하여 만든 성스럽고 심오한 상징들이 그려진 카드들이 가득 들어 있었습니다. 왕은 이 카드들에 공손하게 입을 맞추고서 그것들을 조심스럽게 섞은 다음 그중 몇 장을 딸에게 건네주었습니다. 그리고 나머지는 자신이 가졌습니다. 공주는 카드를 한 장씩 뽑아서 테이블에 펼쳐 놓았습니다. 그러면 왕은 자신의 카드들을 유심히 살펴보고 한참을 생각한 다음에 한 장을 뽑아서 딸이 놓은 카드들 옆에다 펼쳐 놓았습니다. 가끔 그는 어쩔 수 없이 이 카드 저 카드를 뽑는 것 같았습니다. 그러나 그가 카드를 잘 뽑아서 멋진 상징들과 형상들이 근사하게 조화를 이룰 때면 그의 얼굴에서 기쁜 표정을 읽을 수 있었습니다.

게임이 시작되자, 주위에 서 있던 모든 별들은 활기찬 관심의 기색을 보였으며 각자 보이지 않는 연장을 손에 들고서 무언가 열심히 일을 하고 있는 듯 아주 기이한 동작과 몸짓을 해 보였습니다. 동시에 부드러우면서도 가슴을 울리는 음악이 공기를 가르며 들려왔습니다. 그 음악은 홀 안에 기묘하게 한데 뒤섞여 있는 별들과 그 밖의 특이한 몸짓에서 생겨나는 것 같았습니다. 별들은 계속해서 무리의 형태를 바꾸어 가면서 때로는 느리게 때로는 빠르게 홀 안을 떠돌았습니다. 그러면서 음악의 율동에 따라서 아주 절묘하게 카드에 그려져 있는 형상들을 만들어 보였습니다.

테이블 위에 펼쳐지는 그림들처럼 음악도 끊임없이 바뀌었습니다. 카드들의 변화가 놀랍고도 난해한 적이 드물지 않았지만, 단 한 가지 테마가 전체를 엮어 주는 것 같았습니다. 믿을 수 없이 가벼운 몸놀림으로 별들은 그림들을 흉내 내려고 날아다녔습니다. 그들은 때로는 모두 어지럽게 흩어진 형태를 보였으며, 때로는 다시 무리를 지어 멋지게 정돈된 모습을 보였습니다. 때로는 길게 늘어섰던 행렬이 광선처럼 수많은 불꽃으로 흩어지기도 했으며, 때로는 작은 무리와 떼가 자꾸만 커져서 다시 굉장한 규모의 놀라운 형상이 만들어지기도 했습니다.

이 시간 동안 창문에 색색으로 어려 있는 형상들은 가만히 서 있었습니다. 새는 화려한 깃털로 된 자신의 의상을 극히 여러 가지 모양으로 끊임없이 움직였습니다. 늙은 영웅도 그때까지 나름대로 보이지 않는 몸짓을 하느라 여념이 없었습니다. 그때 갑자기 왕이 기쁨에 겨운 목소리로 이렇게 소리쳤습니다.

"모든 일이 다 잘될 거야. 칼을, 세상을 향해 너의 칼을 던져라. 평화가 어디에 있는지 사람들이 알 수 있도록."

영웅은 허리춤에 차고 있던 칼을 홱 뽑아서 하늘을 향해 겨누었다가 다시 움켜쥐고서 열려 있는 창문 밖으로 힘차게 던졌습니다. 도시와 얼음 바다 위로 말입니다. 그의 칼은 유성처럼 대기를 뚫고 날아갔습니다. 이윽고 건너편의 높은 산 어디에 가서 부딪히더니 쨍그랑 소리와 함께 부서진 것 같았습니다. 왜냐하면 칼이 우수수 불꽃과 함께 떨어졌으니까요.

같은 시간에 아름다운 소년 에로스는 요람에 누워 편안하게 잠들어 있었습니다. 그때 유모인 기니스탄은 요람을 흔들면서 에로스의 젖남매인 파벨에게 젖을 물리고 있었습니다. 그녀는 서기(書記) 앞에 놓여 있는 밝은 등불의 불빛 때문에 아이가 잠에서 깨지 않도록 자신의 화려한 색상의 숄을 요람 위에다 드리워 놓았습니다. 서기는 열심히 글을 쓰다가 가끔씩 심드렁하게 아이들 쪽을 넘겨다보고는 유모를 향해 어두운 표정을 지었습니다. 그러면 유모는 그를 향해 착한 미소를 지어 보이고서 아무 말도 하지 않았습니다.

아이들의 아버지는 늘 들락날락했습니다. 그때마다 그는 아이들을 쳐다보았고 기니스탄에게 반가운 인사를 건넸습니다. 그는 끊임없이 서기한테 뭔가 할 말이 있었던 것이지요. 서기는 그의 말을 조심스레 경청했고, 그것을 다 기록한 뒤에는 내용이 적힌 종이들을 제단에 기대어 있는 고상하고 거룩한 모습의 한 여인에게 건네주었습니다. 제단 위에는 맑은 물이 담긴 검은 그릇이 놓여 있었습니다. 그녀는 은근한 미소를 띠면서 그릇 속을 들여다보았습니다. 매번 그녀는 종이들을 물에 담갔습니다. 종이를 다시 꺼내서 거기에 몇 개의 글씨가 그대로 남아서 빛이 나는 것을 확인한 다음 그녀는 서기한테 그 종이를 돌려주었습니다. 그러면 서기는 그 종이를 큰 책에다 묶었습니다. 그러나 자신의 노력이 모두 수포로 돌아가 종이 위에 적힌 글씨가 다 지워져 버릴 때마다 그는 시무룩해하는 것 같았습니다.

그녀는 가끔 기니스탄과 아이들 쪽으로 몸을 돌려 그릇 속에 손가락을 담갔다가 몇 방울의 맑은 물을 그들을 향해 뿌렸습니다. 그 맑은 물방울들이 유모와 아이 또는 요람에 닿는 순간, 그것들은 푸른 안개로 변해서 수천 가지의 희귀한 형상을 보여 주었으며 그 형상들은 계속해서 변하면서 그들의 주위를 떠돌았습니다. 그중의 한 방울이 우연히 서기한테 가서 떨어지면, 수많은 숫자와 기하학적 형상이 마루 위에 만들어졌습니다. 그러면 그는 그것들을 열심히 실에다 꿰어서 장식용으로 자신의 야윈 목에다 걸었습니다.

우아함과 매력의 현신처럼 생긴, 소년의 어머니도 자주 방에 들어왔습니다. 그녀는 늘 바빠 보였습니다. 그녀는 언제나 살림살이들을 들고 나갔습니다. 그 모습이 은근슬쩍 그녀의 행동을 주시하던, 의심 많은 서기의 눈에 들어오기만 하면 서기는 지체하지 않고 아무도 들어 주지 않는 훈시를 한참 동안 늘어놓았습니다. 모두들 그의 쓸데없는 훈시에 길이 든 것 같았습니다. 어머니는 잠시 어린 파벨에게 젖을 물렸습니다. 그러나 그녀는 곧 다시 바깥으로 불려 나갔고, 기니스탄이 아이를 돌려받았습니다. 아이는 유모의 젖을 빠는 것을 더 좋아하는 것 같았습니다.

갑자기 아버지가 궁전 뜰에서 주웠다고 하면서 우아한 모양의 쇠막대기를 들고 들어왔습니다. 서기는 그것을 유심히 살펴보고 힘차게 빙빙 돌려 보았습니다. 그 쇠막대기의 중간을 실에다 동여매 놓으면 저절로 북쪽을 가리킨다는 사실이 곧 밝혀졌습니다. 기니스탄도 그것을 손에 들고 휘어 보기도 하고 눌러 보기도 하고 입김을 불어 보기도 했습니다. 그렇게 해서 그녀는 그 쇠막대기를 갑자기 제 꼬리를 물어뜯는 뱀의 형상으로 만들었습니다. 서기는 곧 그것을 들여다보는 일이 지루해졌습니다. 그는 모든 것을 자세히 기록했습니다. 그는 이번 발견이 가져다줄 유용성에 대해 장황하게 늘어놓았습니다. 그러나 그가 기록한 글 모두 시험을 이겨 내지 못하고 그릇에서 종이를 꺼냈을 때 백지 상태가 된 것을 본 그는 정말화가 났습니다.

유모는 놀이를 계속했습니다. 그녀는 가끔 뱀으로 요람을 건드렸습니다. 그러자 소년이 깨어나기 시작했습니다. 그는 이불을 걷어차 버리고 한 손은 불빛을 향해, 그리고 다른 한 손은 뱀을 향해 뻗었습니다. 뱀을 손에 받아 든 순간, 그는 요람에서 힘차게 뛰어나왔습니다. 그 통에 기니스탄은 화들짝 놀랐고, 서기 역시 경악하여 하마터면 의자에서 굴러떨어질 뻔했습니다. 아이는 벌거벗은 채 긴 금빛 머리카락만을 몸에 늘어뜨리고 방에 서서 이루 말할 수 없이 기쁜 표정으로 보물을 들여다보았습니다. 그 뱀은 그의 손안에서 북쪽을 가리켰으며 그의 가슴속에 힘찬 열망을 불러일으키는 것 같았습니다. 그는 눈에 띄게 자라났습니다.

"조피." 그는 애처로운 목소리로 그 여자에게 말했습니다. "그릇의 물을 마시게 해 줘요."

그녀는 주저하지 않고 그에게 물그릇을 건네주었습니다. 그는 쉬지 않고 물을 마셨습니다. 아무리 마셔도 물그릇이 가득 차 있는 것처럼 보였기 때문입니다. 마침내 그는 그릇을 되돌려주고, 그 고상한 여인을 뜨겁게 포옹했습니다. 그는 기니스탄을 어루만지면서 그녀의 화려한 숄을 달라고 부탁했습니다. 그는 그것을 받아서 엉덩이에다 단정하게 둘렀습니다. 그는 어린 파벨을 데리고 놀았습니다. 어린 파벨은 그를 무척 좋아하는 것 같았습니다. 그러더니 더듬거리면서 말을 하기 시작했습니다. 기니스탄은 그의 호감을 끌려고 갖은 소란을 떨었습니다. 그녀는 아주 매력적인 모습이었는데 들떠 있는 것처럼 보였습니다. 그녀는 신부처럼 다정하게 그를 끌어당겨 가슴에 품었습니다. 은밀한 말을 속삭이면서 그녀는 그를 침실 문 쪽으로 이끌었습니다. 그러나 조피가 진지하게 손짓을 하며 뱀을 가리켰습니다. 그때 그의 어머니가 들어왔습니다. 그러자 그는 단숨에 달려가 그녀를 뜨거운 눈물로 맞이했습니다. 서기는 화를 내면서 방에서 나갔습니다.

아버지가 들어왔습니다. 어머니와 아들이 조용히 포옹하고 있는 것을 본 그는 그들 등 뒤에 있는 매력적인 기니스탄에게로 가서 그녀를 애무했습니다. 조피는 계단을 따라 올라갔습니다. 어린 파벨은 서기의 펜을 들고서 뭔가 쓰기 시작했습니다. 어머니와 아들은 조용히 속삭이느라 정신이 없었습니다. 그리고 아버지는 기니스탄과 함께 방 안으로 사라졌습니다. 그녀의 품에 안겨 하루의 피로를 풀기 위해서였습니다. 한참 뒤에 조피가 돌아왔습니다. 서기도 들어왔습니다. 아버지는 방에서 나와 다시 일을 하러 갔습니다. 기니스탄은 붉게 상기된 얼굴로 돌아왔습니다. 서기는 심한 욕설과 함께 어린 파벨을 자기 자리에서 쫓아냈습니다. 그는 물건들을 정리하는 데 한참 시간을 소비했습니다. 그는 파벨이 뭔가 잔뜩 써 놓은 종이들을 조피에게 건네주었습니다. 그것들이 백지 상태로 돌아오리라고 생각하면서 말입니다. 그러나 조피가 그 종이들을 물그릇에 담갔다가 반짝이는 글씨들이 하나도 손상되지 않은 상태로 그에게 건네주자, 그는 머리끝까지 화가 치솟았습니다. 파벨은 어머니의 품속으로 파고들었습니다. 그러자 그녀는 파벨에게 젖을 물려 주었습니다. 그리고 나서 그녀는 방 청소를 하고 창문들을 열어 신선한 바람이 들어오게 한 다음 맛있는 저녁 식사 준비를 했습니다.

창문 너머로 멋진 풍경과 땅 위에 펼쳐진 파란 하늘이 보였습니다. 뜰에서는 아버지가 일을 하느라 여념이 없었습니다. 일을 하다 지치면 그는 고개를 들어 창문을 올려다보았습니다. 그러면 그곳에 기니스탄이 서 있다가 온갖 맛있는 것들을 던져 주었습니다. 어머니와 아들은 모든 면에서 서로 도우면서 그들이 내린 결심을 실행할 준비를 하기 위해서 밖으로 나갔습니다. 서기는 계속해서 펜을 놀렸습니다. 그러다가 기니스탄에게 뭔가 물어봐야 할 때면 그는 인상을 찌푸렸습니다. 그녀는 기억력이 아주 좋아서 일어난 일은 무엇이든 다 기억했습니다.

에로스가 멋진 갑옷을 입고 금방 돌아왔습니다. 허리에는 화려한 숄을 마치 장식 띠처럼 매고 있었습니다. 그는 그의 여행을 언제 어떻게 하면 좋을지 조피에게 조언을 구했습니다. 서기는 주제넘게 당장 세세한 여행 계획까지 짜 주겠다며 나섰습니다. 그러나 그들은 그의 제안에 아무런 관심도 보이지 않았습니다.

"넌 지금 당장이라도 여행을 떠날 수 있어. 기니스탄을 길동무로 데리고 가도록 해." 조피가 말했습니다. "그녀는 길을 잘 알 뿐만 아니라 세상 어디건 모르는 곳이 없단다. 너를 유혹하지 않도록 그녀가 너의 어머니의 모습을 취하도록 하는 게 좋겠다. 왕을 찾거들랑, 날 생각하도록 해. 그러면 널 도우러 달려갈 테니까."

기니스탄은 어머니와 모습을 바꾸었습니다. 아버지는 그것에 대해 매우 만족하는 것 같았습니다. 서기는 두 사람이 떠나다는 사실에 기분이 좋았습니다. 특히 기니스탄이 작별 선물로 그 집안의 내력이 상세하게 적혀 있는 자신의 수첩을 그에게 주었기 때문입니다. 어린 파벨만이 그에게 눈엣가시로 남았습니다. 좀 마음 편하게 쉬기 위해서 그는 어린 파벨도 여행을 떠나는 사람들 틈에 끼어 주기를 더없이 바랐던 겁니다. 조피는 그녀 앞에 무릎을 꿇은 에로스와 기니스탄에게 축복의 말을 해 주었습니다. 그리고 그들에게 가지고 가라고 그릇에서 맑은 물을 퍼내어 조그만 용기에다 가득 담아 주었습니다.

어머니는 걱정이 많았습니다. 어린 파벨도 같이 가고 싶어 하는 데다가, 아버지는 바깥일로 너무 바빠서 그들의 출발에 신경 쓸 겨를이 없었거든요. 그들이 출발했을 때는 밤이었습니다. 하늘에는 높은 달이 떠 있었습니다.

"사랑하는 에로스." 기니스탄이 말했습니다. "우리 아버지에게 가려면 어서 서둘러야 해. 아버지는 오랫동안 나를 보지 못하셨어. 그래서 그분은 이 세상 어디서든 나를 사무치게 찾으셨어. 그분의 슬픔으로 주름진 창백한 얼굴이 보이지? 너의 증언이 낯선 모습을 한 나를 그분에게 알려 줄 거야."

사랑은 캄캄한 길을 걸어가야 했네,
오로지 창백한 달빛만을 받으면서.
저승의 문은 활짝 열려 있었네,
온갖 진귀한 것들로 장식되어 있었네.

푸른 안개가 사랑을
황금빛 테로 에워쌌네,
사랑은 상상력의 손에 이끌려
강과 들녘을 서둘러 누볐네.

사랑의 터질 듯한 가슴은
놀라운 용기로 더욱 부풀어 올랐네.
앞으로 다가올 기쁨에의 예감이
타오르는 불꽃을 알려 주었네.

그리움은 한탄만 할 뿐, 사랑이
다가오고 있음을 알지 못했네.
그리움의 얼굴에는 슬픔의
주름살만이 나날이 깊어 갔네.

작은 뱀은 끝까지 신의를 지켰네.
그래, 북쪽만을 가리켰네.
그래서 두 사람은 아무 걱정 없이
아름다운 안내자의 뒤만 따라갔네.

사랑은 황야를 지나,
그리고 구름의 땅을 누비며 갔네.
이윽고 달의 신의 뜰로 들어갔네,
달의 딸의 손을 잡고서.

달은 은빛 왕좌에 앉아 있었네,

그의 비통과 단둘이서.

그때 그의 귓전에 딸의 목소리가 들렸네,

그리고 그녀는 그의 품에 안겼네.

에로스는 사랑스레 얼싸안는 두 사람을 바라보자 눈시울이 붉어졌습니다. 충격에 빠졌던 노인은 마침내 마음을 가다듬고 손님을 향해 환영의 인사를 했습니다. 노인은 커다란 뿔피리를 집어 들고는 힘껏 불었습니다. 천둥이 치는 듯한 소리가 태고의 성을 울리며 메아리쳤습니다. 반짝이는 둥근 장식이 달린 뾰족탑들과 가파른 검은 지붕들이 흔들렸습니다. 그러나 성은 꿈쩍도 하지 않았습니다. 왜냐하면 성은 바다 위쪽에 있는 산등성이에 자리 잡고 있었기 때문입니다. 사방에서 노인의 시종들이 우르르 몰려나왔습니다. 그들의 기이한 모습과 옷 모양새를 보고 기니스탄은 무척 즐거워했습니다. 한편 용감한 에로스는 전혀 놀라지 않았습니다. 기니스탄은 그녀의 오랜 지인(知人)들[7]에게 인사를 했습니다. 그녀 앞에 나타난 그들은 모두 새롭게 힘을 얻어서 원래부터 타고난 천성을 마음껏 구가하는 것 같았습니다.

밀물의 소란스러운 정신 다음엔 조용한 썰물이 뒤따랐습니다. 늙은 허리케인들은 뜨거운 열정으로 들끓는 지진의 두근대는 가슴 위에 몸을 눕혔습니다. 점잖은 소나기는 일곱 색깔

---

7) 자연의 힘들을 말한다.

의 무지개를 두리번거리며 찾았습니다. 그때 무지개는 태양에서 멀리 떨어져 창백한 모습으로 서 있었습니다. 사실 무지개가 좋아하는 것은 태양이지요. 우락부락한 천둥은 무수한 구름 떼 뒤에서 번개들의 우둔함을 꾸짖었습니다. 구름 떼는 수천의 매력적인 모습으로 떠다니면서 불같은 젊은 번개들을 향해 손짓을 보냈습니다. 사랑스러운 두 자매인 아침과 저녁은 새로 온 두 손님을 맞아 무척 기뻐했습니다. 그들은 두 사람을 얼싸안으면서 기쁨의 눈물을 흘렸습니다. 이 기이한 궁전의 멋진 광경은 말로 다 표현할 수가 없었습니다.

늙은 왕은 딸의 얼굴을 아무리 바라보아도 싫증이 나지 않았습니다. 아버지의 성에 와 있으니 그녀는 열 배는 더 행복했습니다. 그리고 낯익은 경이로운 것들과 진귀한 것들을 아무리 구경해도 그녀는 피곤함을 느끼지 않았습니다. 그녀의 기쁨에는 끝이 없었습니다. 왜냐하면 왕이 자신의 보물 창고 열쇠를 주면서 그 안에서 에로스를 즐겁게 해 줄 수 있는 구경거리를 보여 줘도 된다고 허락해 주었기 때문입니다. 그만 나오라고 할 때까지 실컷 구경해도 좋다고 말입니다.

보물 창고는 하나의 커다란 정원이었습니다. 그 다채로움과 풍요로움은 어떤 말로도 다 표현할 수가 없었습니다. 거대한 날씨의 나무들[8] 사이로는 놀라운 건축술을 뽐내는 공중누각들이 헤아릴 수 없이 많이 서 있었습니다. 갈수록 더욱 훌륭한 것들이 나타났습니다. 은처럼 희거나 황금빛, 또는 장밋빛

---

8) 하늘을 향해 솟구쳐 있는 큰 구름 떼를 말한다.

털을 지닌 어린 양 떼들이 곳곳에 무리를 지어 다녔습니다. 작은 숲에는 야릇하게 생긴 짐승들이 살고 있었습니다. 가는 곳마다 기묘한 장면들이 연출되었습니다. 곳곳에 나타나는 축제의 행렬과 이상한 모습의 수레들은 보는 사람의 눈길을 끊임없이 끌어당겼습니다. 꽃밭은 온갖 색깔의 꽃들로 가득했습니다. 건물마다 온갖 무기와 이 세상에서 가장 아름다운 양탄자와 벽지와 커튼과 술잔과 집기와 연장으로 넘쳤습니다. 정리해 놓은 줄의 끝이 보이지 않을 정도로 말입니다.

언덕에 올랐을 때 그들은 한 낭만적인 나라를 발견했습니다. 그 나라는 온통 도시와 성과 사원과 무덤으로 뒤덮여 있었습니다. 그래서 사람들이 살고 있는 평원의 모든 아름다움과 사막과 험준한 산악 지대의 끔찍한 매력을 한 장면에 담아 보여 주었습니다. 온갖 것들이 멋지게 섞여 이 세상에서 가장 아름다운 색깔이 만들어졌습니다. 얼음과 눈으로 살짝 덮인 산꼭대기들은 모닥불처럼 반짝였습니다. 평원들은 갓 생겨난 파란 빛깔로 웃음을 터뜨렸습니다. 먼 곳은 온갖 뉘앙스를 풍기는 파란빛으로 스스로를 장식했습니다. 그리고 검은빛 바다에서는 수많은 함대 위에 꽂힌 셀 수 없이 많은 형형색색의 삼각 깃발들이 손짓했습니다.

뒤편에는 난파당한 배의 모습이 보였고, 앞쪽에는 소풍 나온 사람들이 모여 앉아 즐겁게 식사하는 모습이 보였습니다. 저편에는 끔찍스레 아름다운 화산의 분출과 지진의 참화가, 그리고 이편에는 나무 그늘 아래서 달콤하게 애무를 하고 있는 연인의 모습이 보였습니다. 한쪽에서는 끔찍한 전투가 벌어지고 있고, 그 아래쪽에는 우스꽝스럽기 짝이 없는 가면들로 가득 찬 무대가 있었습니다. 앞 편의 한쪽에는 관대 위에 한 젊은 여인의 시신이 놓여 있었고, 절망에 빠진 애인이 관대를 움켜잡고 있었으며, 옆에서는 부모가 울고 있었습니다. 저 멀리 배경에는 다정한 한 엄마가 아이에게 젖을 물리고 있었습니다. 천사들은 그녀의 발치에 앉아 있거나 위에 있는 나뭇가지에서 내려다보았습니다.

이 장면들은 끊임없이 바뀌었습니다. 그러다가 마침내 하나의 신비스럽고 웅장한 광경으로 합쳐졌습니다. 하늘과 땅이 대혼란에 빠졌습니다. 온갖 공포가 한꺼번에 터져 나왔습니다. 한 우렁찬 목소리가 무기를 잡으라고 외쳤습니다. 소름 끼치는 해골 군대가 검은 깃발을 앞세우고 시커먼 산등성이에서 마치 폭풍처럼 몰려 내려와, 밝은 평원에서 침략 따위는 꿈에도 생각지 못하고 젊은 무리와 함께 즐겁게 잔치를 벌이고 있던 생명을 공격했습니다. 끔찍한 소란이 일어나고, 땅이 부르르 떨었습니다. 폭풍우가 일고, 밤은 소름 끼치는 유성들로 환하게 밝혀졌습니다. 유령의 군대는 천인공노할 만큼 잔인하게 살아 있는 것들의 연약한 사지를 갈기갈기 찢었습니다. 화형용 장작더미가 하늘 높이 쌓아 올려지고, 끔찍하게 울부짖는 생명의 자식들을 화마가 삼켜 버렸습니다. 그때 갑자기 시커먼 잿더미에서 연푸른 강물이 사방으로 흘러나왔습니다. 유령들은 도망치려고 했습니다. 그러나 강물은 자꾸만 불어나 그 가증스러운 무리를 삼켜 버렸습니다. 모든 공포는 금세 남김없이 사라져 버렸습니다. 하늘과 땅은 하나가 되어 달콤한 음악을 만들어 냈습니다. 잔잔한 물결 위에는 눈부시게 아름다운 꽃 한 송이가 반짝이며 떠다녔습니다. 물 위로 아름다운 무지개가 떴습니다. 둥근 무지개의 양쪽으로 늘어선 화려한 왕좌에는 거룩한 형상들이 앉아 있었습니다. 가장 꼭대기에는 조피가 앉아 있는 것이었습니다. 손에는 물그릇을 들고서 한 멋진 남자 옆에 말입니다. 그 남자는 머리에는 느릅나무 화환을 쓰고 오른손에는 왕홀 대신에 평화의 종려나무를 들고 있었습니다. 떠다니는 꽃의 꽃받침 위에는 둥근 백합 잎사귀 하나가 놓여 있었습니다. 어린 파벨이 거기에 앉아 하프 소리에 맞추어 이 세상에서 가장 달콤한 노래를 불렀습니다. 꽃받침 속에는 다름 아닌 에로스 자신이 누워 있었습니다. 그는 잠들어 있는 한 소녀 위로 몸을 구부리고 있었고, 소녀는 양팔로 그를 꼭 끌어안고 있었습니다. 보다 작은 꽃이 그들을 감싼 채 오그라들었습니다. 그래서 그들은 엉덩이 쪽으로부터 시작해서 한 송이 꽃으로 모습이 바뀐 것 같았습니다.

에로스는 기니스탄에게 그지없이 황홀한 기분으로 감사했습니다. 그는 그녀를 다정하게 껴안았고, 그녀는 그의 애무에 기꺼이 응했습니다. 노독이 덜 풀려 피곤한 데다 다양한 일들을 직접 보고 난 뒤라 그는 편히 쉬고 싶었습니다. 이 아름다운 젊은이가 자신에게 푹 빠져 있는 것을 눈치챈 기니스탄은 조피가 그에게 가져가라고 준 물에 대해 말하는 것을 삼갔습니다. 그녀는 그를 한 외딴 목욕탕으로 데리고 가서 그의 갑옷을 벗겼습니다. 그리고 자신은 잠옷으로 갈아입었습니다. 잠옷을 입은 그녀는 낯설고 매력적으로 보였습니다. 에로스는 위험한 물결 속에 몸을 담갔다가 취한 눈길로 다시 올라왔습니다. 기니스탄은 그의 몸을 말려 주면서 젊음의 혈기로 팽팽해진 그의 탄탄한 사지를 문질러 주었습니다. 불타는 그리움에 그는 자신의 애인을 생각하면서 달콤한 상상 속에서 매력적인 기니스탄을 포옹했습니다. 그는 아무 걱정 없이 자신의 격한 사랑의 감정에 몸을 맡겼습니다. 육욕의 쾌락을 즐긴 뒤에 그는 마침내 그녀의 매력적인 가슴에 안기어 잠이 들었습니다.

한편, 고향에서는 슬픈 변화가 있었습니다. 서기가 집안의 하인들을 위험스러운 모반에 끌어들였던 겁니다. 적의에 찬 그의 마음은 오래전부터 집안의 권력을 휘어잡고 자신의 명에를 벗어던질 기회를 호시탐탐 노리고 있었습니다. 마침내 그는 그 기회를 잡았습니다. 제일 먼저 그의 추종자들은 어머니를 제압하고 그녀에게 쇠로 만든 족쇄를 채웠습니다. 아버지 역시 물과 빵을 먹다가 잡혀서 감금되었습니다. 어린 파벨은 방에서 소동 소리를 들었습니다. 파벨은 제단 뒤로 기어갔습니다. 제단 뒤쪽에 비밀의 문이 있는 것을 본 파벨은 잽싸게 문을 열었습니다. 아래로 난 계단이 보였습니다. 파벨은 다리쪽부터 몸을 집어넣은 뒤 문을 닫고서 어두컴컴한 계단을 따라 내려갔습니다. 서기는 우당탕 소리를 내며 방 안으로 뛰어들어왔습니다. 어린 파벨에게 복수를 하고 조피를 사로잡을 생각이었습니다. 그러나 두 사람은 보이지 않았습니다. 물그릇 역시 보이지 않았습니다. 끓어오르는 분을 참지 못해서 그는 제단을 산산조각 내 버렸습니다. 그렇지만 비밀 계단은 발견하지 못했습니다.

어린 파벨은 한참을 내려갔습니다. 마침내 넓은 공간이 나왔습니다. 주위에는 웅장한 기둥들이 서 있고, 우람한 문에 의해 차단되어 있었습니다. 그곳에선 모든 형상들이 어두웠습니다. 대기는 하나의 거대한 그림자 같았습니다. 하늘에는 검은빛을 던지는 물체가 떠 있었습니다. 그렇지만 모든 것을 뚜렷이 구별할 수 있었습니다. 왜냐하면 모든 형체마다 검은색의 뉘앙스가 달랐기 때문입니다. 그리고 형체마다 제 뒤편에 밝은 빛을 던졌습니다. 이곳에선 빛과 그림자가 역할을 바꾼 것 같았습니다. 파벨은 새로운 세계에 온 것이 기뻤습니다. 파벨은 모든 것을 아이다운 호기심으로 쳐다보았습니다. 마침내 파벨은 그 우람한 문이 있는 곳까지 다다랐습니다. 문 앞의 육중한 주춧돌 위에는 아름다운 스핑크스가 앉아 있었습니다.

"뭘 찾니?" 스핑크스가 말했습니다.

"내 물건." 파벨이 대답했습니다.

"넌 어디서 왔니?"

"까마득한 옛날에서."

"넌 아직 어린애구나."

"난 영원히 어린애로 남을 거야."

"누가 너를 돕니?"

"난 나 스스로를 도와. 내 자매들[9]은 어디 있지?" 파벨이 물

---

9) 운명의 여신들을 말한다.

었습니다.

"어디에도 있고 어디에도 없어." 스핑크스가 대답했습니다.

"넌 날 알아?"

"아직 몰라."

"사랑은 어디 있지?"

"상상 속에."

"그렇다면 조피는?"

스핑크스는 알아들을 수 없는 말을 혼자 중얼거리더니 날개를 퍼덕거렸습니다.

"조피와 사랑은." 파벨은 의기양양하게 소리치고서 그 육중한 문을 통과했습니다.

파벨은 어마어마하게 큰 동굴 안으로 들어섰습니다. 그러고는 늙은 자매들을 향해 갔습니다. 그들은 어둠을 내뿜는 등불이 타고 있는 궁색한 밤에 그들만의 진귀한 일을 하고 있었습니다. 그들은 어린 손님을 보지 못한 것처럼 행동했습니다. 그 어린 손님은 돌아가면서 그들 하나하나를 어여쁘게 어루만졌습니다. 마침내 그들 중 하나가 흘겨보면서 거친 말투로 이렇게 물었습니다.

"너 여기서 뭘 하는 거니, 이 게으른 것아? 누가 널 들여보냈어? 네가 파닥거리고 뛰어다니니까 우리의 조용한 불꽃이 깜박거리잖아. 괜히 기름만 타고 있어. 좀 가만히 앉아 있지 않을래?"

"예쁜 언니." 파벨이 말했습니다. "난 게으름 따위와는 거리가 멀어. 난 너희들의 그 문지기 때문에 우스워 죽을 뻔했어.

그는 날 한번 안아 보고 싶었을 거야. 그런데 뭘 그렇게 많이 먹었는지 일어서질 못했어. 날 너희들의 문 앞에 앉게 해 줘. 그리고 뜨개질 거리도 좀 주고. 이곳에선 눈이 잘 보이질 않아. 뜨개질을 할 때 나는 노래를 부르고 잡담을 해야 해. 그러면 너희들의 그 깊은 사색이 방해를 받을 거야."

"넌 밖으로 나갈 수는 없어. 그렇지만 옆방에는 바위 틈새로 지상의 햇살이 스며들어. 네가 뜨개질을 그렇게 잘할 수 있다면 그 방에 가서 한번 해 봐. 이곳엔 낡은 자투리들이 산더미처럼 쌓여 있어. 한번 그것들을 비틀어서 실을 짜 봐. 그렇지만 조심해. 만약에 네가 빈둥거리거나, 실이 끊어지면 실타래가 너를 칭칭 감아서 질식시켜 죽일 테니까."

노파는 음험하게 웃더니 실을 잣는 일을 계속했습니다. 파벨은 실타래를 한 아름 모아 들고 물레의 가락과 굴대를 들고서 흥얼대며 옆방으로 깡충대며 뛰어갔습니다. 파벨은 바위 틈새로 하늘을 올려다보았습니다. 불사조자리가 보였습니다. 좋은 징조라고 기뻐하면서 파벨은 신나게 실을 잣기 시작했습니다. 파벨은 문을 조금 열어 놓고서 나직한 목소리로 이렇게 노래했습니다.

너희들의 방에서 깨어나라,
너희 옛 시간의 자식들아,
너희들의 잠자리를 떠나라,
아침이 멀지 않았으니.

나는 너희들의 여러 가닥의 실을
단 하나의 실타래로 짜 넣는다.
반목의 시대는 끝났으니,
너희들은 한 가지 삶을 살리라.

개체는 전체 속에 살고,
전체는 개체 속에 살리라.
너희 가슴속의 심장은 부풀어 오르리라,
단 하나의 삶의 입김을 받아.

너희 아직은 영혼에 지나지 않지만,
꿈과 마법에 지나지 않지만.
공포를 불러일으키며 동굴로 가라,
가서 그 성스러운 세 여인을 놀려라.

물레의 가락은 파벨의 조그만 발 사이에서 믿을 수 없을 정
도로 빠르게 빙글빙글 돌았고, 그사이에 파벨은 두 손으로 섬
세한 실을 꼬았습니다. 파벨이 노래를 부르는 동안 수없이 많
은 불꽃들이 나타났습니다. 그것들은 문틈으로 기어 들어와
끔찍한 요괴의 형상을 하고 동굴 곳곳에 퍼졌습니다. 그러는
동안 노파들은 계속해서 심술궂은 표정으로 실을 잣고 있었
습니다. 그러면서 어린 파벨의 처량한 비명 소리가 들려오기
만을 기다렸습니다. 그러나 그들은 소스라치게 놀라고 말았
습니다. 느닷없이 끔찍하게 생긴 코 하나가 그들의 어깨 너머

로 쳐다보고 있는 게 아니겠습니까. 사방을 둘러보니 동굴 안은 혐오스럽게 생긴 요괴들로 꽉 차 있었습니다. 그것들은 온갖 나쁜 짓을 저지르고 있었습니다. 노파들은 서로의 몸을 끌어안았습니다. 그리고 괴성을 마구 질러 댔습니다. 바로 그 순간에 서기가 만드라고라[10]를 손에 들고 동굴 안으로 들어오지 않았더라면, 그들은 너무나 놀라서 돌이 되어 버렸을 겁니다. 작은 빛살들이 바위틈으로 기어들어 왔습니다. 동굴은 아주 환해졌습니다. 소동 중에 검은 램프가 쓰러져 꺼져 버렸기 때문입니다.

노파들은 서기가 오는 소리를 듣고 기뻤습니다. 그렇지만 어린 파벨에 대해서는 머리끝까지 화가 치밀어 올랐습니다. 그들은 파벨을 불러내 혼쭐을 내 주고 더 이상 실을 잣지 못하게 했습니다. 서기는 능글맞은 웃음을 흘렸습니다. 이제 드디어 어린 파벨을 손아귀에 넣게 되었다고 생각했거든요. 그는 이렇게 말했습니다.

"네가 이곳에 와서 일하는 법을 배우다니 정말 대견스럽구나. 벌도 많이 받았으면 좋겠다. 너의 훌륭한 정신이 널 이곳으로 이끈 거야. 오래 살면서 많이 즐기길 바란다."

"당신의 호의에 감사드려요." 파벨이 말했습니다. "당신이 그동안 잘 지냈다는 것을 보여 주는군요. 이제 당신에게 필요한 것은 모래시계와 작은 낫이에요. 그러면 당신은 여기 멋진 언니들의 남동생처럼 보일 텐데요. 오리의 깃촉이 필요하거든 그

---

10) 고대부터 마법의 힘을 지닌 것으로 알려진 덩이뿌리 식물.

들의 뺨에 난 솜털을 한 움큼 뽑아서 쓰세요.”

서기가 파벨에게 달려들 기세를 보였습니다. 그러자 파벨은 미소를 지으면서 말했습니다.

“당신의 그 멋진 머리카락과 영리한 눈이 아깝거든 조심하도록 해요. 내 손톱을 기억해 둬요. 당신은 그 이상은 잃을 것이 없으니까.”

그는 분을 참으면서 노파들 쪽으로 관심을 돌렸습니다. 노파들은 그때 눈을 씻고서 사방을 더듬거리며 그들의 물레 가락을 찾았습니다. 그러나 등불이 꺼졌기 때문에 그들은 아무것도 찾을 수 없었습니다. 파벨을 향해 욕설만 퍼부었을 뿐입니다.

“어서 저 애를 보내 등잔에 넣을 기름을 만들게 독거미나 잡아 오라고 하지 그래요?” 그가 음험하게 말했습니다. “난 당신들을 위해 이렇게 말해 줄 생각이었어요. 에로스가 사방으로 쉴 새 없이 날아다니고 있으니까 당신들의 가위질도 바빠질 거라고요. 틈날 때마다 운명의 실들을 더 길게 자으라고 강요하던 에로스의 어머니는 내일이면 불꽃의 밥이 될 겁니다.”

이 말을 듣고 파벨이 눈물을 흘리는 것을 본 그는 억지로 웃음을 터뜨리려고 자신의 갈비뼈를 긁었습니다. 그는 만드라고라 뿌리 한 조각을 노파한테 주고서 경멸조로 코를 찌푸리며 그곳을 떠났습니다. 노파들은 파벨을 향해 화난 목소리로 기름이 아직 남아 있는지는 보지도 않고 냉큼 가서 독거미를 잡아 오라고 명령했습니다. 파벨은 서둘러 갔습니다. 파벨은 문을 여는 척한 다음 다시 문을 쾅 소리가 나도록 닫고서 살금살금 동굴 안쪽으로 갔습니다. 그곳엔 사다리가 매달려 있었습니다. 파벨은 사다리를 타고 얼른 올라갔습니다. 이윽고 뚜껑문이 나타났습니다. 그것은 아르크투르스 왕의 방문과 통하는 문이었습니다.

파벨이 그 방에 들어갔을 때 왕은 그의 시종들[11]에 둘러싸인 채 앉아 있었습니다. 북방의 왕관[12]이 그의 머리를 장식하고 있었습니다. 왼손에는 백합을, 그리고 오른손에는 저울[13]을 들고 있었습니다. 그의 발치에는 독수리와 사자[14]가 앉아 있었습니다. 파벨은 그에게 공손히 머리를 조아리고서 말했습니다. "탄탄한 폐하의 옥좌 만세! 폐하의 아픈 가슴에 즐거운 소식이 깃들기를! 지혜[15]가 어서 돌아오기를! 영원히 평화[16]를 향해 눈 뜨기를! 쉴 틈 없는 사랑[17]에는 휴식을! 가슴에는 변용이 있기를! 고대는 영원하기를! 미래는 형체를 갖기를!"

왕은 자신의 훤한 이마를 백합으로 쓰다듬었습니다. "무슨 부탁이든 들어주겠다."

"저는 먼저 세 가지 부탁을 하겠습니다. 제가 네 번째 부탁을 할 즈음이면 에로스가 문 앞에 와 있을 것입니다. 어서 제

---

11) 별자리들을 뜻한다.
12) 별자리 중 왕관자리를 뜻한다.
13) 저울자리를 뜻한다. 정의의 상징.
14) 독수리자리와 사자자리를 뜻한다. 왕의 권능의 상징.
15) 조피를 뜻한다.
16) 프라이아를 뜻한다.
17) 에로스를 뜻한다.

게 류트를 주십시오."

"에리다누스[18]! 어서 류트를 가져오너라." 왕이 소리쳤습니다. 에리다누스는 천장에서 콸콸대며 쏟아져 내렸습니다. 파벨은 반짝이는 에리다누스의 물결에서 얼른 류트를 꺼냈습니다.

파벨은 몇 번이나 예언을 하는 풍으로 류트를 뜯었습니다. 왕은 파벨에게 잔을 하나 건네주라고 말했습니다. 물을 몇 모금 마신 뒤 파벨은 서둘러 감사의 말을 읊었습니다. 파벨은 류트로 즐거운 음악을 연주하면서 얼음 바다 위를 멋지게 지치며 나아갔습니다.

파벨의 발밑에서 얼음이 더없이 아름다운 소리를 냈습니다. 슬픔의 바위는 그 소리가 애타게 찾던 자기 아이들이 돌아오는 소리라고 생각하고서 수천 번의 메아리로 대답했습니다.

파벨은 곧 해안가에 도착했습니다. 파벨은 자신의 어머니를 만났습니다. 어머니는 지치고 창백해 보였습니다. 몸이 홀쭉해지고 침통해 보였습니다. 그녀의 고상한 얼굴에는 절망 어린 슬픔과 감동적인 지조의 흔적이 엿보였습니다.

"어머니, 무슨 일이 있었나요?" 파벨이 말했습니다. "전과 너무 달라 보이세요. 어머니 특유의 체취가 아니었더라면, 어머니를 알아보지 못할 뻔했어요. 제가 어머니의 젖을 먹고 다시 힘을 낼 수 있기를 얼마나 바랐는지 몰라요. 어머니가 정말 보고 싶었어요."

---

18) 에리다누스강자리를 뜻한다.

기니스탄은 파벨을 사랑스레 어루만져 주었다. 기니스탄은 한결 기분이 좋아지고 다정해진 것 같았다. 그녀가 말했다.

　"난 서기가 널 붙잡지 못할 거라고 바로 생각했다. 네 얼굴을 보니 힘이 나는구나. 지금 난 몸이 몹시 좋지 않아. 그렇지만 곧 좋아질 거야. 좀 쉬어야겠구나. 에로스가 근처에 와 있어. 그를 보거들랑 무슨 말이든 하도록 해라. 그러면 그는 잠시 머물 거야. 그사이에 넌 내 젖가슴에 와서 누워라. 내가 가진 것을 줄 테니."

　그녀는 어린 파벨을 무릎 위에 올려놓고 젖을 물린 다음 젖을 빠는 어린 것을 내려다보며 미소를 지으면서 계속해서 말했다.

　"에로스가 저렇게 거칠고 변덕스러워진 것은 다 내 책임이야. 그렇지만 난 후회하지 않아. 왜냐하면 그의 품에서 보낸 시간은 내게 영원한 생명을 불어넣어 주었거든. 불같은 그의 애무에 나는 그만 녹아서 사라지는 줄 알았어. 하늘에서 내려온 도적처럼 그는 나를 잔인하게 망가뜨려 놓고서 바르르 떨고 있는 자신의 제물을 내려다보면서 자랑스레 승리감을 만끽하려는 것 같았어.

　우리는 금지된 흥분 상태에서 늦게 깨어났어. 깨어나 보니 모든 것이 이상하게 바뀌어 있었어. 새하얀 긴 날개가 그의 하얀 어깨와 매력적인 탄탄한 몸을 덮고 있었어. 그토록 갑자기 평평 쏟아져 나와 그를 소년에서 청년으로 만들어 주었던 힘이 이제는 찬란한 날개 쪽으로 몰려간 것 같았어. 그리고 그는 다시 소년이 되어 있었어. 그의 얼굴에 서려 있던 진지한 열정은 도깨비불의 까불대는 불빛으로, 성스러운 진지함은 거짓투성이의 장난기로, 의미심장한 평정은 유치하기 짝이 없는 변덕으로, 고상하던 행동거지는 우스꽝스러운 명랑함으로 바뀌어 있었어. 나는 진지한 열정에 휩쓸려 나도 모르게 그 까불대는 소년에게 이끌렸어. 그의 미소에 깃든 조소와 아무리 매달려도 내 말을 들어 주지 않는 그의 무관심에 깊이 마음이 상했어. 나는 내 모습이 바뀌었음을 깨달았어. 근심 걱정 모르던 쾌활한 성격은 사라지고, 그 자리엔 비통한 근심과 연약한 수줍음이 들어서 있었어. 나는 사람들의 눈을 피해 에로스와 함께 도망치고 싶었어. 나는 나를 업신여기는 그의 눈동자를 똑바로 쳐다볼 용기가 없었어. 너무나 부끄럽고 창피했어. 나는 에로스에 대한 생각밖에 없었어. 목숨을 바쳐서라도 그의 버릇없는 태도를 고쳐 주고 싶었어. 그가 나의 모든 감정을 상하게 했지만, 나는 그를 사모하지 않을 수 없었어.

제발 내 곁에 있어 달라고 뜨거운 눈물로 호소했건만 그가 나를 버리고 떠난 뒤로 나는 세상 어디든 그가 있는 곳이면 모조리 찾아다녔어. 그는 정말로 나를 놀리려는 것 같았어. 내가 그를 따라잡았다 싶으면 그는 짓궂게 다시 날아가 버렸지. 그의 활은 세상 도처를 유린했어. 내가 할 수 있는 일이란 불행에 빠진 사람들을 돕는 것뿐이었지. 하지만 사실 나도 위안이 필요했어. 나를 찾는 그들의 목소리는 그가 어느 길로 갔는지 알려 주었어. 내가 다시 그들을 두고 떠나야 할 때마다 그들의 애처로운 목소리는 내 가슴을 에는 것 같았어. 서기는 엄청난 분노에 사로잡혀 우리를 뒤쫓으면서 에로스에 의해 고통을 겪고 있는 불쌍한 사람들에게 복수를 하고 있어.

그 신비스러운 밤에 맺은 열매는 바로 수많은 특별한 아이들[19]이야. 그들은 할아버지와 얼굴도 비슷하고, 이름도 할아버지를 따라 지었어. 자신들의 아버지처럼 날개가 달린 그들은 항상 에로스의 뒤를 따라다니면서 그의 화살에 맞은 불쌍한 사람들을 괴롭혀. 그렇지만 저기 일군의 행복한 사람들이 오고 있어. 나는 떠나야 해. 잘 있어, 사랑하는 내 아이야. 그가 가까이 와 있으니 나의 열정이 타오르는구나. 네 일이 잘되기를 바란다."

에로스는 자기를 향해 허겁지겁 다가오는 기니스탄에게 다정한 눈길 한번 주지 않은 채 계속해서 걸어갔습니다. 그렇지만 파벨에게는 친절하게 대해 주었습니다. 그러자 그의 어린 동행자들은 파벨의 주위를 돌면서 즐겁게 춤을 추었습니다. 파벨은 자신의 젖남매를 다시 보게 되어 기뻤습니다. 파벨은 류트를 켜면서 쾌활하게 노래를 불렀습니다. 에로스는 뭔가 골똘히 생각하려는 듯 활을 내려놓았습니다. 그의 어린 친구들은 풀밭에서 잠이 들었습니다. 기니스탄은 그를 붙잡을 수 있었습니다. 그리고 그는 그녀의 부드러운 애무의 손길을 그냥 두었습니다. 마침내 에로스는 꾸벅꾸벅 졸기 시작했습니다. 그러더니 기니스탄의 품속으로 파고들어 이내 잠이 들었습니다. 날개를 그녀의 몸 위에 활짝 펼쳐놓은 채로 말입니다. 지친 기니스탄은 너무나 기뻤습니다. 그래서 잠에 빠진 애인에

---

19) 에로스와 기니스탄 사이에서 태어난 동신(童神)들을 뜻한다.

게서 잠시도 눈길을 뗄 수가 없었습니다. 노랫소리가 들리는 동안 사방에서 독거미들이 나타났습니다. 그것들은 풀줄기 위에다 반짝이는 거미줄을 쳐 놓고서 박자에 맞추어 실을 타고서 경쾌하게 움직였습니다. 이번엔 파벨이 그녀의 어머니를 안심시키면서 곧 도와주겠다고 약속했습니다. 바위 벼랑에서 음악 소리가 부드럽게 메아리쳤습니다. 그 소리는 잠에 빠진 존재들을 얼러 주었습니다. 기니스탄은 잘 간수해 온 작은 그릇에서 몇 방울의 물을 허공으로 뿌렸습니다. 그러자 이 세상에서 가장 달콤한 꿈이 그들을 엄습했습니다. 파벨은 그 그릇을 들고 여행을 계속했습니다. 파벨의 류트는 쉬지 않았습니다. 독거미들은 거미줄을 재빨리 짜면서 그 매혹적인 소리의 뒤를 따라갔습니다.

파벨은 곧 저 멀리 화형용 장작더미의 불꽃이 푸른 숲 위로 높이 치솟는 것을 보았습니다. 파벨은 슬픈 눈빛으로 하늘을 쳐다보았습니다. 그때 파벨은 조피의 푸른 베일을 발견하고 기뻐했습니다. 조피의 베일은 땅 위에 떠서 펄럭이며 거대한 무덤을 영원히 덮고 있었습니다. 태양은 분노로 시뻘게진 얼굴로 하늘에 떠 있었습니다. 장작더미의 힘찬 불꽃은 탈취해 온 햇살을 빨아 먹었습니다. 아무리 열심히 자신의 빛살을 잡아 두려고 해도, 태양은 점점 더 창백해졌으며 얼룩덜룩한 반점이 생겼습니다. 불꽃이 더욱 힘을 얻고 하얗게 빛날수록, 태양의 빛깔은 점점 더 퇴색되었습니다. 불꽃은 더욱더 세차게 햇살을 빨아 먹었습니다. 얼마 지나지 않아 태양의 광휘는 다 먹히고 말았습니다. 태양은 이제 흐릿하게 빛나는 원판 모양으로 남은 것이 고작이었습니다. 태양이 자꾸만 질투하거나 버럭 화를 내면 도망치는 햇살의 물결만 늘어날 뿐이었습니다.

마침내 태양은 시커멓게 타 버린 찌꺼기만 남게 되었습니다. 그 찌꺼기는 바다로 떨어졌습니다. 장작더미의 불꽃은 말로 표현할 수 없을 만큼 찬란해졌습니다. 화형용 장작더미는 다 타고 없었습니다. 불꽃은 천천히 하늘로 올라가 북쪽을 향해 갔습니다.

파벨은 궁전의 뜰로 들어섰습니다. 인적이 없는 것 같았습니다. 그동안 궁전은 폐허가 되어 버렸습니다. 창문의 문틀에는 가시나무 덤불이 자라고, 부서진 계단 주위에는 온갖 종류의 해충들이 기어 다니고 있었습니다. 방에서 소란스럽게 떠드는 소리가 들렸습니다. 서기와 그의 추종자들이 어머니를 불에 태워 죽이는 광경을 보고 좋아하다가 태양이 사라지는 것을 알아차리고 소스라치게 놀랐던 겁니다.

그들은 불길을 끄려고 낑낑댔지만 헛수고였습니다. 그 와중에 그들 역시 피해를 입지 않을 수 없었습니다. 고통과 공포는 그들의 입에서 끔찍한 욕설과 비탄이 흘러나오게 했습니다. 그들은 파벨이 방에 들어섰을 때 더욱 소스라치게 놀랐습니다. 그들은 자신들의 분노를 파벨에게 앙갚음하려고 고래고래 소리를 지르며 파벨을 향해 달려들었습니다. 파벨은 요람 뒤쪽으로 살그머니 도망쳤습니다. 파벨을 뒤쫓던 자들은 막무가내로 독거미의 거미집을 향해 돌진했습니다. 독거미들은 그들을 수없이 물어 복수했습니다. 독거미 떼들은 이제 미친 듯이 춤을 추기 시작했고, 거기에 맞춰서 파벨은 흥겨운 노래를 연주했습니다. 우스꽝스럽기 짝이 없는 그들의 얼굴 모습을 보고 깔깔대고 웃으면서 파벨은 제단의 잔해 쪽으로 가서, 잔해를 치우고 숨겨진 계단을 찾아냈습니다. 파벨은 독거미 떼를 거느리고 계단을 타고 내려갔습니다. 스핑크스가 물었습니다.

"번개보다 빠른 게 뭐지?"

"그야 복수지." 파벨이 말했습니다.

"이 세상에서 가장 덧없는 게 뭐지?"

"부당하게 얻은 재물."

"세상을 아는 사람은 누구지?"

"그야 자기 자신을 아는 사람이지."

"영원한 비밀은 뭐지?"

"사랑이지."

"그것은 누구와 함께 있지?"

"조피."

스핑크스는 시무룩하게 허리를 굽혔고, 파벨은 동굴 안으로 들어갔습니다.

"여기 너희들을 위해 독거미들을 가져왔다." 파벨은 그사이에 다시 등잔에 불을 붙여 놓고 열심히 일을 하고 있던 노파들에게 말했습니다. 그들은 화들짝 놀랐습니다. 그중 한 노파가 가위를 들고 파벨을 향해 달려갔습니다. 파벨을 찌를 참이었습니다. 그 노파는 부지중에 독거미 한 마리를 밟았습니다. 그러자 독거미는 그녀의 발을 독침으로 찔러 버렸습니다. 그녀는 죽어라고 비명을 질러 댔습니다. 그녀를 도와주려고 다른 노파들도 달려들었다가 그들 역시 화난 독거미들에게 독침을 맞고 말았습니다. 이제 그들은 파벨에게 폭력을 쓸 수가 없게 되었습니다. 미친 듯이 이리저리 날뛰는 게 고작이었습니다.

"어서 우리를 위해 가벼운 무용복을 짜 줘." 그들은 어린 파벨을 향해 고래고래 소리를 질렀습니다. "이 뻣뻣한 치마를 입고서는 움직일 수조차 없어. 그리고 더워서 죽을 지경이야. 그렇지만 실이 끊어지지 않도록 먼저 거미즙에 담가 부드럽게 해야 한다. 그리고 불에서 자란 꽃들도 꿰매 넣도록 해. 그렇게 하지 않으면 넌 죽은 목숨인 줄 알아."

"기꺼이 그렇게 하지." 파벨은 그렇게 대답하고서 옆방으로 갔습니다.

"너희들에게 크고 살찐 파리 세 마리를 구해 줄게." 파벨은 천장과 벽 곳곳의 허공에다 거미집을 만들어 놓은 왕거미들을 찾아가 말했습니다. "대신 너희들은 날 위해 당장 예쁘고 가벼운 옷 세 벌을 짜 주어야 해. 거기에다 꿰매 넣을 꽃은 내가 당장 가서 구해 올 테니까."

왕거미들은 좋다고 말한 뒤 서둘러 옷을 짜기 시작했습니다. 파벨은 사다리가 있는 곳으로 살그머니 도망쳐 아르크투르스 왕을 찾아갔습니다.

"폐하." 파벨이 말했습니다. "악한 자들은 춤을 추고 있고, 착한 자들은 쉬고 있어요. 불이 도착했나요?"

"불은 도착했다." 왕이 말했습니다. "밤은 지나가고, 얼음이 녹고 있다. 내 아내의 모습이 저 멀리 보인다. 나의 적[20]은 불에 타 죽었다. 만물이 살아나기 시작했어. 아직 내 모습을 내 보이면 안 돼. 혼자 있는 왕은 왕이라고 할 수 없거든. 원하는 게 뭔지 어서 말해라."

"저는 불에서 자란 꽃들이 필요합니다." 파벨이 말했습니다. "폐하께는 그런 꽃을 키울 줄 아는 정원사가 있는 걸로 알고 있습니다."

"칭크야." 왕이 소리쳤습니다. "어서 꽃을 가져오너라."

꽃을 가꾸는 정원사가 시종의 열에서 앞으로 나와 불이 활활 타고 있는 화분에다가 반짝이는 마른 씨앗 가루를 뿌렸습니다. 잠시 후 꽃들이 피어올랐습니다. 파벨은 그 꽃들을 앞치마에 담아 돌아갔습니다. 거미들은 열심히 일했습니다. 이제 꽃만 꿰매 넣으면 되었습니다. 그 일도 그들은 아주 멋지게 순식간에 해치웠습니다. 파벨은 실의 끄트머리가 끊어지지 않도록 조심했습니다. 실 끄트머리들은 아직도 거미들과 연결되어 있었습니다.

파벨은 그 옷들을 지쳐 있는 그 무희들에게 갖다주었습니다. 그들은 땀방울을 뚝뚝 떨어뜨리면서 쓰러졌습니다. 잠시 후 그들은 생전 겪어 보지 못한 고통에서 원기를 회복했습니다. 파벨은 능수능란한 솜씨로 가죽뿐인 미인들의 옷을 벗겼습니다. 그 몸을 보고 어린 하녀의 욕설이 빠질 리 없지요. 그런 다음 파벨은 그들에게 새 옷을 입혔습니다. 새 옷은 아주

---

20) 별들의 빛을 창백하게 만드는 태양을 말한다.

깔끔하게 만들어져서 기가 막히게 몸에 잘 맞았습니다. 이 일을 하면서 파벨은 여주인들의 매력과 친절한 품성을 칭찬했습니다. 노파들은 파벨의 아첨과 멋진 옷 때문에 정말로 기분이 좋아진 것 같았습니다. 그사이에 그들은 호흡을 회복했습니다. 그들은 춤을 추고 싶은 새로운 욕망에 사로잡혀 주위를 경쾌하게 빙빙 돌기 시작했습니다. 그러면서 그들은 어린 소녀에게 장수(長壽)와 큰 포상을 내리겠다는 믿을 수 없는 약속을 했습니다. 파벨은 방으로 되돌아가 왕거미들에게 말했습니다.

"너희들은 이제 내가 너희들의 거미집으로 몰아넣은 파리들을 마음껏 먹어 치울 수 있게 됐다."

거미줄을 밀치고 당기는 통에 거미들은 벌써부터 조바심이 나서 죽을 지경이었습니다. 거미줄의 끄트머리가 아직 그들 속에 있는 데다가 노파들이 너무나 미친 듯이 뛰어다녔기 때문입니다. 그래서 거미들은 달려 나가 무희들을 덮쳤습니다. 무희들은 가위를 가지고 방어를 해 보려고 했습니다. 그러나 가위는 이미 파벨이 몰래 치워 버리고 없었습니다. 그렇게 해서 그들은 굶주린 수공업 동료들의 밥이 되고 말았습니다. 그렇게 맛있는 음식은 참으로 오랜만에 맛보는 것이었습니다. 거미들은 그들의 골수까지 다 빨아 마셨습니다. 파벨은 바위틈으로 하늘을 보았습니다. 그러자 커다란 쇠 방패를 들고 있는 페르세우스[21]의 모습이 보였습니다. 가위가 제힘으로 그의 방

---

21) 북쪽 하늘에 있는 별자리 이름. 그리스 신화에서 제우스와 다나에 사이

패를 향해 날아갔습니다. 파벨은 그에게 그 가위로 에로스의 날개를 잘라 달라고 부탁했습니다. 그런 다음 그의 방패로 노파들을 영원하게 만들고, 그렇게 해서 그의 위대한 작업을 끝내라고 부탁했습니다.

파벨은 이제 지하 세계를 떠나 즐거운 마음으로 아르크투르스의 궁전으로 올라갔습니다.

"아마천은 다 짜졌어요. 생명이 없는 존재는 다시 생명을 잃었어요. 생명이 있는 존재가 다스리고, 생명이 없는 존재를 만들고 이용할 거예요. 안에 있는 것은 드러날 것이고, 바깥에 있는 것은 숨겨질 거예요. 장막은 올라가고, 드라마는 시작될 거예요. 다시 한번 청원합니다. 저는 영원의 날들을 짜겠습니다."

"행운의 아이야." 왕이 감동받은 말투로 말했습니다. "너는 우리의 구원자로구나."

"저는 조피의 대자녀일 뿐이에요." 어린 소녀가 말했습니다. "꽃 정원사인 투르말린과 황금이 저를 동반할 수 있도록 허락해 주십시오. 저는 양어머니의 재를 모아야 해요. 옛날의 짐꾼[22]이 다시 일어나야 해요. 그렇게 해서 지구가 다시 한번 둥둥 떠다녀야 하고, 더 이상 혼돈에 처해서는 안 됩니다."

왕은 그들 셋을 모두 불러 어린 파벨과 동행하라고 명령했습니다. 도시는 생기로 빛나고, 거리마다 활기가 넘쳤습니다.

에서 태어난 아들로, 메두사의 머리를 잘라서 아테나의 방패에다 붙여 놓은 인물이다.
22) 그리스 신화에서 하늘을 떠받들고 있는 아틀라스.

바다는 쏴아 소리와 함께 속이 빈 절벽에 와서 부딪혔습니다. 파벨은 동행자들과 함께 왕이 내준 마차를 타고 바다를 건너 갔습니다. 투르말린은 바람에 날리는 재를 조심스럽게 모았습니다. 그들은 지구를 한 바퀴 돌았습니다. 그러던 중 그들은 늙은 거인이 있는 곳까지 이르게 되었습니다. 그들은 그 거인의 어깨를 타고 내려갔습니다. 그는 벼락을 맞았는지 사지를 전혀 움직이지 못했습니다. 황금은 그의 입안에다 동전 한 닢을 넣어 주었고, 정원사는 그의 허리 밑에다 대야를 하나 갖다 댔습니다. 파벨은 그의 눈을 건드리고 나서 작은 그릇에 담긴 물을 그의 이마 위에다 부었습니다. 물이 눈을 거쳐 입으로 흘러 들어갔다가 입을 거쳐 다시 대야로 떨어지자 그의 모든 근육 속에서는 생명의 섬광이 진동했습니다. 그는 눈을 번쩍 뜨더니 힘차게 일어났습니다. 파벨은 자신의 동행인들이 있는, 떠오르는 지구 쪽으로 가서 그를 향해 다정하게 아침 인사를 건넸습니다.

"너 여기 또 왔니, 사랑스러운 아이야?" 늙은 거인이 말했습니다. "난 늘 네 꿈을 꿨어. 난 나의 지구와 눈이 너무 무거워지기 전에 네가 나타날 거라고 늘 생각했단다. 내가 무척 오래 잔 것 같구나."

"지구가 다시 가벼워졌어요. 좋은 사람들에게 늘 그랬듯이 말이에요." 파벨이 말했습니다. "옛 시절이 다시 돌아오고 있어요. 얼마 있으면 옛날의 지인들을 다 만나게 될 거예요. 당신을 위해 행복한 날들을 잣고 싶어요. 당신을 도와주는 사람은 언제고 있을 거예요. 그렇게 해서 당신은 때때로 우리와 기뻠을 함께 나누고 여자 친구의 품에 안겨 젊음과 힘을 호흡할 수 있을 거예요. 손님 접대를 후하게 하는, 우리의 옛 친구들인 헤스페리데스들[23]은 어디에 있지요?"

"조피 곁에 있지. 그들의 정원은 곧 꽃이 피어날 것이며 황금 열매가 향기를 풍길 거야. 그들은 지금 돌아다니면서 여위어가는 식물들을 채집하고 있어."

파벨은 그에게서 떠나 집을 향해 서둘러 갔습니다. 집은 완전히 폐허가 되어 있었습니다. 담벼락에는 담쟁이 넝쿨이 무성했습니다. 예전의 뜰에는 큰 관목들이 그림자를 던지고 있었고, 옛 계단에는 부드러운 이끼가 쿠션처럼 자라 있었습니다. 파벨은 방 안으로 들어갔습니다. 조피는 새로 만든 제단 옆에 서 있었습니다. 에로스는 그녀의 발치에 갑옷을 입고 누워 있었습니다. 전보다 훨씬 진지하고 고상해 보였습니다. 천장에는 화려한 샹들리에가 매달려 있고 바닥에는 형형색색의 돌들이 깔려 있었습니다. 제단 둘레로 큰 원이 만들어져 있었습니다. 제단은 오로지 고상하고 의미심장한 인물들로 이루어져 있었습니다. 기니스탄은 울면서 안락의자 위로 몸을 구부리고 있었습니다. 안락의자에는 아버지가 누워서 깊이 잠들어 있는 것 같았습니다. 그녀의 피어나는 매력은 헌신과 사랑의 자세로 말미암아 한없이 드높아 보였습니다. 파벨은 재가 담겨 있는 항아리를 성스러운 조피에게 건네주었습니다. 조피는

---

23) 아틀라스의 딸들. 그리스 신화에서 이들은 황금 사과가 열리는 정원을 갖고 있는 것으로 묘사된다. 천국을 상징한다.

파벨을 다정하게 안아 주었습니다.

"애야." 그녀가 말했습니다. "너는 열성과 의리 덕분에 영원한 별들 가운데 한 자리를 얻게 되었구나. 너는 네가 지닌 내면의 것 가운데에서 불멸의 것을 선택했어. 불사조자리가 네거야. 너는 우리의 삶의 영혼이 될 거야. 이제 신랑²⁴⁾을 깨우렴. 사자(使者)가 소리치고 있구나. 에로스는 프라이아를 찾아서 잠에서 깨워야 해."

파벨은 이 말을 듣고 너무나 기뻤습니다. 파벨은 동행자인 황금과 칭크를 불렀습니다. 그리고 안락의자를 향해 다가갔습니다. 기니스탄은 기대감을 가지고 그들이 일을 시작하는 것을 바라보았습니다. 황금은 동전을 녹였습니다. 그리고 그 반짝이는 액체를 아버지가 누워 있는 안락의자에다 가득 부었습니다. 칭크는 기니스탄의 가슴에다 사슬²⁵⁾을 둘러 주었습니다. 아버지의 몸은 바르르 떠는 물결 위에서 떠다녔습니다. "몸을 구부려요, 어머니." 파벨이 말했습니다. "사랑하는 사람의 가슴에다 손을 얹으세요."

기니스탄은 허리를 구부렸습니다. 그녀는 물결에 비친 자신의 수많은 영상을 보았습니다. 사슬은 물결을 건드렸고, 그녀의 손은 그의 가슴을 건드렸습니다. 그는 잠에서 깨어나 좋아서 어쩔 줄 모르고 있는 신부를 그의 가슴께로 끌어당겼습니다. 금속이 응고되면서 밝은 거울이 되었습니다. 아버지가 일

---

24) 아버지를 뜻한다.
25) 전기 충격을 주어 사람을 소생시키는 데 쓰이는 사슬을 뜻한다.

어났습니다. 그의 눈은 반짝였습니다. 그의 자태가 아름답고 의미심장했지만, 그의 몸은 전체가 한없이 유동적인 부드러운 액체 같아서 모든 섬세하고 매력적인 움직임을 남김없이 그대로 각인시켜 보여 주었습니다.

그 행복한 쌍은 조피에게 다가갔습니다. 조피는 그들에게 축원의 말을 해 주었습니다. 그리고 앞으로 거울의 충고에 귀를 기울일 것을 권고했습니다. 거울은 모든 것의 참모습을 보여 주고 모든 환상을 파괴하며 원래의 모습만을 영원히 붙잡는다는 것이었습니다. 그는 이번엔 항아리를 들어 제단 위의 그릇에다 재를 쏟아부었습니다. 부드럽게 끓는 소리는 재가 녹고 있음을 알려 주었습니다. 빙 둘러선 사람들의 옷과 머리카락 속으로 가벼운 바람이 일었습니다.

조피는 그릇을 에로스에게 건네주었고, 에로스는 그릇을 다시 다른 사람들에게 넘겨주었습니다. 모두들 그 신비스러운 음료를 맛보았습니다. 순간 그들의 내면에서 들려오는 어머니의 인사말을 듣고 그들은 뛸 듯이 기뻐했습니다. 그녀는 그곳에 있는 모두에게 나타났습니다. 그녀의 신비스러운 현신은 그들 모두의 모습을 바꾸어 놓은 것 같았습니다.

기대는 실현되었습니다. 아니 기대 이상이었습니다. 모두들 자신에게 무엇이 부족했는지 알게 되었습니다. 그 방은 이제 축복받은 이들의 거처가 되었습니다. 조피가 말했습니다. "위대한 비밀이 우리 모두의 눈앞에 나타났어요. 이 비밀은 영원히 풀 수 없는 것으로 남을 거예요. 고통에서 새로운 세계가 태어나고, 재가 눈물에 녹아 영원한 생명의 음료가 되고요. 모두의 가슴속엔 영원한 어머니가 살아 있어, 각자 영원히 아이를 낳는 거예요. 여러분은 콩콩 뛰는 심장 소리에 달콤한 분만의 기운이 느껴지지 않으세요?"

그녀는 그릇에 남아 있던 나머지 음료를 제단 속에다 부었습니다. 그러자 깊은 곳에서 땅이 요동쳤습니다. 조피가 말했습니다.

"에로스, 네 여동생을 데리고 어서 네 애인에게로 가. 넌 나를 곧 다시 보게 될 거야."

파벨과 에로스는 동반자들을 데리고 곧 집을 떠났습니다. 지구 위에는 굉장한 봄이 펼쳐져 있었습니다. 만물이 일어나 움직이고 있었습니다. 지구는 베일 바로 아래에 둥실 떠 있었습니다. 달과 구름은 즐거워하며 떠들썩하게 북쪽을 향해 갔습니다. 왕의 성은 바다 위에서 찬란하게 빛났습니다. 성의 탑에는 왕이 시종들을 거느리고 웅장한 자태로 서 있었습니다. 그들은 곳곳에서 먼지의 소용돌이가 이는 것을 보았습니다. 그곳에 잘 아는 사람들의 모습이 어리는 것 같았습니다. 그들은 성을 향해 밀물처럼 몰려오는 청년들과 아가씨들의 수많은 무리를 만났습니다. 그때마다 환호의 외침으로 그들을 환영했습니다. 수많은 언덕에는 방금 잠에서 깨어난 행복한 쌍들이 앉아서 오랫동안 하지 못한 포옹을 나누었습니다. 그들은 새로운 세계를 꿈이라고 생각하면서 스스로에게 아름다운 현실을 확신시키기에 여념이 없었습니다.

꽃과 나무들은 자라났고 힘차게 푸르러졌습니다. 만물이 새로운 생명을 얻은 것 같았습니다. 모두들 이야기하고 노래를 불렀습니다. 파벨은 곳곳에서 옛 지인들을 만나 인사를 나누었습니다. 동물들은 잠에서 깨어난 인간들에게 다정하게 인사를 건네며 다가갔습니다. 식물들은 인간들에게 열매와 향기로 대접을 하고, 그들을 멋지게 장식해 주었습니다. 사람들의 마음을 짓누르던 돌멩이는 더 이상 찾아볼 수 없었습니다. 모든 짐은 오그라들어 탄탄한 마룻바닥이 되었습니다. 파벨과 에로스는 바닷가에 도착했습니다. 윤이 반짝반짝 나는 강철로 만든 돛배 한 척이 해안에 매여 있었습니다. 그들은 배에 탄 다음 밧줄을 끌렀습니다. 뱃머리를 북쪽으로 향했습니다. 배는 자꾸만 치근덕거리는 파도를 가르며 쏜살같이 달렸습니다. 속삭이는 갈대가 광포하게 달리던 배를 막아섰습니다. 그리고 배는 조용히 해안에 닿았습니다. 그들은 폭이 넓은 계단 위로 올라섰습니다. 에로스는 왕의 도시와 그 풍요로움을 보고 놀라움을 금치 못했습니다. 뜰에서는 다시 살아난 샘물이 뛰놀았고, 작은 숲은 달콤한 음악 소리에 생기를 얻었으며, 숲의 뜨거운 나뭇등걸과 잎사귀마다 반짝이는 꽃과 열매마다 놀라운 생명이 맥박 치며 휘도는 것 같았습니다. 늙은 영웅은 그들을 왕궁의 문 앞에서 맞이했습니다. "존경하는 어르신." 파벨이 말했습니다. "에로스에겐 당신의 검이 필요합니다. 황금은 그에게 사슬을 하나 주었습니다. 한쪽 끝은 바닷속까지 닿고, 다른 쪽 끝은 그의 가슴에 묶여 있습니다. 저와 함께 그 사슬을 잡고, 우리를 공주가 있는 방으로 안내해 주세요."

에로스는 영웅의 손에서 칼을 넘겨받아 손잡이를 그의 가

슴에 갖다 대고서 칼끝이 앞을 향하도록 했습니다. 홀의 접이
문들이 활짝 열렸습니다. 에로스는 몹시 기뻐하며 잠들어 있
는 프라이아를 향해 다가갔습니다. 갑자기 우르르 꽝 하면서
번개가 쳤습니다. 하얀 불꽃이 공주의 몸에서 칼을 향해 튀었
습니다. 칼과 사슬이 환하게 빛났습니다. 영웅은 하마터면 넘
어질 뻔한 파벨을 잡아 주었습니다. 에로스의 투구 위에 달린
깃털이 휘날렸습니다.

"칼을 던져 버려." 파벨이 말했습니다. "그리고 어서 가서 애
인을 깨워."

에로스는 칼을 버리고서 공주를 향해 단숨에 달려가 그녀
의 달콤한 입술에다 불같은 키스를 퍼부었습니다. 그녀는 커
다란 검은 눈을 번쩍 떴습니다. 긴 키스가 두 사람의 영원한
맹세에 봉인을 찍어 주었습니다.

반구 모양의 천장에서 왕이 조피의 손을 잡고 걸어 내려왔
습니다. 별들과 자연의 정령들이 찬란하게 열을 맞추며 그 뒤
를 따랐습니다. 눈부시게 밝은 대낮의 햇살이 홀과 궁전과 도
시와 하늘을 가득 채웠습니다. 헤아릴 수 없이 많은 군중이
널따란 왕의 홀로 쏟아져 들어와, 경건한 마음으로 두 연인이
왕과 왕비 앞에 무릎 꿇고 있는 광경을 구경했습니다. 왕과 왕
비는 그들에게 축복을 내렸습니다. 왕은 머리에 쓰고 있던 왕
관을 벗어서 에로스의 금발 머리에 씌워 주었습니다. 늙은 영
웅은 에로스의 갑옷을 벗겼고, 왕은 자신의 외투를 그에게 입
혀 주었습니다. 이어서 왕은 그의 왼손에 백합을 쥐여 주었고,
조피는 꼭 움켜쥐고 있는 연인들의 손에 귀중한 팔찌를 채워

주었습니다. 그러면서 그녀는 프라이아의 갈색 머리에다 자신의 왕관을 씌워 주었습니다.

"우리의 선왕(先王) 만세!" 사람들이 외쳤습니다. "그들은 언제나 우리들 속에 살아 있었으나, 우리가 그들을 알아보지 못했을 뿐이다! 만세! 그들이 우리를 영원히 통치하리라! 우리에게도 축복을 내리소서!"

조피가 새 여왕에게 말했습니다.

"당신들의 혼인의 팔찌를 허공으로 던져요. 백성과 세계가 언제나 당신들과 연결되어 있게 말이에요."

팔찌는 허공에서 녹았습니다. 이어 사람들의 머리마다 밝게 빛나는 조그만 관이 씌워졌습니다. 그리고 빛나는 둥근 관은 도시와 바다 그리고 영원한 봄의 축제를 즐기고 있는 지구 위에도 씌워졌습니다.

페르세우스가 물레의 가락과 조그만 바구니를 들고서 들어왔습니다. 그는 바구니를 새 왕에게 가져갔습니다. 그가 말했습니다.

"여기 폐하의 적들의 유해를 가져왔습니다."

바구니 안에는 흰 칸과 검정 칸이 그려져 있는 석판이 하나 들어 있었습니다. 그리고 그와 함께 설화석고와 대리석으로 만든 인물들이 수두룩하게 들어 있었습니다.

"체스 게임이에요." 조피가 말했습니다. "모든 전쟁은 여기 이 석판과 이 인물들에게로 추방되었어요. 어두웠던 지난날의 기념물이지요."

페르세우스는 파벨 쪽을 향하더니 그녀에게 물레의 가락

을 주었습니다.

"이 물레 가락은 네 손안에서 우리를 영원히 기쁘게 할 거야. 그리고 너는 네 몸을 가지고 우리를 위해 영원히 끊어지지 않는 황금 실을 짜게 될 거야."

불사조는 리드미컬하게 파닥거리며 파벨의 발치로 날아가 그녀 앞에서 날개를 활짝 펼쳤습니다. 그러고서 파벨을 날개에 태웠습니다. 불사조는 파벨을 태운 채 다시는 내려앉지 않고서 왕좌 너머로 날아갔습니다.

파벨은 천국의 노래를 부르면서 실을 잣기 시작했습니다. 그 실은 파벨의 가슴에서 풀려 나오는 것 같았습니다. 사람들은 또다시 황홀경에 빠졌습니다. 그들의 눈길은 모두 그 귀여운 아이에게 고정되어 있었습니다. 또 다른 기쁨의 함성이 문 쪽에서 들렸습니다. 늙은 달이 그의 멋진 수행원들을 대동하고 홀 안으로 들어왔습니다. 그의 등 뒤에선 사람들이 기니스탄과 그녀의 신랑을 마차에 태우고 마치 개선 행진을 하듯 나타났습니다.

그들은 꽃다발로 장식을 하고 있었습니다. 왕과 왕비는 그들을 진심으로 반갑게 맞이했습니다. 그리고 새 왕과 왕비는 그들을 지상의 총독에 임명했습니다.

"저에게……." 달이 말했습니다. "운명의 여신들의 왕국을 주세요. 그곳엔 궁전 뜰에서 땅으로부터 이제 막 야릇하게 생긴 건물들이 솟아올랐어요. 그곳에서 나는 야외극을 공연하여 여러분에게 즐거움을 주고 싶어요. 어린 파벨도 저를 도와줄 겁니다."

왕은 달의 청원을 들어주었습니다. 그리고 어린 파벨도 상냥하게 고개를 끄덕였습니다. 그리고 사람들은 재미있는 구경을 하게 되었다고 기뻐했습니다. 헤스페리데스들은 새로운 왕의 즉위를 축하하면서 왕의 정원을 지키는 역할을 맡겨 달라고 했습니다. 왕은 그들을 환영했습니다. 기쁜 소식들이 그런 식으로 줄을 이었습니다. 그러는 사이에 아무도 모르게 왕좌가 화려한 첫날밤의 침대로 바뀌어 있었습니다. 침대의 덮개 위에는 불사조자리가 어린 파벨과 함께 떠 있었습니다. 침대의 뒤쪽은 검은 반암(斑岩)으로 만든 여상주(女像柱)들[26]이 떠받들고 있었고, 앞쪽은 현무암으로 만든 스핑크스가 떠받들고 있었습니다. 왕은 얼굴을 붉히는 왕비를 끌어안았습니다. 백성들도 왕을 따라서 서로 애무했습니다. 달콤하게 서로의 이름을 부르는 소리와 키스를 하며 속삭이는 소리밖에 들리지 않았습니다. 마침내 조피가 말했습니다.

"어머니는 우리들 사이에 계셔. 그분의 존재는 우리를 영원히 행복하게 해 줄 거야. 우리의 집으로 따라오라. 우리는 그곳의 사원에서 영원히 살 것이다. 세상의 비밀을 지키면서."

파벨은 열심히 실을 자으면서 큰 목소리로 이렇게 노래했습니다.

영원의 왕국은 세워졌네,
사랑과 평화 속에 싸움은 끝나고,

---

26) 세 명의 운명의 여신이 돌로 변한 것이다.

고통의 긴 꿈도 이젠 끝났다네,
조피는 모든 마음의 영원한 사제라네.

2부

실현

수도원 또는 앞마당

아스트랄리스[1]

어느 여름날 아침 나는 젊음을 느꼈네,
그때 처음으로 내 인생의 맥박을
느꼈네. 내 안의 사랑이
더욱 깊은 황홀경 속으로 빠져들수록,
나의 정신은 더욱더 맑아졌네. 그리고
보다 깊이 그리고 완전히 몸을 섞고 싶은
열망은 매 순간 더 커져만 갔네.
쾌락은 내 인생의 원천이라네.

---

1) 하인리히와 마틸데의 첫 키스로 잉태된 아이. 시문학을 상징한다.

나는 중심, 나는 성스러운 샘물,

거기서 모든 그리움은 폭풍처럼 흘러 나가고,

모든 그리움은 굽이쳐 흐르다 지치면

거기로 다시 돌아가 휴식을 취한다네.

너는 날 모르지만, 자라는 나의 모습은 보았네,

네가 증인이 아니던가, 아직 몽유병자이던 그때

내가 나 자신을 처음으로 만난

그 행복했던 저녁[2]의? 너는 느끼지 못했는가,

달콤한 황홀의 전율이 너를 덮치던 것을?

나는 달콤한 꽃받침 속에 누워 있었네.

나는 향기를 풍겼고, 꽃은 황금빛 아침 바람결에

살며시 흔들렸네. 나는 내면의 샘이요,

조용한 투쟁이었네. 모든 것은 날 통해서 그리고

내 위로 흘렀으며, 날 살며시 일으켜 세웠네.

그때 첫 꽃가루가 암술을 건드렸네,

식사를 마친 뒤의 키스를 생각해 봐.

그때 나는 내 원래의 물결 속으로 되돌아갔네,

마치 번개처럼. 그때 난 이미 움직였네,

가는 실과 꽃받침을 움직였네.

내가 나 자신을 깨달은 순간, 지상에 대한

내 생각들이 쏜살같이 자라났네.

난 아직 장님이었지만, 내 존재의 놀라운

---

2) 아우크스부르크의 슈바닝 노인의 저택에서 열린 파티를 가리킨다.

거리를 넘어 밝은 별들의 반짝임을 보았네.
가까이 있는 건 아무것도 없었네, 나는 멀리서
나를 발견했네, 과거와 미래의 흔적을.
애수와 사랑과 예감의 자식이라
나의 분별력은 순식간에 자랐났네,
그리고 쾌락이 내 마음에 불을 지피는 순간,
나는 깊디깊은 비애에 사로잡혔네.
햇살 밝은 언덕엔 꽃들이 만발했고,
예언자[3]의 말은 내겐 새의 날개와 같았네.
하인리히와 마틸데는 더 이상 혼자가 아니었네,
두 사람은 한 모습으로 합쳐졌네.
나는 새로 태어나 하늘을 향해 몸을 일으켰네,
복된 변용의 순간에
지상의 운명[4]은 완성되었네.
옛날의 권한을 잃은 옛 시대는
예전에 빌려준 것을 돌려달라 하네.

새로운 세계가 시작되네,
가장 밝은 햇살마저 어둡게 하면서.
이끼 낀 폐허 속에서
놀라운 미래가 반짝이는 것이 보이네.

---

3) 클링조르를 뜻한다.
4) 아스트랄리스의 탄생과 마틸데의 죽음을 가리킨다.

수도원 또는 앞마당

예전에는 평범하던 것들이
이제는 낯설고 신기해 보이네.
'전체 속의 하나 그리고 하나 속의 전체
풀과 돌에 그려져 있는 하느님의 모습,
인간과 동물 속에 깃든 하느님의 정신,
이것을 우리는 마음에 새겨야 하네.
공간과 시간에 따른 질서는 더 이상 없네,
이곳엔 과거 속에 미래가 있네.'
사랑의 왕국은 만들어졌고,
파벨은 물레를 잣기 시작하네.
모든 존재의 원초의 드라마가 시작되고,
각기 나름의 힘찬 말을 생각하네.
그리하여 세계의 위대한 마음이
도처에서 꿈틀대며 꽃 피어나네.
만물은 서로가 서로를 어루만져야 하네,
하나는 다른 것에 의해 무성하게 자라는 법.
개체는 전체 속에 제 모습을 보이네,
다른 것들과 제 몸을 섞으면서,
다른 것들의 깊은 품속으로 탐욕스레 빠지면서,
자신의 존재를 새롭게 하고
수천의 새로운 생각을 얻으면서.
세계는 꿈이 되고, 꿈은 세계가 되네,
이 세상에서 일어나리라 믿었던 것,
그것이 저 멀리서 다가오는 것이 보이네.

상상력은 자유롭게 노닐어야 하는 법,

제가 원하는 대로 실들을 엮어서 짜야 하네,

어떤 것은 감추고, 어떤 것은 드러내 보이면서,

결국엔 마법의 증기를 쏘이네.

우수와 쾌락, 죽음과 삶이

여기선 아주 긴밀하게 함께하네.

지고한 사랑에 빠진 자,

그의 상처는 결코 아물지 않네.

우리의 내면의 눈을 가리고 있는

붕대를 우린 고통스레 찢어 내야 하네,

때로는 가장 신실한 마음도 외로워야 하네,

이 지겨운 세상에서 도망치기에 앞서.

몸은 눈물이 되어 녹아 버리고,

세상은 널따란 무덤이 되네,

어쩔 줄 모르는 그리움에 사무쳐

우리의 마음은 재가 되어 무덤으로 떨어지네.

　한 순례자가 깊은 생각에 잠겨 산속으로 나 있는 좁은 오솔길을 걸어 올라가고 있었다. 벌써 한낮의 시간이 지난 뒤였다. 푸른 하늘엔 세찬 바람이 윙윙댔다. 여러 갈래로 들려오는 바람 소리는 다가왔다가는 이내 사라졌다. 어쩌면 바람은 어린 시절의 고향을 거쳐 날아온 것인가? 아니면 말을 건네는 다른 여러 나라들을 누비며 날아온 것인가? 그것은 마음속 가장 깊은 곳에서 메아리치는 목소리들이었다. 그렇지만 순례자는 그 목소리들을 아직 알아차리지 못한 것 같았다.

그는 이제 그 산악 지역에 도착했다. 그는 그곳이 자신의 여행의 기착지이기를 바랐다. 바랐다고? 이제 그는 아무것도 소망하지 않았다. 끔찍한 공포와 이어서 찾아온 냉담한 절망의 메마른 냉기는 그로 하여금 산악 지대의 거칠고 무서운 풍경을 찾게 만들었다. 힘겨운 발걸음은 그의 마음속에서 벌어지는 온갖 힘들의 파괴적인 놀이를 잠재워 주었다. 그는 지쳤지만 아무 말도 하지 않았다. 한 바위에 앉아, 걸어온 길을 돌아보았을 때에도 그는 지금까지 자신의 주변에 서서히 쌓여 온 것들을 느끼지 못했다. 그는 자신이 지금 꿈을 꾸고 있거나 아니면 꿈을 꾼 것 같다고 생각했다. 그의 눈길이 채 미치지 않는 장관이 눈앞에 펼쳐지는 것 같았다. 갑자기 마음이 무너지자 눈물이 펑펑 쏟아져 나왔다. 그는 자신을 울음으로 날려버리고 싶었다. 그렇게 해서 존재의 흔적마저 하나도 남지 않도록. 격하게 울다 보니 그는 점차 정신이 돌아오는 것 같았다. 부드럽고 청명한 공기가 그의 몸속으로 파고들었다. 그의 감각은 세상을 다시 느꼈고, 옛 생각들은 그에게 위안의 말을 건네기 시작했다.

저편에 탑들이 있는 아우크스부르크의 전경이 보였다.[5] 멀리 지평선 너머로 무섭고 신비스러운 강물[6]의 수면이 반짝거렸다. 광대한 숲은 진지한 위안의 눈빛으로 방랑자를 향해 허

---

5) 주인공은 지금 아우크스부르크를 떠나고 있다.
6) 마틸데가 빠져 죽은 강물.

리를 구부렸다. 뾰족한 산들은 평원 위에서 아주 의미심장한 표정으로 쉬고 있었다. 산들과 평원은 이렇게 말하는 것 같았다.

'서둘러라, 강물아. 그래 봤자 너는 우리한테서 도망가지 못해. 난 날개 단 배를 타고 네 뒤를 쫓아갈 거야. 나는 너를 내 품에 잡아 두고 잘라서 삼킬 거야. 순례자여, 우리를 믿어요. 우리가 낳기는 했지만 강은 우리에게도 적이라오. 약탈한 것을 가지고 마음껏 도망치게 놔둬요. 그래 봤자 강물은 우리 손에서 벗어나지 못해요.'

가엾은 순례자는 지나간 시절과 그 시절에 맛본 황홀함을 생각했다. 소중했던 그 기억들도 이제 시간이 흘러 희미해졌다. 챙이 넓은 모자는 젊은 얼굴을 가리고 있었다. 그 얼굴은 밤에 피는 꽃처럼 파리했다. 그의 젊은 인생의 발삼즙은 눈물로 바뀌었고, 부풀어 오르던 숨결은 깊은 한숨으로 바뀌었다. 그의 모든 빛깔은 창백한 잿빛으로 퇴색해 버렸다.

좀 떨어진 산비탈에 한 수도사가 늙은 느릅나무 아래서 무릎을 꿇고 있는 광경이 그의 눈에 들어왔다. '저 사람은 바로 그 늙은 궁정 목사님인가?' 그는 별로 놀라지 않고 속으로 그렇게 생각했다. 그러나 그가 다가갈수록 수도사의 모습은 더욱 커지면서 흉물스러워 보였다. 그는 그때서야 자신이 착각했음을 알아차렸다. 왜냐하면 그것은 비스듬히 서 있는 나무 아래 놓인 바위였기 때문이다. 그는 은근히 마음이 울적해져 바위를 두 팔로 끌어안고 가슴을 비벼 대면서 큰 소리로 울었다.

'지금이라도 목사님의 말이 사실로 증명되어, 성모께서 제게 표시를 해 주신다면 얼마나 좋을까요. 저는 지금 버려지고 비참한 상태에 있어요. 이 황야에는 절 위해 기도해 줄 성자가 단 한 명도 살지 않는단 말인가요? 사랑하는 아버지, 지금 이 순간에 저를 위해 기도해 주세요.'

그가 이런 생각에 잠겨 있을 때, 나무가 바르르 떨기 시작했다. 바위는 낮고 둔탁한 소리를 냈다. 그리고 멀리 깊은 지하에서 들려오는 듯 몇 개의 해맑은 어린 목소리들이 노래를 했다.

　　그녀의 가슴엔 기쁨뿐이었네,
　　그녀가 아는 것은 기쁨뿐,
　　고통이라는 것은 알지 못했네,
　　갓난아이를 가슴에 안았을 때.

　　그녀는 아이의 뺨에 입 맞추었네,
　　수도 없이 입 맞추었네,
　　그녀의 가슴은 사랑의 축복을 받았네,
　　아이가 아름답게 자랐으니.

어린 목소리들은 기쁨에 겨워 노래를 하는 것 같았다. 그들은 이 노래를 몇 번 반복했다. 이윽고 다시 주위가 조용해졌다. 그때 순례자는 나무 속에서 누군가가 이렇게 말하는 소리를 들었다.

"네가 날 위해 류트를 켜면서 노래를 부르면 한 불쌍한 소녀가 이곳으로 올 거야. 그러면 그녀를 버리지 말고 맞아들여. 황제를 만나거든 날 기억하도록 해. 나는 내 아이와 함께 살려고 이곳을 골랐어. 날 위해 이곳에 따뜻하고 튼튼한 집을 지어 줘. 내 아이는 죽음을 극복했어. 너무 슬퍼하지 마. 내가 네 곁에 있으니까. 너는 아직 지상에 머물러야 해. 그렇지만 네가 죽어 우리와 기쁨을 함께하는 날까지 그 소녀가 널 위로해 줄 거야."

"이건 마틸데의 목소리야."

순례자는 이렇게 소리치고는 기도를 하기 위해 무릎을 꿇었다. 그때 나뭇가지 사이로 그의 눈을 향해 긴 빛줄기 하나가 비추어 들었다. 그 빛줄기를 통해서 그는 저 먼 곳에서 펼쳐지고 있는, 작지만 놀라운 장관을 들여다보았다. 어떤 펜으로도 묘사할 수 없고, 아무리 색깔을 잘 쓴다 해도 흉내 낼 수 없는 광경이었다. 그곳엔 고상한 형상들과 더없이 깊은 즐거움과 기쁨이 펼쳐져 있었다. 정말로 천국의 행복한 모습을 어디서나 볼 수 있었다. 심지어 생명이 없는 그릇들과 기둥들, 양탄자들, 장식품들, 한마디로 눈에 보이는 것들은 모두 사람의 손에 의해 만들어진 것이 아니라 무성한 풀처럼 제 뜻에 따라 마음대로 자라서 그곳에 모여든 것 같았다. 눈이 부시도록 아름다운 인간들의 모습도 보였다. 그들은 이리저리 거닐다가 사람들을 만나면 더없이 우아하고 상냥하게 인사를 나누었다. 무대 맨 앞쪽에는 그 순례자의 애인이 있었다. 그녀는 그와 이야기를 나누고 싶어하는 것 같았다. 그러나 아무 소리

도 들리지 않았다. 순례자는 사무치는 그리움을 품고 그녀의
매력적인 얼굴 표정과, 자신의 왼쪽 가슴에 손을 얹고서 그를
향해 미소를 지으며 손짓을 보내는 그녀의 모습만을 바라볼
뿐이었다. 그 광경은 그에게 한없는 위안과 힘을 주었다. 순례
자는 그 광경이 사라진 뒤에도 한참 동안 행복한 황홀경을 느
끼며 누워 있었다. 성스러운 빛줄기는 그의 마음에 있는 모든
근심과 고통을 쓸어 가 버렸다. 그의 마음은 예전처럼 다시
가볍고 순수해졌고, 그의 정신은 다시 자유롭고 쾌활해졌다.
아직도 남아 있는 것은 가슴속의 조용한 그리움과 가슴 아
주 깊은 곳에서 메아리치는 애수뿐이었다. 외로움의 거친 고
통과 말로 다 할 수 없는 상실에서 오는 쓰라린 아픔, 어둡고
끔찍한 공허감 그리고 지상에서의 무력감은 사라졌다. 그리하
여 순례자는 충만하고 의미심장한 세계 속에 있는 자신을 다
시 발견했다. 그의 마음속에서 목소리와 언어는 생기를 되찾
았으며, 이제는 모든 것이 예전보다 훨씬 더 친숙하고 예언적
으로 다가왔다. 그래서 그에겐 죽음도 보다 높은 차원의 삶의
한 모습처럼 보였다. 그리고 그는 금세 사라지는 자신의 존재
도 어린애처럼 즐거운 마음으로 바라볼 수 있었다. 그의 마음
속에서는 과거와 미래가 만나 친밀한 관계를 맺었다. 그는 현
재로부터 멀리 떨어져 서 있었다. 세상을 잃은 다음에야, 그리
고 그 세상에서 나그네가 되어 세상의 넓고 화려한 홀을 아직
은 좀 더 거닐어야 하는 신세가 되었을 때 비로소 세상은 그
에게 소중해졌다. 저녁이 되었다. 대지는 그 앞에 놓여 있었다.
오랫동안 떠나 있다가 돌아와 버려진 채로 다시 찾은 낡고 사

랑스러운 집 같았다. 수천 가지의 기억들이 그의 마음속에서 되살아났다. 돌멩이 하나, 나무 한 그루, 언덕 하나하나가 자기를 다시 알아주기를 바랐다. 그 모든 것들이 옛이야기의 상징이었다.

순례자는 류트를 들고 노래를 시작했다.

1

사랑의 눈물아, 사랑의 불꽃아,
하나가 되어라.
여기 이 놀라운 장소를 신성케 하라,
이곳은 하늘이 날 향해 내려온 곳,
이 나무 주위를 벌 떼처럼 떠돌면서
끝나지 않는 기도를 올려라.

2

그[7]는 그녀[8]를 기쁘게 맞이했네,
그녀가 왔을 때

----

7) 나무를 뜻한다.
8) 죽은 애인을 뜻한다.

폭풍우로부터 그녀를 보호해 주었네.
언젠가 그녀는 그녀의 정원에서
그에게 물을 주며, 그를 기다릴 것이네,
깨어진 그의 조각들[9]로 기적을 행하며.

3

바위도 기쁨에 취해
성스러운 어머니의 발치에
무릎을 꿇었네.
돌멩이에게도 경건함이 있다면,
인간이 그 돌멩이를 위해 울거나
피를 쏟으면 안 된다는 법 있는가?

4

무거운 짐 진 자들아, 모두
이리로 와 무릎을 꿇으라,
이곳에서 모두 건강을 되찾으리라.

---

9) 그리스도가 못 박혔던 십자가의 나뭇조각들은 기적을 일으키는 힘이 있
다고 한다.

이제부터 비탄하는 이 없을 것이고,
모두들 즐겁게 이렇게 말하리라.
"옛날에 우린 정말 고통스러웠어."

5

이 땅에는
진지한 장벽들이 우뚝 서리라.
힘든 시절이 찾아오면
계곡에서 사람들은 이렇게 말하리라.
"너무 기죽지 말게,
저기 저 계단을 하나씩 올라가세."

6

하느님의 어머니와 사랑하는 여인,
슬픔에 잠긴 남자,
이곳에 와 변용된 모습으로 거니네.
영원한 선이여, 영원한 자비로움이여,
오! 나는 안다네, 마틸데, 네가
나의 진정한 목표라는 것을.

7

내가 네게 괜히 묻지 않아도
너는 내게 말할 것이네,
언젠가 내가 너를 찾아가면.
그사이 나는 수천의 노래로
지상의 기적들을 찬양하려네,
네가 다가와 날 껴안아 줄 때까지.

8

태고의 기적들아, 미래의 나라여,
경이로운 것들아,
내 가슴에서 사라지지 마라,
이곳은 잊히지 않으리라,
빛의 성스러운 샘물이
고통의 꿈을 씻겨 준 이곳은.

　노래를 하는 동안 그는 아무것도 눈치 채지 못했다. 그러나
문득 고개를 들어 보니 그에게서 가까운 바위 옆에 한 어린
소녀가 서 있었다. 그녀는 오래전부터 아는 사이인 것처럼 그
에게 인사를 건넸다. 그러더니 자기 집으로 함께 가자고 했다.
그를 위해 이미 저녁 식사를 준비해 놓았다는 것이었다. 그는

그녀를 사랑스레 끌어안았다. 그녀의 행동거지를 비롯해 모든 것이 왠지 낯이 익었다. 그녀는 잠시만 실례하겠다고 말하더니 나무 밑으로 가서 신비로운 미소를 지으며 그를 쳐다보면서 앞치마에서 수많은 장미를 풀밭에 쏟아 놓았다. 그녀는 그 앞에 가만히 무릎을 꿇고 앉았다가 이내 다시 일어나 순례자에게 길을 안내했다.

"누가 너에게 내 이야기를 했지?" 순례자가 물었다.

"우리 어머니가."

"네 어머니가 누군데?"

"하느님의 어머니."

"이곳에 온 지는 얼마나 됐니?"

"무덤에서 나온 뒤로 줄곧 있었어."

"그렇다면 넌 이미 한 번 죽었다는 거니?"

"그렇지 않고서야 내가 어찌 살아 있을 수 있겠어?"

"넌 이곳에서 아무도 없이 혼자 사니?"

"집에 노인이 하나 있어. 그렇지만 나는 이 세상에 한 번 살았던 사람들을 많이 알고 있어."

"나와 함께 있을 생각이니?"

"난 널 사랑해."

"어떻게 나를 아니?"

"오, 아주 옛날부터 알아. 예전에 우리 어머니도 늘 네 이야기만 해 주셨어."

"아직도 어머니가 계시니?"

"응. 하지만 사실은 모두 다 같은 분인걸."

"성함이 뭐였는데?"

"마리아."

"네 아버지는 누구였니?"

"호엔촐레른 백작."

"그분은 나도 알아."

"아는 게 당연하지. 왜냐하면 그분은 네 아버지이기도 하니까."

"나의 아버지는 아이제나흐에 계셔."

"하지만 네겐 더 많은 아버지가 계셔."

"우리 지금 어디로 가는 거지?"

"집으로. 늘 그러잖아."

그들은 숲속의 널찍한 장소에 도착했다. 그곳의 깊게 파인 해자(垓子) 건너편에는 비바람에 삭은 탑들이 나뒹굴고 있었다. 어린 관목들은 담장을 휘감고 있었다. 그 모습이 꼭 노인의 하얀 머리에다 푸른 화환을 씌워 놓은 것 같았다. 잿빛 돌멩이들과 벼락 모양으로 갈라진 틈이나 기괴하게 생긴 크고 섬뜩한 형상들에서는 까마득한 옛날을 읽을 수도 있었고, 머나먼 곳의 이야기들이 반짝이는 작은 순간으로 오그라드는 것을 볼 수 있었다. 이런 식으로 하늘은 무한한 공간들을 짙푸른 옷을 입은 모습으로 우리에게 보여 주고, 하늘의 그 육중하고 어마어마한 세계들의 까마득히 동떨어진 무리를 어린 아이의 뺨처럼 순진한 우윳빛 빛줄기로 보여 준다.

그들은 오래된 성문을 지나서 걸어갔다. 순례자는 생전 보지 못한 식물들이 자신을 에워싸고 있고 또 그 같은 폐허 속에 멋진 정원의 매력이 숨겨져 있는 것을 보고 적잖게 놀랐다. 크고 밝은 유리창들이 달린, 현대식 건축 양식으로 지은 조그만 석조 건물이 정원 뒤편에 있었다. 그곳의 잎사귀가 큰 관목들 뒤에 한 노인이 서서 밑으로 처지는 나뭇가지들에다 버팀목을 받쳐 주고 있었다. 소녀는 순례자를 그에게 데리고 가서 말했다.

"여기, 할아버지가 저한테 자주 물어보곤 했던 바로 그 하인리히예요."

노인이 자기 쪽으로 향하는 순간 하인리히는 예전의 그 광부를 마주하고 있다고 생각했다.

"이분은 의사이신 질베스터 님이셔." 그녀가 말했다.

질베스터는 그를 보자 기뻐하면서 말했다. "자네 아버지와 내가 함께 있었던 게 벌써 한참 전의 일이군. 그땐 자네 아버지도 지금의 자네처럼 젊었지. 당시에 나는 그에게 고대의 보물과 너무 일찍 사라진 세계의 귀중한 유물을 소개하는 일에 매달려 있었지. 그의 눈은 참된 눈이 되고자 하는, 다시 말해 창조적인 연장이 되고자 하는 열망으로 가득 차 있었어. 그의 얼굴에는 내적인 견고함과 지칠 줄 모르는 끈기가 나타나 있었지. 그러나 일상의 세계가 그의 내면에 이미 너무 깊숙이 뿌리를 내려 버렸어. 그는 타고난 천성대로 하려고 하지 않았어. 그의 고향 하늘의 침울한 엄격함은 그의 내면에서 자라던 더없이 고상한 식물의 어린 싹을 잘라 버렸어. 그는 유능한 장인이 되었어. 이제 그는 열광을 바보짓이라고 생각하게 되었지."

"물론……." 하인리히가 대꾸했다. "저는 아버지에게 고통과 더불어 남모르는 불만이 있음을 자주 목격했어요. 아버지는 쉬지 않고 일하셨는데, 그것은 마음에서 우러나는 열의와는 상관없는 습관적인 것이었어요. 아버지에겐 뭔가가 결핍된 것 같았어요. 그의 조용하고 평화스러운 삶도, 안정된 수입도, 그리고 사람들로부터 존경과 사랑을 받고 마을의 모든 일에 조언자 역할을 하는 데서 누리는 기쁨도 그것을 채워 줄 수는 없었어요. 아버지를 아는 사람들은 아버지가 아주 행복한 사람이라고 생각했어요. 그렇지만 그들은 그가 얼마나 삶에 싫증을 느끼고 있는지, 세계가 그의 눈에 얼마나 공허하게 보이는지, 그가 얼마나 현실을 박차고 도망치고 싶어하는지, 돈을 벌려는 욕심 때문이 아니라 이러한 모든 마음 상태에서 벗어나고자 그가 얼마나 열심히 일하고 있는 건지 알지 못했어요."

"내가 가장 놀랍게 생각하는 것은……." 질베스터가 대꾸했다. "자네 아버지가 자네의 교육을 몽땅 자네 어머니 손에 맡겨 두고서, 자신이 직접 나서서 자네의 발전에 간섭하거나 자네가 어떤 특정한 직업을 택하도록 이끌려고 하지 않았다는 점이야. 자네는 부모님의 간섭을 조금도 받지 않고 자란 것을 행복하게 생각해야 하네. 왜냐하면 대부분의 인간은 서로 다른 식성과 취향을 가진 사람들이 마구 헤집어 놓고 간, 잘 차려진 만찬의 찌꺼기일 뿐이거든."

"저는 교육이라는 게 뭔지 모르겠어요." 하인리히가 대답했다. "만약에 그것이 저희 부모님의 인생이나 감정의 방식이 아니라면, 또는 궁중의 목사이신 저희 선생님의 가르침이 아니라면 말입니다. 저희 아버지는, 모든 관계를 한 조각의 금속이

나 수공업 작업처럼 뜯어보려고 하는 냉정하고도 견고한 사고방식을 지니셨음에도 무의식적으로는 모든 불가해하고 드높은 현상들에 대해서 외경심과 경건한 마음을 지니고 계신 것 같아요. 그렇기 때문에 아버지는 어린아이의 성장을 겸손한 극기의 자세로 지켜보시는 것이지요.

어린아이에게는 무한한 샘물에서 갓 생겨난 정신이 작용하고 있어요. 그리고 모든 숭고한 문제에서는 어린아이가 우월하다는 이러한 느낌, 이제 막 위험한 여행의 초두에 서 있는 이 순진무구한 존재를 제 발로 걷도록 가까이서 인도해야 한다는 불가항력적인 생각, 지상의 홍수가 여태껏 한번도 형체를 알아볼 수 없도록 만든 적이 없는, 놀라운 세계에 대한 각인, 그리고 마지막으로 세상이 우리에게 보다 밝고 다정하고 신비스럽게 보이고 예언의 정신이 거의 눈에 보이게 우리 곁에서 걷던 그 놀라운 시절에 대한 그 자신의 회상에서 유추해 낸 사물 간의 교감 등 이 모든 것이 저의 아버지로 하여금 저를 경건하고도 겸손하게 다룰 수 있게 해 주었다고 하겠습니다.”

“우리 여기 꽃들 사이의 잔디밭에 앉자꾸나.” 노인이 하인 리히의 말을 가로막았다. “저녁 준비가 다 되면 취아네가 우릴 부를 거야. 자네 젊은 시절의 이야기를 계속해서 좀 들려주겠나? 우리처럼 늙은 사람들은 젊은 시절 이야기를 듣는 걸 제일 좋아하지. 자네는 내가 어린 시절 이후로 단 한번도 호흡해 보지 못한 꽃향기를 풍기는 것 같아. 그 전에 먼저 나의 집과 정원이 마음에 드는지 말해 주게. 왜냐하면 이 꽃들은 내 친구들이거든. 나의 마음은 이 정원에 있어. 여기서 나를 사랑하지 않거나 나의 다정한 사랑을 받지 않은 것은 찾을 수 없을 거야. 나는 여기 나의 아이들 한가운데에 있는 거야. 나는 나 자신이 한 그루 늙은 나무 같다는 생각이 들어. 나의 뿌리에서 이 활기찬 젊은 것들이 싹 튼 거지."

"행복한 아버지." 하인리히가 말했다. "당신의 정원은 세계예요. 폐허 더미는 이곳에서 피어나고 있는 아이들의 어머니이고요. 화려하게 살아 숨 쉬는 창조는 지나간 시절의 폐허 더미에서 그 영양분을 취하지요. 그러나 아이들이 튼튼하게 자라기 위해서는 어머니가 죽어야 해요. 아버지는 영원히 눈물만 흘리면서 그녀의 무덤가에 혼자 앉아 있어야 하는 건가요?"

질베스터는 흐느끼고 있는 청년에게 손을 내밀었다. 그러고는 그에게 갓 피어난 물망초를 가져다주려고 자리에서 일어났다. 그는 물망초를 측백나무 가지에다 묶어서 가져왔다. 저녁바람이 폐허 더미 건너편에 서 있는 소나무들의 우듬지를 기묘하게 흔들었다. 소나무들의 낮은 윙윙 소리가 이편으로 들려왔다. 하인리히는 눈물에 젖은 얼굴을 착한 질베스터의 목덜미에 파묻었다. 하인리히가 다시 고개를 들어 보니, 저녁 별이 반짝반짝 빛나며 숲 위에 떠 있었다.

잠시 침묵이 흐른 뒤 질베스터가 말을 꺼냈다. "아이제나흐에서 자네가 친구들과 어울려 놀고 있는 모습을 본 적이 있는 것 같군. 자네 부모와 훌륭한 태수의 부인과 자네 아버지의 소박한 이웃들과 늙은 궁중 목사는 정말 잘 어울리는 사람들이었어. 그들이 나눈 대화가 자네에게 일찍부터 영향을 준 것 같군. 그땐 어린아이라곤 자네밖에 없었으니까 말이야. 나는 그 고장이 아주 매력적인 곳이고 나름대로 멋이 있었다고 기억하네."

"집에서 멀리 떠나 다른 고장을 많이 보고 난 뒤에야 비로소 제 고장을 제대로 알게 된 것 같아요." 하인리히가 대답했다. "식물이나 나무, 언덕이나 산 할 것 없이 모두가 나름대로의 시야와 고유한 고장을 갖고 있어요. 이러한 고장과 자연은 긴밀하게 연결되어 있어요. 자연의 생김새와 모든 성질은 고장으로 설명이 돼요. 동물과 인간만이 이곳저곳 장소를 옮겨 다닐 수 있어요. 그러니까 모든 지역이 그들의 것이지요. 그렇게 해서 모두가 함께 세계라는 고장을, 끝이 보이지 않는 시야를 만드는 거예요. 이 같은 시야가 인간과 동물에게 끼치는 영향은 협소한 환경이 식물에게 끼치는 영향을 보면 알 수 있어요. 따라서 여행을 많이 한 사람들과 철새들과 맹수들은 그들이 지닌 특별한 지능과 그 밖의 여러 놀라운 재능과 방식 면에서 다른 존재들과 구별이 돼요. 물론 식물도 이와 같은 환경과 그 환경의 다양한 내용과 질서에 자극을 받고 그에 따라 형성되기도 하지요. 또한 인간 중에도 여러 대상들 사이에서 일어나는 변화와 조합을 주의 깊게 관찰하고 그에 대해 생각해 본 다음에 필요한 비교를 할 수 있는 세심한 주의력과 침착성이 결여된 경우가 많이 있어요. 고향이 저의 어린 시절의 사고를 지워지지 않는 빛깔로 물들였다는 것을 저는 요즘 들어 느끼고 있어요. 그리고 고향의 이미지는 제 마음을 나타내 주는 기묘한 전조가 되었어요. 그것을 생각할 때마다 저는 운명과 마음은 동일한 개념을 표현하는 서로 다른 이름이라는 것을 더욱 깊이 깨닫게 되었어요."

"내게는……." 질베스터가 말했다. "물론 살아 있는 자연이, 다시 말해 한 고장에서 자연이 활발하게 옷을 갈아입는 그 모습이 늘 가장 인상 깊었단다. 특히 나는 지치지 않고 아주 세심하게 식물의 삶의 다양한 방식을 관찰했지. 식물은 토양의 가장 직접적인 언어야. 모든 새로운 잎사귀 하나, 모든 진귀한 꽃 한 송이는 땅에서 솟아오르는 그 어떤 비밀이라고 할 수 있어. 그 비밀은 너무나 많은 사랑과 기쁨에 돌아다니거나 말을 하지도 못하고 있다가 조용하고 말 없는 식물이 되는 거야. 외롭게 서 있는 그와 같은 한 송이 꽃을 보면, 그 주변의 모든 것들이 어딘가 모습이 바뀌어 있고 날개 달린 조그만 소리들도 즐겨 그 곁에 머물러 있으려는 것 같지 않니? 그런 걸 보면 너무 기뻐서 울고 싶단다. 세상에서 멀리 떠나 손과 발을 땅에다 박고 뿌리를 내린 채 그 행복한 곳에서 떠나고 싶지 않은 거지. 사랑의 이 신비스러운 푸른 양탄자는 메마른 땅 어디든 펼쳐져 있어. 이 양탄자는 매년 봄마다 새로 깔리지. 그리고 거기에 적힌 글씨는 동방의 꽃다발처럼 그 양탄자를 사랑하는 사람만 읽을 수 있어. 그 사람은 영원히 읽을 거야. 그는 아무리 읽어도 결코 싫증을 내지 않아. 그렇게 해서 그는 날마다 사랑스러운 자연의 여러 가지 새로운 뜻과 의외의 매혹적인 새로운 사실들을 알게 되는 거야. 이러한 무한한 향수(享受)는 지구의 표면을 누비면서 내가 얻은 은밀한 매력이야. 여러 고장들은 그 고장대로 날 위해 다른 수수께끼들의 해답을 주고, 또 그렇게 해서 길은 어디서 왔다가 어디로 가는지 조금씩 추

측할 수 있게 해 주지."

"맞아요." 하인리히가 말했다. "우리는 당신의 정원에 있다 보니 어린 시절과 교육에 대해 이야기하게 된 거예요. 정원에 있으면 어린 시절의 진정한 모습이, 즉 꽃들의 순진무구한 세계가 우리가 모르는 사이에 떠오르고, 고대부터 있었던 꽃에 대한 이야기를 하게 되거든요. 저희 아버지 역시 정말로 정원을 사랑하시는 분이에요. 아버지는 인생의 가장 행복한 시간을 꽃들 속에서 파묻혀 보내세요. 그렇기 때문에 아버지가 아이들에 대해서 그처럼 열린 마음을 갖게 된 것 같아요. 꽃들은 아이들의 닮은꼴이잖아요. 우리는 정원에서 무한한 삶의 충만한 풍요로움과 훗날의 거센 힘들과 세계 종말의 장관과 모든 것들의 황금의 미래가 아직 서로 긴밀하게 엮여 있음을 보게 돼요. 모든 것들을, 훨씬 어린 모습으로, 아주 뚜렷하고 분명하게 말이에요. 전지전능한 사랑은 이미 움트고 있어요. 그러나 아직 불이 활활 붙지는 않았어요. 그것은 소모적인 불꽃이 아니라, 사라지는 향기와 같은 거예요. 사랑하는 두 영혼 사이의 결합이 아무리 긴밀하다 해도 사랑에는 격한 흥분이나 탐욕스러운 광기가 동반되어서는 안 돼요. 짐승들이 그러는 것처럼 말이에요. 사실 어린 시절은 땅과 밀접한 관계에 있어요. 구름은 어쩌면 두 번째이자 보다 높은 차원의 어린 시절, 그러니까 다시 찾은 천국의 현상인지도 몰라요. 그렇기 때문에 구름은 소나기가 되어 첫 어린 시절을 향해 은혜롭게 떨어지는 거예요."

"구름은 분명 뭔가 아주 신비스러운 면을 갖고 있어." 질베

스터가 말했다. "어떤 구름은 우리에게 아주 놀라운 영향을 주기도 하지. 구름은 떠가면서 서늘한 그림자로 우리를 하늘로 끌어 올려 데려가고 싶어해. 그리고 만일 구름의 모양새가 우리의 마음이 내뿜는 소망처럼 화사하게 아름답다면, 구름의 밝은 빛, 즉 구름이 이 땅에 던지는 찬란한 빛은 어느 미지의, 말로 표현할 수 없는 장관의 전조와 같아. 그렇지만 침울하고 심각하고 끔찍한 먹구름도 있지. 그런 구름들을 보면 간밤의 모든 공포가 튀어나올 것만 같지. 그러면 하늘은 다시는 맑아질 것 같지가 않아. 새파란 빛은 모두 지워지고 없고, 짙은 회색 바탕에 그려진 퇴색한 적갈색은 모든 사람의 가슴에 공포와 전율을 불러일으키지. 그러다가 모든 것을 부술 듯이 번개가 내리치고, 이어서 조롱하듯 너털웃음을 터뜨리며 천둥이 우르르 쾅쾅거리면, 우리는 마음속 깊은 곳까지 온통 공포에 사로잡히게 되지. 그때 우리의 가슴속에서 도덕적인 위엄의 숭고한 감정이 생기지 않으면, 우리는 끔찍한 지옥에, 다시 말해 악한 망령들의 손아귀에 떨어졌다고 믿는 거야.

천둥은 태곳적의 비인간적인 자연의 메아리야. 또한 보다 드높은 자연, 즉 우리 가슴속의 숭고한 양심이 부르는 목소리라고도 할 수 있지. 유한한 존재는 땅속 깊은 움막 속에서 소리를 질러 대지만, 불멸의 존재는 보다 밝게 빛나면서 자신을 인식하게 되지."

"그렇다면 이 우주에서……" 하인리히가 말했다. "공포와 고통, 결핍과 악이 더 이상 필요하지 않게 되는 날은 언제인가요?"

"이 세상에 단 하나의 힘만 존재하게 되는 날이지. 양심의 힘 말이야. 그리고 자연이 겸손하고 도덕적이 되는 날이지. 이 세상엔 단 하나의 악의 근원이 있어. 그건 바로 이 세상에 널리 퍼져 있는 나약함이야. 그리고 이 나약함이란 다름 아닌 도덕적 감수성의 빈약을 뜻하는 거야. 또한 자유의 매력이 결여되어 있다는 것을 의미해."

"양심이라는 게 뭔지 좀 설명해 주세요."

"내가 그럴 수 있다면 하느님이겠다. 왜냐하면 양심이라는 것은 양심이라는 게 뭔지 이해할 때 비로소 생기거든. 자네는 나한테 시문학의 본질이 무엇인지 설명해 줄 수 있겠나?"

"개인적인 성격의 문제를 납득 가게 설명할 수 있는 사람은 아무도 없어요."

"자신이 직접 관여할 수 없는 것들의 비밀은 더욱 그렇단다. 귀머거리한테 음악을 설명할 수 있겠니?"

"그렇다면 인간의 마음이란 이 마음을 통해 깨닫게 되는 세계의 일부라는 말인가요? 우리가 어떤 것을 이해하려면 그것을 꼭 갖고 있어야 하나요?"

"우주는 한없이 많은 수의 세계로 나누어져. 그리고 각각의 세계는 반대로 보다 큰 세계들에 의해 포괄되지. 결국 모든 마음은 하나의 마음인 거야. 하나의 마음은 하나의 세계처럼 점점 모든 세계로 나아가는 거야. 그러나 모든 것은 나름대로의 시간과 방식을 갖고 있어. 오직 인간으로서의 우주만이 우리 세계의 관계를 이해할 수 있어. 우리 몸의 감각 기관의 한계에 비추어 우리가 정말로 우리의 세계에다 새로운 세계를, 그리고 우리의 감각에다 새로운 감각들을 덧붙일 수 있는 건지, 아니면 우리 지식의 성장과 우리 능력의 새로운 습득은 우리의 현재의 세계에 대한 감각을 발전시키는 데에만 소용되는 건 아닌지 말하기 힘들다."

"두 가지는 똑같은 게 아닐까요." 하인리히가 말했다. "제가 알고 있는 것은 다만 제게는 동화만이 저의 현재 세계를 위한 만능의 도구라는 거예요. 심지어 양심, 즉 우주와 의미를 만들어 내는 이 힘, 모든 인격의 이 맹아조차도 제게는 세계 시(詩)의 정신으로, 영원한 낭만적 회합의, 무한히 변화 가능한 생의 총체의 한 우연으로 보여요."

"이보게." 질베스터가 대답했다. "양심이라는 것은 우리가 무언가를 진지하게 완수할 때, 무언가 진리가 이루어지는 순간에 나타나는 거야. 성찰을 통해 하나의 세계상의 경지에까지 이르는 모든 성향과 솜씨는 양심의 한 현상이요 변형이야. 사실 모든 발전은 우리가 자유라고밖에 달리 부를 수 없는 것에 도달하게 되어 있어. 물론 이 자유는 단순한 개념이 아니라, 모든 존재의 창조적 기반을 지칭하는 거야. 이런 자유는 숙달이라고 할 수 있지. 대가는 자유롭게 힘을 사용해서 자기가 생각하고 의도한 결과를 이끌어 내지. 그의 예술의 대상들은 그의 것이며, 그의 뜻에 따라야 하지. 그렇지만 그것들은 그를 구속하거나 방해할 수 없어. 그리고 바로 이처럼 모든 것을 포괄하는 자유, 대가다움 또는 장악력이 양심의 본질이요 추진력이야. 바로 이때 성스러운 독특성과 인격의 직접적인 창조 행위가 드러나는 거야. 그리고 대가의 모든 행위는 동시에 드높고 단순하고 복잡하지 않은 세계, 즉 하느님의 말씀의 포고인 거야."

"그러니까 예전에 윤리학이라고 불리던 것, 그것은 학문으로서의 종교에 지나지 않는 것인가요, 실제적인 의미에서 이른바 신학인가요? 하느님과 자연의 관계처럼 그것은 하느님에 대한 숭배와 관련된, 단지 법전 같은 것인가요? 그것은 높은 세계를 나타내 주고 특정한 문화적 수준에서 그 세계를 대변하는 일련의 사고들이요, 말의 체계인가요? 통찰력과 판단력을 위한 종교인가요? 한 개인의 삶에서 가능한 모든 관계들에 대한 판례요, 해결 법안이요, 규정집인가요?"

"양심은 분명히……" 질베스터가 대답했다. "모든 인간의 타고난 중개자라고 할 수 있지. 양심은 이 지상에서 하느님의 자리를 대신하는 거야. 그렇기 때문에 양심은 많은 사람들에게 최고의 것이자 궁극적인 것이야. 그렇지만 우리가 지금까지 덕목 또는 윤리학이라고 부른 학문은 이 숭고하고 포괄적인 인격적 사고의 순수한 모습으로부터 너무나 멀리 떨어져 있었어. 양심은 완전히 정화된 형태의, 인간의 가장 독특한 정수야. 신성한 태곳적 인간이라 할 수 있지. 양심은 이것과 저것이 아니야. 양심은 보편적인 격언으로 명령하지 않아. 양심은 여러 가지 개별적인 덕목들로 이루어져 있지도 않아. 단 하나의 덕목이 있을 뿐이야. 그러니까 결정의 순간에 주저하지 않고 결심을 하고 선택을 하는, 순수하고 진지한 의지 말이야. 양심은 생기 있고 독특한 불가분성 속에 살면서 인간의 육체라는 연약한 상징 속에 생명을 불어넣어 주고 모든 정신의 사지가 진정으로 활동할 수 있게 해 주지."

"오! 훌륭한 아버지." 하인리히가 그의 말을 가로막았다. "당신의 입에서 뻗쳐 나오는 빛은 제 가슴을 기쁨으로 가득 채워 주는군요. 그러니까 동화의 진정한 정신은 덕의 정신을 다정하게 변장시키는 거예요. 그리고 이보다 하위에 있는 시문학의 진정한 목표는 가장 드높고 가장 참된 삶에 생기를 불어넣어 주는 데 있어요. 진정한 노래와 고상한 행동 사이에는 놀라운 유사성이 존재해요. 매끄럽고 거스르는 것이 없는 세계에서 편히 지내던 양심은 매력적인 대화로, 모든 것을 말하는 동화로 바뀌는 거예요. 이 태고의 세계의 들판과 커다란 홀에 시인이 살고 있어요. 그리고 그의 덕은 그가 지상에서 활동하고 영향을 줄 때의 정신이에요. 덕과 마찬가지로 동화 역시 사람들에게 즉각적으로 작용하는 신성이요, 보다 높은 세계의 멋진 반영이에요. 시인은 확신을 가지고 자신의 영감의 자극을 따르기도 하고, 또는 그가 초지상적인 감각을 갖고 있다면 보다 높은 존재를 따를 것이며, 그의 소명에 어린아이처럼 겸손한 태도로 임할 거예요. 그의 마음속에서도 우주의 보다 지고한 목소리가 말을 건네지요. 그 목소리는 우리에게 황홀한 말로 보다 즐겁고 보다 낯익은 세계로 오라 부르지요. 덕과 종교가 밀접한 관계에 있듯이 영감과 동화도 밀접한 관계에 있어요. 그리고 성서에 계시의 역사가 보존되어 있듯이, 동화 이론에는 보다 지고한 세계의 삶이 놀라운 방식으로 생겨난 시 작품들 속에 아주 다양하게 묘사되어 있어요. 동화와 역사는 아주 긴밀한 관계를 이루며 더없이 꼬불꼬불한 길을 아주 이상하게 변장을 하고 함께 걸어가지요. 그리고 성경과 동화의 이론은 동일한 궤도를 그리는 별자리들이에요."

"맞는 말이야." 질베스터가 말했다. "자네는 이제 모든 자연이 덕의 정신을 통해서만 존재하고 또 그렇게 해서 더욱 안정되어 간다는 것을 알았을 걸세. 덕의 정신은 지상의 영역에서 모든 것에 불을 붙여 주고 모든 것에 생기를 주는 빛이야. 별들로 가득한 하늘로부터, 그래, 보석으로 가득한 숭고한 이 둥근 천장으로부터 꽃이 만발한 초원의 주름진 양탄자에 이르기까지 모든 것은 덕의 정신을 통해서 유지되고, 덕의 정신을 통해서 우리와 연결되며, 덕의 정신을 통해서 이해할 수 있는 거야. 그리고 덕의 정신은 무한한 자연의 역사가 흘러가는 미지의 행로가 정화의 과정에 이르게 해 주지."

"그래요, 조금 아까 당신은 덕과 종교를 제 앞에서 멋지게 연관시켜 보여 주었어요. 경험이나 지상의 활동과 관련된 모든 것이 양심의 영역을 이루지요. 이 양심은 이 세상을 보다 높은 세계와 연결시켜 주고요. 보다 높은 정신의 힘을 통해서 종교가 생성되지요. 그리고 옛날에는 우리 가슴속 가장 깊은 자연의 불가사의한 불가피성으로 여겼던 것, 즉 특정한 내용이 없는 보편적 법칙이 이제는 신비롭고 토착적이며, 무한히 다양하고 정말로 만족스러운 세계가 되는 거지요. 하느님의 축복을 받은 모든 자들의 형언할 수 없이 친밀한 공동체가 되는 거지요. 우리의 가장 깊은 자아 속에서 가장 개인적인 존재의, 혹은 그의 의지의, 그의 사랑의 감지 가능한, 성스러운 현재가 되는 거죠."

"자네 마음의 순진무구함이 자네를 예언자로 만들어 주는 군." 질베스터가 대답했다. "자넨 모든 것을 이해하게 될 거야. 세계와 세계의 역사가 자네에겐 성서가 되는 거야. 자네는 성서에서 단순한 말과 이야기가 얼마나 우주를 잘 드러내 보여 줄 수 있는가 하는 위대한 예를 보았을 거야. 직접적으로는 아니더라도, 우리의 드높은 감각에 자극을 주거나 우리의 감각을 일깨움으로써 적어도 간접적으로 말이야.

자연에 대한 나의 관심은 언어와 관련된 기쁨과 열광이 자네에게 가르쳐 준 것을 내게 가르쳐 주었어. 자연은 내게 예술과 역사가 무엇인지 가르쳐 주었지. 나의 부모님은 세계적으로 유명한 에트나산에서 멀지 않은 시칠리아에 사셨어. 부모님의 집은 옛날풍으로 지은 널찍한 저택이었어. 그 집은 바위 투성이의 해안가에 오래 묵은 밤나무들로 가려져 있었지. 그 집은 여러 가지 식물들이 무성하게 자라던 정원의 장식품이었어. 우리 집 근처에는 어부와 양치기, 그리고 포도를 재배하는 사람들이 사는 오두막들이 늘어서 있었단다. 우리 집의 창고와 지하실은 삶을 지탱시켜 주고 고양시켜 주는 것들로 가득 차 있었지. 그리고 우리 집의 가구들은 아주 잘 만들어져서 우리의 숨겨진 감각까지도 만족시켜 주었지. 그 밖에도 다양한 물건들이 있었는데, 그것들을 응시하고 이용하다 보면 우리의 마음은 일상적 삶이나 그 삶의 잡다한 요구에서 벗어날 수 있고, 우리의 마음에 보다 안락한 상태가 마련되며, 우리의 마음이 원래 타고난 대로 마음껏 즐길 수 있게 약속과 허락을 받은 것 같았다. 그곳에는 또한 돌로 만든 사람의 형상들이 있었으며, 역사적인 장면들이 그려져 있는 꽃병들도 있었고, 아주 뚜렷한 형상들이 새겨져 있는 조그만 보석들도 있었으며, 행복했던 다른 시절로부터 유래한 듯한 다른 도구들도 있었어. 서가에는 둘둘 말린 양피지들이 빼곡히 들어차 있었는데, 거기에는 길게 늘어선 글자들로 지나간 시절의 지식과 생각, 시와 이야기 들이 우아하고 예술적으로 표현되어 있었어. 나의 아버지는 유능한 점성술사로 널리 소문이 나 있었어. 그래서 심지어 아주 먼 나라로부터도 수많은 사람들이 문의를 해 오고 직접 찾아왔어. 그리고 사람들은 미래를 예측하는 것은 매우 진귀하고 소중한 재능이라고 여겼기 때문에 그에 대한 대가를 충분히 지불해야 한다고 생각했어. 그래서 나의 아버지는 그들로부터 받은 선물들을 가지고 안락하고 호화로운 생활 방식을 유지하는 데 드는 비용을 충분히 충당할 수 있었던 거야."

'푸른 꽃'을 찾아서
── 노발리스의 삶과 문학

1

노발리스는 낭만주의의 시정신을 몸소 체현한 독일의 대표적 시인으로 손꼽힌다. 스물아홉의 나이로 요절하기까지 본격적으로 창작 활동을 한 기간은 불과 사 년여에 불과하지만 『푸른 꽃』이라든가 『밤의 찬가』를 비롯한 그의 작품들은 모두 문학사상으로 낭만주의를 상징하는 하나의 사건이 되었다. 그는 필명까지도 노발리스라고 지어 자신이 낭만주의자임을 더욱 명확히 밝히고 있다. 《아테네움》지에 몇 편의 단상(斷想)을 묶은 「꽃가루」를 발표하면서 쓰기 시작한 '노발리스'라는 필명은 그 자신이 조상의 계도(系圖)에서 찾아낸 이름으로서 라틴어로 '새로운 땅을 개척하는 자'라는 뜻을 갖고 있다. 미지의 것에 대한 그리움을 모토로 하는 독일 낭만주의의 대표자다운 이름을 그는 스스로에게 지어 준 셈이다. 그의 본명은 게오르크 프리드리히 필립 폰 하르덴베르크이다.

그가 낭만주의자로 확고한 자리를 잡은 데에는 그만의 신비스러운 사랑과 사랑하는 여인의 죽음이 큰 역할을 했다. 법학 국가시험을 통과한 노발리스는 튀링겐의 소도시 텐슈테트에서 행정 사무를 보는 수습 자리를 얻는다. 스물세 살의 노발리스는 집안의 타고난 성향대로 아주 경건하고 성실한 생활을 하던 중, 1794년 11월에 근방의 그뤼닝겐이라는 마을에 공무차 들렀다가 그의 일생에서 가장 중대한 사건을 겪는다. 그것은 또한 독일 낭만주의를 위해서도 중요한 사건이었다. 바로 조피 폰 퀸이라는 소녀와의 운명적 만남이다. 그녀는 불과 열세 살밖에 되지 않은 소녀였지만, 노발리스는 그녀를 처음 본 순간 걷잡을 수 없는 사랑의 소용돌이에 휩쓸리고 만다. 훗날 그의 동료 슐레겔이 회상했듯이 "노발리스는 그녀 이야기를 할 때마다 시인이 되었다." 물론 이미 열일곱 살 나던 해에 습작시를 썼던 그였지만, 그녀와의 만남은 그의 시적 영감의 화산에 불꽃을 당겨 주었다. 그녀로 인해 시인으로서의 그의 자질은 급속히 성장한다. 그녀를 향한 자신의 사랑을 표현하려다 보면 으레 시적 성장이 동반되었던 것이다.

그녀와 보낸 그 시절은 노발리스의 짧은 인생에서 가장 행복했던 시간이었다. 그러한 행복을 영원으로 만들기 위해 두 사람은 조피 부모님의 양해를 얻어 다음 해 3월에 약혼을 한다. 그때 노발리스가 조피에게 건넨 약혼반지의 뒷면에는 '조피는 나의 수호신'이라는 문구가 새겨져 있었다. 조피가 노발리스에게는 뮤즈였던 셈이다. 그러나 두 사람의 계획은 느닷없

노발리스의 첫 약혼녀 조피 폰 퀸(1782~1797)
『푸른 꽃』에 등장하는 마틸데의 모델이 되었다.

는 운명의 회오리에 의해 덧없이 날아가고 만다. 조피가 갑자기 발병했기 때문이다. 노발리스는 새로 의학 공부를 시작하여 그녀의 병을 고쳐 보려고 했지만 소용없는 일이었다. 그녀의 간 질환과 폐 질환은 이미 상당 정도 진행되어 있었다. 그녀는 다음 해에 고통스러운 수술을 받았지만, 병세는 잠시 호전되었을 뿐 결국은 악화되기만 한다. 그 후 몇 달을 꿋꿋하게

노발리스와 조피의 약혼반지.
'조피는 나의 수호신'이라는
문구가 새겨져 있다.

버티던 그녀는 1797년 3월 마침내 열다섯의 어린 나이로 세
상을 뜨고 만다. 더욱이 같은 해 4월에 그가 가장 아끼던 동
생 에라스무스까지 죽음을 맞으면서 노발리스의 상실감과 고
통은 극에 달한다.

조피의 죽음을 통해 노발리스는 신비주의적, 종교적 감정에
눈을 뜨게 된다. 사실 이러한 감정은 그의 가문이 지녀 온 경
건주의의 유산으로서 그의 가슴속에 내재되어 있던 것이다.
조피가 죽은 날부터 노발리스는 현실적 생활 감정을 망각한
다. 그는 생을 초월하여 조피를 만나기 위해 그녀의 무덤에 엎
드려서 아침부터 저녁까지 시간의 흐름을 잊고 명상에 빠지기
도 한다. 그는 조피를 영원의 모습으로 상정해 놓고 저승에 가
있는 그녀의 영혼과 만날 수 있기를 기원한다. 여기서 사랑의
감정이 경건한 종교적 감정과 합치되면서 신비스러운 낭만주
의 정신이 태어나게 된다.

노발리스(1772~1801)

사실 조피는 분명 매력적이기는 했지만, 여러 면에서 두드러질 것이 없는 평범한 소녀였다. 그러니까 노발리스가 조피의 외모에 반했다기보다는 가슴속에 숨겨져 있던 자신의 사랑을 쏟을 수 있는 대상을 조피에게서 발견했다고 하는 편이 옳을 것이다. 따라서 『푸른 꽃』에서 마틸데의 모습으로 살아 있는 조피는 시인이 마음으로 만들어 낸 이상화된 여인인 것이다.

그렇다면 노발리스는 감정에 치우친 감상주의적인 인물이었을까? 평소 그와 친분이 있었던 낭만주의 작가 루트비히 티크는 훗날 노발리스의 모습을 이렇게 전했다. "노발리스는 키가 크고 몸이 날씬했으며 고상하게 균형 잡힌 몸매를 갖고 있었다. 머리칼은 밝은 갈색으로 목덜미까지 내려오도록 기른 상태였다. 당시에는 그런 모양새가 지금처럼 그렇게 눈에 띄는 것은 아니었다. 갈색 눈은 해맑게 반짝였으며, 얼굴색은, 특히 재주가 많아 보이는 이마의 빛깔은 거의 투명해 보였다. 손과 발은 섬세한 기미란 찾아볼 수 없이 꽤 큰 편이었다. 그의 표정은 늘 명랑하고 인상이 좋아 보였다." 노발리스와 친분이 두터워서 공동 저서까지 내기로 계획했던 티크의 말에 의하면 노발리스는 전혀 감상주의에 빠질 인물이 아니다. 시인으로서 꽤 큰 손과 발, 그리고 늘 밝은 표정의 얼굴이 이를 말해 준다. 따라서 그가 추구하는 낭만주의는 감상주의가 아님을 알 수 있다. 그것은 문학뿐만 아니라 다른 학문 분야에서 그가 보여준 깊은 관심을 통해 확인할 수 있다.

조피가 죽은 뒤 정신적 위안을 찾던 노발리스는 자연과학 분야에 열성적으로 빠져든다. 1798년 연초에 그는 프라이베르크 광산 학교에서 고틀로프 베르너 교수를 만난다. 베르너 교수는 그에게 지질학과 광산학 그리고 그 밖의 자연과학의 새 세계를 열어 준다. 이로써 노발리스는 확고한 자연관을 갖게 된다. 프라이베르크에서 노발리스는 광산의 소장으로 있던 샤르팡티에라는 사람을 알게 된다. 그 집에 딸이 하나 있었는데, 노발리스는 그녀와 다시 사랑에 빠지게 된다. 그녀의 이름은 율리 폰 샤르팡티에였다. 그는 그녀와 약혼을 한다. 그러나 두 사람의 약혼은 결혼에 이르지 못한다. 그녀와 결혼을 하기에는 조피를 향한 노발리스의 기억이 너무나 생생했기 때문이다. 그러므로 율리는 죽은 조피의 현세적 대체물일 뿐이었다. 노발리스는 심지어 조피를 예수의 어머니인 마리아로 보기까지 했다. 이 당시 노발리스는 티크를 통해서 야콥 뵈메의 저작들을 다시 읽게 된다. 이미 뵈메의 신비주의적인 신(新)플라

노발리스의 두 번째 약혼녀
율리 폰 샤르팡티에(1776~1811)

톤적 사고에 대해서는 잘 알고 있었지만, 이번에 그의 관심을 끈 것은 다른 내용이었다. 그것은 바로 자신에 대해 아는 것이 곧 우주를 아는 일이며, 자연과 정신은 상호 긴밀하게 연결되어 있다는 사실이다. 노발리스의 입장에서는 이러한 인식이 조피와의 미래의 만남을 마련해 줄 것 같았다.

이렇게 노발리스의 문학에서는 시와 철학 그리고 자연 연구가 하나의 긴장의 장을 형성하면서 긴밀하게 연결되어 있다. 그 결과 노발리스의 작품에서는 자연과학과 철학의 시문학화가 이루어진다. 특히 철학과 문학의 양극은 그의 문학에서 균형을 이루며 하나의 전체를 형성한다. 철학과 문학이 동일한 활동의 두 가지 표현 방식으로 간주되는 것이다. 물론 창조적 행위에서 주도적 역할을 하는 것은 시와 상상력이다.

『푸른 꽃』은 1799년의 마지막 몇 달과 1800년 초의 몇 달 동안에 쓰여졌다. 물론 동화 부분을 구성하는 제9장은 훨씬 먼저 쓰여진 것으로 짐작된다. 이 작품을 쓸 당시 노발리스는 이미 애인을 저세상으로 데려간 질병인 폐병에 걸려 고통받고 있었다. 그러던 중 1800년 가을에 그의 건강은 더욱 악화되었다. 그의 고통은 1801년 3월까지 계속되었다. 조피가 죽은 지 거의 사 년째 되던 날 그는 세상을 떴다. 드디어 그녀의 얼굴을 직접 마주할 수 있으리라는 굳은 확신을 가지고서.

라이프치히의 산책길

예나 부근의 슐뢰벤

작품 해설

노발리스가 죽은 지 일 년 뒤인 1802년에 출간된『푸른 꽃』은 독일 낭만주의의 세계적인 대표작이다. 그러나 노발리스는 이 작품을 다 완성하지 못했다. 1부인「기대」는 마무리되었으나, 2부인「실현」은 그의 죽음과 함께 첫머리의 시작 단계에서 중단되어 버렸다. 노발리스가 이 소설을 구상하게 된 건 1799년 여름에 중세 후기의 성담(聖譚) 전설들을 모아 놓은 책들을 접하고서부터이다. 그가 접한 책은 요하네스 로테의『성 엘리자베스』와『뒤링 연대기』그리고 슈팡겐베르크의『취리아쿠스의 만스펠트 연대기』등이다. 그때 그의 눈에 띈 것은 열두 명의 거장에 속하는 궁정 연애가수 하인리히 폰 오프터딩겐이라는 이름이었다. 그는 13세기 초엽에 기사 시인인 볼프람 폰 에셴바흐와 발터 폰 데어 포겔바이데와 함께 발

트부르크에서 노래 시합을 벌였다고 하는 전설적인 인물이다. 하인리히 폰 오프터딩겐이 바로 『푸른 꽃』의 주인공이다.

그 밖에 노발리스가 참조한 작품은 빌란트의 『지니스탄 또는 가려 뽑은 요정 및 정령의 동화』와 괴테의 『독일 이민자들의 읽을거리』에 실려 있는 「동화」이다.

이 소설의 시대적 배경은 전성기 시절의 중세이다. 그렇기 때문에 기본적으로 기독교가 종교적 배경을 이룬다. 이 작품은 장르상으로는 한 인간의 완성 과정을 다룬 교양소설(Bildungsroman)이라고 할 수 있다. 노발리스는 한 시인의 교육을 염두에 두고 이 작품을 쓴 것으로 생각된다. 그의 교육은 학문적이고 문화적인 것뿐만 아니라 온갖 경험을 하는 것까지 포함하고 있다. 그러한 경험과 체험의 세계는 다양하게 펼쳐진다. 주인공은 낯선 세계와 접촉함으로써 많은 경험을 쌓고 또 그 경험을 통해 시인으로 성장해 간다.

1장에서 주인공 하인리히는 튀링겐 지방에 있는 아이제나흐라는 도시에서 유복한 가정의 아들로 자란다. 그가 겪는 최초의 사건은 한 낯선 나그네가 그에게 먼 고장과 놀라운 보물들과 놀라운 꽃에 대해 이야기를 들려준 일이다. 그런데 그 '푸른 꽃'이 그날 밤 꿈속에 다시 나타난다. 그때부터 주인공은 그 '푸른 꽃'을 찾아야 한다는 생각에 사로잡힌다. 꽃이 푸른 칼라 모양으로 변하더니 거기서 어여쁜 소녀의 얼굴이 나타나 그를 향해 미소를 지은 까닭이다. 그 모습은 그의 뇌리에서 지워지지 않는다. 하인리히는 이제 그 꿈을 자신의 생과 관련하여 하나의 운명으로 받아들인다.

2장은 하인리히가 어머니와 친한 상인들과 함께 고향인 아이제나흐에서 어머니의 친정인 아우크스부르크를 향해 여행길에 오르는 장면으로 시작된다. 그 여행은 바야흐로 세상에 대해 아는 것이 거의 없다시피 한 갓 스무 살의 하인리히가 겪게 되는 일련의 경험들의 파노라마를 예고한다. 상인들과 함께 가는 까닭에 그는 그들을 통해 장사의 세계도 경험한다. 길을 가는 도중에 상인들은 그에게 아리온의 전설과 바닷속에 가라앉은 아틀란티스 이야기를 들려준다. 특히 사라진 아틀란티스 전설이 3장의 주요 장면을 이룬다. 아틀란티스 전설은 순수하게 노발리스가 창조해 낸 것으로 이 부분에서는 사랑과 시란 무엇인가 하는 테마가 인상적으로 논의된다. 4장에서는 시의 땅인 낭만적인 동방이 슬프고도 달콤하게 인사를 하는가 하면, 전쟁은 그 거친 웅장함으로 그에게 말을 건넨다. 그는 한 기사의 성에 묵으면서 십자군 원정과 전쟁의 세계에 대해서 알게 된다. 또한 그 성에 잡혀 온 동방의 여인 출리마로부터 류트와 노래를 알게 되고 동방 지역의 낭만적인 아름다움에 대해서도 듣게 된다.

5장에서는 자연과 역사가 광부와 은둔자의 모습으로 다가온다. 보헤미아 출신의 한 늙은 광부는 그에게 광산 일의 위험성과 독특한 매력에 대해서 알려 준다. 광산 일은 여기서 인간사의 또 다른 상징으로 등장한다. 동굴 탐사 중에 만난 은둔자 호엔촐레른 백작은 그에게 역사의 세계가 무엇인지 그리고 자연이 어떻게 과거의 거친 상태에서 벗어나 차분해졌는지 들려준다. 또한 은둔자의 책들 중에서 자신의 모습이 여러 가지 자세로 그려져 있고 그가 꿈속에서 보았던 형상들과 비슷하게 생긴 인물들이 그려져 있는 연대기를 발견한다. 그럴수록 그는 더욱더 꿈에서 보았던 푸른 꽃이 보고 싶어진다.

6장에서 하인리히는 아우크스부르크에 도착해서 시의 스승인 클링조르와 그의 사랑스러운 딸 마틸데를 만난다. 그는 마틸데에게서 애정을 느낀다. 그녀는 뮤즈가 되어 하인리히의 마음속에 시적인 자극을 일깨운다. 여기서 시와 사랑이 긴밀하게 연결되어 있음이 드러난다. 그는 꿈속에서 보았던 푸른 꽃의 소녀가 마틸데였음을 깨닫는다.

7장에서는 클링조르가 하인리히에게 시인이 되기 위해 거쳐야 할 교육 과정에 대해서 설명을 해 준다. 시인은 모든 직업의 특성을 알아야 한다. 나아가서 시인은 자신의 지력(智力)을 가꾸고 키우는 일을 게을리하지 말아야 한다. 이 세상의 일들은 어떻게 해서 일어나며 그것들은 서로 어떤 관계를 맺고 있는가를 알아야 한다. 클링조르는 시를 어떻게 하면 잘 쓸 수 있는지 직접 가르쳐 준다. 그리고 하인리히와 함께 꼭 읽어야 할 책들을 읽는다. 영원히 살아남을 시를 만들려면 인간사의 모든 영역에 대한 깊은 통찰이 필수적임을 클링조르는 노발리스를 대신해서 말해 준다.

8장에서 클링조르와 하인리히는 시의 성격과 한계, 기능에 대해서 이해하려고 노력한다. 개인의 경우와 마찬가지로 시인도 자신이 잘할 수 있는 영역이 있고 그렇지 못한 영역이 있다고 클링조르는 암시한다. 시인은 평범한 소재를 잘 다룰 수 있어야 한다. 그러나 예술과 시의 목표는 소재가 아니라 소재의 실행에 있다. 시는 혼란스러운 경험의 세계에 질서를 부여하는 것이다. 그렇다고 해서 시가 너무 도식적이거나 기계적이어서는 안 된다고 클링조르는 말한다. 다시 말해서 질서의 베일 사이로 혼돈의 빛이 어렴풋이 비쳐야 한다는 것이다. 시란 삶으로 가득 차 있는 질서이며 질서에 의해 제한되는 경험이라는 것이다.

노발리스는 괴테의 『빌헬름 마이스터』를 두고 시의 정신에 조종을 울린 작품이라고 혹평한다. 1801년 2월 1일에 그는 이렇게 메모하고 있다. "『빌헬름 마이스터』는 근본적으로 불쾌하고 바보 같은 책이다. (…) 시와 종교에 대한 풍자일 뿐이다. 지푸라기와 대팻밥으로 맛을 낸 음식이다. 누더기를 기워서 만든 성스러운 이미지이다. 모든 것은 결국 익살이 되고 만다." 1800년 2월 23일에 그는 티크에게 이렇게 적은 편지를 보낸다. "『빌헬름 마이스터』는 근본적으로 불쾌한 책일세. (…) 희극 배우를 뮤즈로 승격시키지는 못할망정, 뮤즈를 희극 배우로 전락시키고 있어. (…) 나는 『빌헬름 마이스터』에서 시를 시로써 망가뜨려 놓은 위대한 예술을 본다네. 한편에서는 시가 난파당한 상황인데, 경제(또는 사업)는 안전하고 건강하게 육지에서 친구들과 즐기면서 바닷가에서 어깨나 으쓱해 보이는 꼴이지." 따라서 그는 『푸른 꽃』을 『빌헬름 마이스터』에 대한 일종의 도전적인 작품으로 썼다. 그럼에도 그는 클링조르의 모델을 괴테에서 찾았으며, 시에서 질서와 절제를 강조하는 면은 괴테의 견해를 그대로 따른 것이다.

1부를 마감하는 9장에서 클링조르는 모든 문학 작품 중에서 가장 기이하고 가장 복잡한 동화를 이야기한다. 그것은 에로스와 파벨에 대한 알레고리적인 동화이다. 이 동화에서 아르크투르스의 별의 세계는 얼음으로 굳어 있고, 프라이아는 영원한 잠에 빠져 있다. 이 동화에서 아버지와 어머니는 아이를 하나 두고 있는데, 바로 에로스이다. 아버지는 감각을, 그리고 어머니는 마음을 상징한다. 그리고 달의 딸로서 상상력을 대변하는 기니스탄도 딸을 하나 두고 있는데, 바로 어린 파벨이다. 어린 파벨은 아버지와 기니스탄(상상력)과의 은밀한 관계에서 태어났다. 기니스탄은 에로스와 파벨, 이렇게 둘을 키운다. 기니스탄은 에로스와 함께 자기 아버지가 있는 달로 여행한다. 바로 그때 이성을 상징하는 서기(書記)가 모반을 일으켜 어머니를 사로잡아 화형에 처한다. 어린 파벨만이 지하 세계로 도망쳐 그곳에 있던 운명의 여신들을 제압한다. 조피는 희생당한 어머니의 재를 물그릇에 담아 모두에게 마시라고 준다. 그러자 모두들 가슴속에서 어머니가 살아 있음을 느낀다. 어린 파벨은 마침내 아르크투르스의 왕국에 도착하여 얼음을 녹게 한다. 그녀는 젖남매인 에로스를 잠에서 깨어나고 있는 프라이아에게 데리고 가 그녀와 결합시켜 준다. 그녀는 그와 힘을 합쳐 여왕으로서 새로운 황금시대를 다스린다. 에로스의 방랑은 인간의 타락과 구원을 상징하는 일종의 순례이자 정화의 과정이다.

　노발리스가 자신의 편지와 다른 비평 글에서 암시하고 있듯이 이 동화는 18세기의 합리주의와 그에 대한 반발로 시작된 낭만주의 사이의 싸움을 상징적으로 그려 보이고 있다. 이 동화에서 태양은 계몽주의를 상징하는 것으로, 그리고 서기와 그의 일당은 합리주의 정신을 상징하는 것으로 볼 수 있다. 그들은 한마디로 '돌같이 굳어 버린 이성'인 것이다. 서기가 글을 써서 제단에 있는 조피의 물그릇에 담갔다가 꺼내면 남아 있는 글씨가 얼마 되지 않지만, 어린 파벨이 글을 써서 물그릇에 담그면 반짝이는 글씨가 종이에 가득하다. 따라서 파벨은 시에 대한 환유이다. 그리고 기니스탄은 상상력을, 조피는 지혜를, 프라이아는 평화의 정신을, 그리고 에로스는 말할 것도 없이 사랑을 뜻한다. 차갑고 계산적인 이성과 시적인 자발성 사이의 투쟁이 우주적인 배경에서 벌어지는 가운데 온갖 상징과 인물들이 등장하는 것이다. 여기서 시적 감성이 차가운 오성을 앞선다는 사실이 드러난다.

이 동화에서 벌어지는 우주적 사건들의 결과에 대해 다음과 같이 말할 수 있다. 에로스는 진정한 사랑으로 순화되고, 파벨은 진정한 시로 바뀐다. 그리고 지혜를 뜻하는 조피는 시간을 뜻하는 아르크투르스와 영원히 결혼한다. 그렇게 해서 그녀는 영원히 마음의 여사제가 된다. 이제 지루하고 단조로운 합리주의는 시적인 자발성과 보편적 사랑 앞에 길을 양보하게 되는 것이다. 시간과 결혼한 지혜의 나라에서.

노발리스의 이 동화는 개인의 경험을 변형시켜 만든 알레고리적인 자연 신화이다. 그러면서 새로운 탄생, 재생을 그리고 있다. 그것은 바로 평화를 구현하는 새롭고 고상한 시대의 등장이다. 이 테마는 성서의 「이사야서」에서도 발견되며, 베르길리우스의 네 번째 「전원시」에서도 찾아볼 수 있다. 퍼시 셸리는 『속박에서 풀려난 프로메테우스』에서 우주의 재생과 만물의 복원이라는 비전을 표현하기 위해 엄청난 시적인 힘을 쏟아부은 바 있다. 한마디로 노발리스의 이 우주적인 동화는 이교도와 기독교의 종말론을 반영하고 있다. 혼란과 악이 멸하고 질서와 선이 궁극적으로 승리하는 세계를 그리고 있는 것이다. 서기의 음모로 화형을 당한 어머니의 재와 조피의 물이 닿는 순간 영생의 음료가 만들어져 얼음으로 굳어져 있던 우주에 생기와 활기가 돌아온다. 땅 위에는 힘찬 봄이 번져 들판에는 꽃들이 피어나고 새들은 노래한다.

불행하게도 노발리스는 『푸른 꽃』의 2부 첫 장까지 완성하고 생을 마감한다. 2부는 하인리히와 마틸데의 첫 키스로 태어난 아스트랄리스의 서곡으로 시작된다. 이 단편(斷片)은 하인리히가 애인인 마틸데의 죽음을 슬퍼하면서 절망에 빠져 아우크스부르크를 떠나 산악 지역으로 순례를 하는 모습을 그리고 있다. 마틸데는 그의 환상 속에 나타나 그에게 위안의 말을 건넨다. 그녀는 그에게 소녀를 하나 보내겠다고 말한다. 얼마 안 있어 한 소녀가 나타나 그를 숲속의 빈터에 살고 있는 노인에게 데리고 간다. 그 소녀의 이름은 취아네이며 은둔자인 호엔촐레른 백작의 딸이다. 그리고 노인은 우연히도 하인리히의 아버지가 젊었을 때 로마 근처에서 하룻밤을 같이 보낸 의사 질베스터이다.

하인리히와 질베스터는 정원의 꽃밭에 앉아 어린아이들의 교육에 대한 대화를 나눈다. 대화 속에서 그들은 부분적으로는 루소에게서 유래하는, 당시로서는 상당히 진보적인 생각들을 전개한다. 이어서 다른 테마로 넘어가 그들은 현대의 생태학을 연상시키는 분야에 대해서 토론한다. 그런 다음 그들은 철학적 성찰에 빠져든다. 그들이 논의의 대상으로 삼은 것은 양심의 본질과 그것이 이 세상에서 차지하는 위치이다. 결국 질베스터는 다시 한번 황금시대가 찾아올 것임을 강조한다. 황금시대는 자연이 절제와 도덕을 갖추게 될 때, 그리고 인간의 타고난 중개자인 양심이 이 세상을 지배하게 될 때 도래한다는 것이다.

3

아틀란티스 전설 부분에서 이미 이 소설에 등장하는 주요 모티프들이 모두 언급되고 있다. 공주의 신랑이 된 젊은이가 부르는 노래에 대해 작가는 이렇게 말한다. "그의 노래는 세상의 근원에 대해, 별들과 식물, 짐승 그리고 인간의 생성에 대해, 자연의 전지전능한 교감에 대해, 아주 먼 옛날의 황금시대와 그 시대를 다스렸던 사랑과 시문학에 대해, 증오와 야만의 등장에 대해, 이것들과 자비로운 여신들과의 싸움에 대해, 그리고 다가올 미래에 이 여신들이 궁극적으로 승리하는 것에 대해, 슬픔의 종말과 자연의 소생 그리고 영원한 황금시대의 회귀에 대해 이야기했다네." 여기서 보면 시인은 곧 가수이자 성직자요 예언자이다. 진정한 시는 이러한 세 가지가 깨지지 않은 상태로 온전하게 구현될 때 가능한 것이다. 여기서 우리는 이 작품에 등장하는 많은 요소들이 사랑과 시, 황금시대 그리고 이것들과 적대되는 증오와 야만을 나타내는 상징임을 알 수 있다. 시와 사랑에 의해 황금시대는 도래한다. 시와 사랑은 오성과 달리 인간의 심정적인 측면에 그 근원을 둔다. 사랑은 에로틱한 물의 비유를 통해 은근하게 전달되고 있다. 작품 초두에서 하인리히는 꿈속에서 산속으로 뚫린 통로를 걷다가 다음과 같은 경험을 한다. "그리고 사랑스러운 물결들이 그에게 다가와 마치 다정한 여자의 젖가슴처럼 바싹 달라붙었다. 물결들은 매혹적인 소녀들이 물에 녹은 듯한 형상이었다. 그들은 매 순간 젊은이를 건드리면서 자신들의 존재를 마음껏 즐겼다." 여기서 물은 남녀의 성교를 매개하는 상징물로 쓰이고 있다. 하인리히는 푸른 꽃을 찾아가다가 도중에 성적인 경험을 미리 하게 되는 것이다. 그것은 여성의 성기를 상징하는 산속의 깊은 통로라는 표현을 통해 더욱 뒷받침된다. 하인리히의 그리움은 대상과의 접촉에 대한 그리움이요, 그러한 접촉의 순간은 사랑의 성취의 순간이다.

이처럼 낭만주의에서 중요한 것은 상징이다. 낭만주의에서 사용되는 물질적 요소들은 시인이 표현하고자 하는 본질적 진실을 위한 외피(外皮)라고 볼 수 있다. 따라서 낭만주의 작품을 읽는 독자는 언어로 표현된 것의 배후에 숨겨져 있는 작가의 의도를 간파해야 한다. 단상 모음집인 「꽃가루」에서 노발리스는 이렇게 말한다. "신비스러운 길은 내면으로 향한다. 영원은 자신의 세계들인 과거와 현재와 더불어 우리의 내면 말고는 그 어디에도 존재하지 않는다. 외부의 세계는 그림자의 세계일 뿐이다. 외부의 세계는 빛의 세계를 향해 그림자를 던진다." 노발리스에게 중요한 것은 모든 한계를 뛰어넘을 수 있는 자신의 초월적 자아이지 외부의 물질세계가 아니다. 모든 것은 마음속에 들어 있기 때문이다.

이렇게 해서 하인리히가 꿈에서 보고 찾아 나선 '푸른 꽃'은 무엇보다 낭만주의를 대표하는 낱말인 그리움의 상징이 된다. 그것은 나아가서 유한성과 무한성, 꿈과 현실, 자연과 정신, 삶과 죽음을 보다 높은 단계에서 한데 아우르는 총체성의 상징으로 자리 잡는다. 이 같은 이분법적 경계를 넘나들 수 있는 경지에 이르게 되는 것은 극단적인 체험을 통해서이다. 그러한 극단적인 체험이란 마틸데의 죽음을 이른다. 노발리스의 입장에서는 조피의 죽음을 이른다. 너무나 사랑하는 애인이 죽음으로써 시인의 영혼은 저편의 세상과도 교류하게 되는 것이다.

'푸른 꽃'은 인간의 오성이 아닌 마음 또는 정서를 통해 볼 수 있는 꽃이다. '푸른 꽃'은 세계를 파악하는 행위를 나타내는 인식의 상징이기도 하다. 그렇기 때문에 하인리히가 다른 장려한 광경을 볼 때마다 "그가 마음속에 품은 꽃이 마치 번갯불에 드러나듯 이따금 그의 내면의 눈에 보이곤" 한 것이다. 푸른색은 노발리스가 가장 좋아하던 색깔이다. 그 까닭은 무한한 하늘과 바다를 연상시키는 푸른 빛깔에서 낭만적 그리움을 볼 수 있기 때문이다. 시인 하이네는 자신의 평론 「낭만파」에서 "이 작품(『푸른 꽃』) 곳곳에서 푸른 꽃이 반짝이고 드높은 향기를 풍긴다."고 말한 바 있다. 이것에 근거해서 이 책의 부제가 '푸른 꽃'인 것처럼 알려지게 된 것이다. 궁극적으로 '푸른 꽃'은 독일 낭만주의 전체를 나타내는 상징으로 고양된다.

노발리스가 추구하는 것은 '점진적 보편 문학'이다. 그것은 문학 작품 속에서 모든 지식 영역과 인식 영역을 하나로 융합하는 것을 뜻한다. 자연과학적, 정치적, 역사적, 종교적 여러 현상들을 작품 속에서 제시해 놓고, 그것들을 유추의 마법의 지팡이로 하나로 융합하는 것이다. 그렇기 때문에 그의 문학을 보통 마술적 관념론이라고 부른다. 「에로스와 파벨의 동화」에서도 모든 적대적인 것의 통합 양상이 잘 드러난다. 여기에 바로 낭만주의의 철학과 시학이 노리는 모든 것이 들어 있다. 현실과 꿈의 경계를 없앰으로써 동화의 세계를 구현하는 것이다. 에로스, 즉 사랑과 파벨, 즉 시가 다스리는 황금시대에는 오성과 계산이 사라지고 모든 것이 하나가 된다. 노발리스가 궁극적으로 추구한 시인의 이상은 오르페우스와 같은 마법적 시인이다. 클링조르라는 인물에게서 오르페우스와 같은 마술적 시인의 면모를 엿볼 수 있다. 이런 마술적 시인상은 독일 낭만주의 문학 중 그 어느 작품보다 『푸른 꽃』에서 가장 두드러진다. 시와 동화는 진정한 인식을 전달해 주는 매개체로 여겨진다. 노발리스의 오르페우스는 황금시대의 메시아로서 이교도와 기독교를 비롯해 모든 대립되는 것들을 화해시켜야 하는 사명을 떠맡는다.

우리말 번역을 위해 사용한 텍스트는 독일의 카를 한

저(Carl Hanser) 출판사에서 나온 *Novalis — Werke in einem Band*(München/Wien, 1984)에 수록된 *Heinrich von Ofterdingen*이다.

2003년 봄
김재혁

작가 연보

1772년   5월 2일 오버비더슈테트에서 하르덴베르크(Harden-
         berg) 가문의 장남으로 태어난다. 본명은 게오르크 필
         립 프리드리히 폰 하르덴베르크(Georg Philipp Friedrich
         von Hardenberg).

1785년   가족이 바이센펠스로 이사한다.

1788년   첫 시 작품을 쓴다.

1789년   시와 산문을 번역한다.

1790년   6월부터 10월까지 아이스레벤 루터 김나지움에 재학
         한다.

         10월 23일 예나 대학교에 등록한다.

1791년   프리드리히 폰 실러(Friedrich von Schiller)와 만난다.

         4월 첫 시 「한 젊은이의 비탄(Klagen eines Jünglings)」

을 잡지에 발표한다.

10월 24일 라이프치히 대학교에 등록한다.

1792년   프리드리히 폰 슐레겔(Friedrich von Schlegel)과 라이프
치히에서 만난다.

1793년   비텐베르크 대학교로 학적을 옮긴다.

1794년   비텐베르크 대학교에서 법률 시험을 치른다.

6월 말부터 10월까지 바이센펠스에 머문다. 텐슈테트
마을에 행정 서기로 발령을 받는다.

11월 17일 텐슈테트 근교의 그뤼닝겐에서 조피 폰 퀸
(Sophie von Kühn)과 처음으로 만난다.

1795년   3월 15일 조피와 비공식적으로 약혼한다.

여름에 요한 고틀리프 피히테(Johann Gottlieb Fichte)
와 프리드리히 횔덜린(Friedrich Hölderlin)을 예나에서
만난다.

가을에 피히테의 철학을 연구하기 시작한다.

11월 조피가 발병한다. 바이센펠스 군청의 시보로 발령
받는다.

1796년   5월 뇌르텐에 있는 하르덴베르크 성을 방문한다.

7월 5일 예나에서 조피가 첫 수술을 받는다.

8월 초 프리드리히 폰 슐레겔이 바이센펠스를 방문한
다. 그 뒤로 예나와 바이센펠스를 오가며 슐레겔과 만
남을 지속한다.

12월 조피가 그뤼닝겐으로 돌아온다.

1797년   3월 1일~10일 조피가 죽기 전에 마지막으로 그뤼닝겐

을 방문한다.

3월 19일 조피가 사망한다.

4월 16일 조피의 무덤을 처음으로 찾아간다. 프라이베르크 광산 학교에서 공부한다. 라이프치히에서 자연철학자 프리드리히 빌헬름 요제프 폰 셸링(Friedrich Wilhelm Joseph von Schelling)을 만난다.

1798년　프라이베르크에서 지질학자인 아브라함 고틀로프 베르너(Abraham Gottlob Werner)를 만난다.

1월 22일 시 「이방인(Der Fremdling)」을 쓴다. 바이마르에서 프리드리히 폰 슐레겔의 형 아우구스트 빌헬름 폰 슐레겔(August Wilhelm von Schlegel)과 요한 볼프강 폰 괴테(Johann Wolfgang von Goethe)를 만난다. 예나에서 실러를 만난다. 《아테네움(Athenäum)》지에 노발리스(Novalis)라는 필명으로 「꽃가루(Blütenstaub)」를 발표한다.

6월~7월 『신앙과 사랑(Glauben und Liebe)』을 발표한다. 낭만주의 철학과 시에 대한 단편적인 글들을 발표한다. 자연과학 공부를 시작한다.

7월~8월 테플리츠에 요양차 머문다.

10월 장 파울(Jean Paul)과 처음으로 만난다.

12월 율리 폰 샤르팡티에(Julie von Carpentier)와 약혼한다.

1799년　5월 중순 바이센펠스로 돌아간다.

7월 예나에서 루트비히 티크(Ludwig Tieck)와 처음으로 만난다.

7월 21일 바이마르에서 괴테를 두 번째로 만난다. 『성곡(Geistliche Lieder)』을 집필한다. 슐라이어마허(Schleiermacher)의 「종교에 대하여」라는 연설을 연구한다. 「기독교 혹은 유럽(Die Christenheit oder Europa)」을 집필한다.

11월 예나에서 슐레겔 형제, 티크, 셸링 등의 낭만주의자들과 만난다.

11월 말 『푸른 꽃(Heinrich von Ofterdingen)』 집필을 시작한다.

1800년　1월 「밤의 찬가(Hymnen an die Nacht)」 초고를 완성한다. 야콥 뵈메(Jakob Böhme)의 저작들을 본격적으로 연구한다.

6월 1일~16일 차이츠, 게라, 보르나 그리고 라이프치히 근처의 지역에서 광산학을 전공하는 대학생인 프리드리히 트라우고트 미하엘 하우프트(Friedrich Traugott Michael Haupt)와 지질 조사를 한다.

7월~9월 『푸른 꽃』과 시 작품을 계속 쓴다. 시 「죽은 자들의 노래(Lied der Toten)」를 완성한다. 의학, 종교 그리고 시에 대한 글을 쓴다.

8월 「밤의 찬가」가 수정된 상태로 《아테네움》 제6호에 실린다. 건강 상태가 나빠진다.

1801년　1월 드레스덴에서 바이센펠스로 귀환한다.

3월 23일 프리드리히 폰 슐레겔이 바이센펠스로 찾아

온다.

3월 25일 29세의 나이로 요절한다.

1802년   『푸른 꽃』이 출간된다.

세계문학전집 **76**

푸른 꽃

1판 1쇄 펴냄 2003년 5월 15일
1판 40쇄 펴냄 2024년 6월 11일

지은이 노발리스
옮긴이 김재혁
발행인 박근섭, 박상준
펴낸곳 (주)민음사

출판등록 1966. 5. 19. (제 16-490호)
서울특별시 강남구 도산대로1길 62(신사동) 강남출판문화센터 5층 (우편번호 06027)
대표전화 02-515-2000 팩시밀리 02-515-2007
www.minumsa.com

© 김재혁, 2003. Printed in Seoul, Korea

ISBN 978-89-374-6076-0 04800
ISBN 978-89-374-6000-5 (세트)

* 잘못 만들어진 책은 구입처에서 교환해 드립니다.

세계문학전집 목록

세계문학전집은 계속 간행됩니다.